中華民國二十五年五月初版

一個舊式的姑娘

[美]愛爾珂(L.M.Alcott)著　李葆貞譯

一個舊式的姑娘

第一章　帕利來了

「湯姆，是上車站的時候哪。」

「那麼，就走啊。」

「哦，我不去；街上太潮濕。假使這種天出去，那我的鬈髮準會變得筆直；我不要帕利來時見我像個鬼。」

「你總不見得叫我一個人去接一個陌生女人吧？」湯姆一臉的驚異，幾乎像他姊姊要他護衛澳大利亞的野蠻女人一般。

「自然，我是想你去的。這去接她原是你的本分；你若不是一只熊的話，你總會愛去。」

『罷啦，那眞是無聊！我本想去的，但是你說你也去的呀。現在讓我一人去，那我不幹！我不，先生！』湯姆說着，從沙發上立起來，他那種忿怒的堅決的神氣，因了他頭髮亂七八糟，衣服又不整齊，便不什麼驚人了。

『喂，不要動氣，等帕利走後我就請媽媽讓你那寶貝朋友，我最怕的甚麼馬烈德來瞧你一次，』芳麗哄着，希望平平他的怒氣。

『那她要在這兒住多少時候呢？』湯姆問着，把自己的衣服一陣亂扯。

『一月或兩月的光景。她簡直是再好沒有；只要她高興留，我總留着她。』

『她住的不長，那也罷了，』湯姆咕噥着，他心目中當女孩子猶如造物的贅疣，多餘的，不必需的。十四歲的男孩是很容易這樣想的，也許那還是一種聰明的安排；因爲他們的性情極易改變，由壞變好，猶如翻觔斗的一般容易，換句話說，三四年後，他們便會一變而爲『那些討厭女孩兒們』的忠順奴隸。

『你聽着！我怎麼能認識那人呢？我從未見過她，她亦從未見過我。你一定也得去，芳，』他向門

口走去，忽然想着在尋得他要會見的那個女人之前，他先要向若干陌生的女子請教姓名的，因此他又立定，和她姊姊說。

『你一定容易找着她她大概也要四面尋我們的。我敢講她一定認識你，因爲我已經把你的樣仔細描摹給她聽了。』

『想想她也不見得哩；』湯姆急促地把他的鬈髮抹平一下，又在鏡前照了一照，覺得她姊姊總是欺負他。姊妹們永不如『我輩兒』知道得多。

『快些走吧，你要太遲哪；要遲了，帕利要對我們作何感想呢？』芳麗不耐煩地擊着桌子叫，這種神氣對於男子自重的心理更覺難堪。

『她要想你愛朋友還不及愛鬈髮的心重哩，其實她道種想像也並不錯。』

湯姆覺得自己說了一句簡潔而刺心的話，便得意地慨洋洋走開，明知是會太遲，卻偏故意在芳麗的視線內一搖二擺，其實後來背人還是飛跑的。

湯姆這時已經走上街去了；芳麗望着他弟弟的後影，同時自語着，『若我作了總統，一定要制

定一條律法，就是把一切的男孩子關起，一直等成人再放出來；因爲他們確實是世界上最討厭的東西，』但她假使跟着他走，便不會講這句話了，因爲，剛到轉灣角上，他的整個態度完全改變；手也不放在袋裏了，口裏噓噓的聲也停止了，衣扣也紐好了，帽子也推正了，大踏步的邁進前去。

到車站時剛逢火車進站，他氣喘得像一匹飛跑的馬；臉紅得恰像一尾大龍蝦。

既然沒有一個人有尋訪人的樣子，他也不便向大衆開口說話，祇得像個殉難人的神氣，眼望着一批一批的人走過去。『那怕是她，』他心裏估着，一眼見來人中一位艷裝明服的女郎雙手交挽地立在一旁，龐大的髮髻上頂了一頂絕小的帽。『我應當去問問她，』自語着便慢慢走到那女郎身旁。她看上去好似一身的衣已經風吹成碎片一般，只見領帶，裙摺，裙綴，羽毛，鬆髮等等都隨風作片片舞。

『對不住，請問你是否馬帕利小姐？』湯姆輕柔地問着，停在那位活潑飛揚的陌生人之前。

『我不是，』那年輕的女人驚愕地一瞥，冷冷答着，幾乎使湯姆受不住。

湯姆望着車站裏魚貫而出的大批人，眼見着大班的女子在他面前走過便覺得有些氣餒，不

由的便想到『她也是像別人一樣梳頭穿裙那叫我怎麼知道誰是她呢？芳叫我一人來眞太可惡！』

『那她躲到何處去哪？』湯姆咆哮着氣忿忿的走開。後面卻一陣急促的腳步聲，叫他不得不回過頭去，他一瞧正是一個活潑面孔的小姑娘，從修長的車站走來，像是輕喜歡似的。她在後面笑着，又向他招着錢袋，湯姆便立定了等，心裏說『哈囉！這莫非是帕利？』

小姑娘走近，便伸出手來，半羞赧半喜悅地問道，『你是湯姆，可不是嗎？』

『是啊，你怎麼知道？』湯姆不加思索地越過握手的難關，心裏十分驚異。

『哦，芳告訴我的呀，她說你有山的鬈髮，有趣的鼻子，不住的吹嘯，灰色帽總是斜壓在你眉毛上的，所以我一看就知道哪。』帕利點着頭，表示出一種非常親切的友誼態度。她客氣地不敢提他的『紅』髮，『塞』鼻以及『舊』帽，——等等事實都是芳麗曾經仔細印在她記憶裏的。

『你的箱子呢？』湯姆當小姑娘遞錢袋給他代提，想着自己的失職不好意思地問。

『爸爸叫我別等任何人，否則馬車便雇不到了；所以我把行李單交給一個腳夫，看他帶了箱子來啦；』於是帕利在前，一隻中等的皮箱隨後，湯姆壓陣，逛遛走出車站。湯姆心裏略爲感到一點

未盡厥責的慊仄。

「她一點不是甚麼妙齡女郎，謝天謝地！芳也沒說她漂亮。裝束和行止都不像城裏的女孩，」他跟着後面一人思想着，略帶喜悅地瞧着前面飛揚的鬈髮。

馬車行動之後，帕利坐在彈簧墊上，喜歡的只是笑，笑得像小孩一般。「我就愛乘這些漂亮的馬車，看一切精緻的事物，快快樂樂地過着，你不也是嗎？」她說着，卻立刻沉靜下來，一似她忽然憋覺這一行是去作鼓正經的作客去的。

「就這麼一回事，」湯姆心不在焉地答着，同一陌生女郎關在一起，幾乎逼得他喘不出氣。

「芳好嗎？她怎麼不與你一塊來？」帕利佯爲嚴肅地問，卻禁不住一雙目光向窗外飛舞。

「她怕潮氣弄糟纔燙好的鬈髮，」湯姆一笑，爲了大膽的洩露她姊姊的自私，覺得很痛快。

「我同你都不怕潮濕。我眞眞感激你來照應我。」

這是帕利的客氣話，湯姆也明知；他臉上一紅，削短的紅頭髮和帕利淺黃的鬈髮相映成趣。他不過代她提幾步錢袋，她還謝了再謝的。他想着，心裏覺得得意，忽地像煞一股勇氣，從衣袋裏摸出

一把花生，因爲他袋裏平日對於這些可人意的零食是不空的，他無論走到何處後面總留上殼兒的痕迹。

可是花生拿出之後，想着芳麗的交代，覺得不便丟家庭的面子。於是把個頭伸到窗外去肆意大嚼，而不知內情的帕利，卻不放心地問是否有緣故。『嗳！誰怕那像她那樣的鄉下小鬼，』湯姆丈夫氣地和自己說；可是立刻痛苦的感覺又征服了他。

『他簡直醉得不像話；但我想他還可以管得住那兩匹馬，』這個安了壞心眼的男孩答着，好似忍耐的神氣。

『喔，這車夫是個醉漢嗎？天哪！讓我們出來吧！馬也不行嗎？此地很崎嶇；你想可妥當嗎？』可憐的帕利叫喊起來，身旁車窗的一擦，把一頂小獺皮帽也衝歪了。

『如果有甚麼事，街上人多呢！準接我們住。不過我出去更妥當些』；湯姆一想藉此可以出去，眼內光亮地一笑。

『哦，如果你不怕的話，你就坐外面去吧！媽媽要聽我遇見甚麼事要着急死了，這遙遠的路！』帕

利喊着，非常苦痛。

『你別擔憂。我來看管這個老頭兒和馬；』他把車門一開，高高坐上去，留着一個上當的帕利坐在那車廂裏戰慄，他自己卻和老車夫並排坐着自由自在地喫花生。

芳妮飛下樓來歡迎她的『帕利親親，』湯姆是神氣活現地把帕利交給她姊姊道：『我得到她了！』那種態度便像一極有本領的獵人誇示他的俘獲品一般。帕利是立刻挑閃地急趨上樓；就着席能便跳個雙人舞，湯姆卻退到飯堂裏，吃掉半打以上的小煎餅，算是塡補元氣。

『你累得要死吧？你可要睏下來躺一會？』芳妮坐在帕利房裏的床上親切地談着，帕利卻不住地考察她朋友房裏的各樣新奇物件。

『一點也不。我一路好極啦，一點困難沒有，祇不過那醉漢車夫；幸虧後來湯姆坐出去管着他，我方嚇得好些，』天眞的帕利回答着，一手脫了粗笨的大衣，又脫下那頂光滑得連一根羽毛也沒有的帽子。

『唉！他不是醉漢呀；湯姆要出去坐故意拿這話騙你的呀。他不能和女孩兒們接觸，他古怪極

啦，』芳麗大剌剌地說着。

『他不能和女孩兒接觸嗎？怎麼，我還說他待人和悅可親哩！』帕利張大眼睛表示驚奇。

『他簡直是個可惡透了的小夥子，我告訴你，親愛的；你要請他代你作件事，那他非厭得你死不可。男孩子全是討厭的；可是他要算討厭中的最討厭的，我簡直沒見過。』

芳麗進的是極摩登的學校，那裏邊的姑娘們終日只忙些交際的德文法文，根本英文卻反不注意。帕利覺得自己的信仰有點動搖，便私下決定不再提湯姆，看着龐大精緻的房間口裏誇獎道，

『這間房多好啊！我從來沒睡過懸着圍簾的床，也沒見過這好的梳妝檯。』

『你歡喜，我眞高興；可是，我雖爲你，別當着人講這些話！』芳麗答着，心裏巴望帕利也戴一付耳圈就好了。

『爲甚麼呢？』鄉下老鼠問着城上老鼠，想不透何以見人家漂亮東西不能誇好。

『哦，他們只要你有一點點古怪就要誹笑你哪，那就叫不文雅。』芳麗沒敢說『鄉村』，可是她話中含意是那般，於是帕利覺得有點不舒服。所以她思索地抖着身上的小巢絲圍裙，心裏打定

主意下次少提自己家的寒酸事。

『我身體不大好，媽媽說我不必每天上學，加之你又在這兒——一星期祇去兩三次，學學音樂和法文罷了。爸爸說的，如果你歡喜去，你也可以去。你去，那多有意思！』芳麗叫着，使帕利對這意外的恩愛，感着十二分驚異。

『我怕人家都穿着得像你一樣好，知道得又多，』帕利說着，起始覺着對這一類事羞赧。

『孩子！你別擔那個心事。我一定照應你，裝扮得你好好的，不現古怪樣子。』

『我的樣子古怪嗎？』帕利慌忙問，心中卻躊躕着這古怪兩個字眼不是甚麽太糟糕的意思。

『你是個可人意的，而且比去年不知好看多少，不過你生長的環境和我們不同，所以你的樣子也與我們異樣，你看，』芳麗說着覺得很難解釋。

『怎樣不同呢？』帕利又追下去問因爲她歡喜明瞭事理。

『比如說罷，你的裝束就像個小女孩一般，那是一件。』

『我是個小女孩；那爲何不能穿小女孩的裝束呢？』帕利說着，眼睛瞧着自己樸實無華的毛

著译明确分工的情形下进行，译者就更需要从著译合一的大家那里汲取借鉴。遗憾的是当初的译本已难寻觅，后来重编的版本也难免在经历社会变迁中或多或少失去原本意蕴。特别是那些把原译作为参照力求摆脱原译文字的重译，难免会用同义或相近词句改变当初更恰当的语义。当然，先入为主的翻译可能会让后译者不易企及。原始地再现初时的翻译本貌，也是为当今的翻译提供值得借鉴的蓝本。

搜寻查找并编辑出版这样一套丛书并非易事。

首先确定这些译本在中国是否首译。

其次是这些首译曾经的影响。丛书拾回了许多因种种原因被后来丢弃的不曾重版的当时译著，今天的许多读者不知道有所发生，但在当时确是产生过一定的影响。

再次是翻译的文学体裁尽可能齐全，包括小说、戏剧、传记、诗歌等，展现那时面对世界文学的海纳百川。特别是当时出现了对外国戏剧的大量翻译，这是与在新文化运动影响下兴起的模仿西方戏剧样式的新剧热潮分不开的。

困难的是，大多原译著，因当时的战乱或条件所限，完好保存下来极难，多有缺页残页或字迹模糊难辨的情况，能以现在这样的面貌呈现，在技术上、编辑校勘上作了十足的努力，达到了完整并清楚阅读的效果，很不容易。

“民国世界文学经典译著 · 文献版”首编为九辑：一至六辑为长篇小说，61种73卷本；七辑为中短篇小说，11种（集）；八、九辑为戏剧，27种32卷本。总计99种116卷本。其中有些译著当时出版为多卷本，根据容量合订为一卷本。

总之，编辑出版这样一套规模不小的丛书，把世界文学经典译著发生的初始版本再为呈现，对于研究界、翻译界以及感兴趣的读者无疑是件好事，对于文化的积累更是具有延续传承的重要意义。

2018年3月1日

民国世界文学经典译著 · 文献版

出版人的话

中国现代书面语言的表述方法和体裁样式的形成，是与20世纪上半叶兴起的大量翻译外国作品的影响分不开的。那个时期对于外国作品的翻译，逐渐朝着更为白话的方面发展，使语言的通俗性、叙述的完整性、描写的生动性、刻画的可感性以及句子的逻辑性……都逐渐摆脱了文言文不可避免的局限，影响着文学或其他著述朝着翻译的语言样式发展。这种日趋成熟的翻译语言，推动了白话文运动的兴起，同时也助推了中国现代文学创作的生成。

中国几千年来的文学一直是以文言文为主体的。传统的文言文用词简练、韵律有致，清末民初还盛行桐城派的义法，讲究“神、理、气、味、格、律、声、色”。但这也在一定程度上限制了情感、叙事和论述的表达，特别是面对西式的多有铺陈性的语境。在西方著作大量涌入的民国初期，文言文开始显得力不从心。取而代之的是在新文化运动中兴起的用白话文的句式、文法、词汇等构建的翻译作品。这样的翻译推动了“白话文革命”。白话文的语句应用，正是通过直接借用西方的语言表述方式的翻译和著述，逐渐演进为现代汉语的语法和形式逻辑。

著译不分家，著译合一。这是当时的独特现象。这套丛书所选的译著，其译者大多是翻译与创作合一的文章大家，是中国现代书面语言表述和中国现代文学创作的实践者。如林纾、耿济之、伍光建、戴望舒、曾朴、芳信、李劼人、李葆贞、郑振铎、洪灵菲、洪深、李兰、钟宪民、鲁迅、刘半农、朱生豪、王维克、傅雷等。还有一些重要的翻译与创作合一的大家，因丛书选入的译著不涉及未提。

梳理并出版这样一套丛书，是在还原中国现代文学史上的重要文献。迄今为止，国人对于世界文学经典的认同，大体没有超出那时的翻译范围。

当今的翻译可以更加成熟地运用现代汉语的句式、语法及逻辑接轨于外文，有能力超越那时的水准。但也有不及那时译者对中国传统语言精当运用的情形，使译述的语句相对冗长。当今的翻译大多是在

图书在版编目(CIP)数据

一个旧式的姑娘 /［美］爱尔珂（L.M.Alcott）原著；李葆贞 译 .
—上海：上海三联书店，2018.4
ISBN 978-7-5426-5847-0

Ⅰ.①一… Ⅱ.①爱… ②李… Ⅲ.①长篇小说—美国—近代
Ⅳ.①I712.44

中国版本图书馆 CIP 数据核字（2017）第 042004 号

一个旧式的姑娘

著　　者 /［美］爱尔珂（L.M.Alcott）
译　　者 / 李葆贞

责任编辑 / 陈启甸
封面设计 / 清　风
责任校对 / 江　岩
策　　划 / 嘎　拉
执　　行 / 取映文化
监　　制 / 姚　军

出版发行 / 上海三联书店
（201199）中国上海市闵行区都市路 4855 号 2 座 10 楼
电　　话 / 021-22895557
印　　刷 / 常熟市人民印刷有限公司

版　　次 / 2018 年 4 月第 1 版
印　　次 / 2018 年 4 月第 1 次印刷
开　　本 / 650×900　1/16
字　　数 / 400 千字
印　　张 / 28.5
书　　号 / ISBN 978-7-5426-5847-0 / I.1220
定　　价 / 136.00 元

敬启读者，如发现本书有印装质量问题，请与印刷厂联系 0512-52601369

民国世界文学经典译著·文献版（第五辑：英国美国小说）

◆长篇小说◆

一个旧式的姑娘

Old fashioned girl

[美] 爱尔珂（L.M.Alcott）著
李葆贞 译

上海三联书店

目次

織品外衫，笨重的皮靴，短髮，一臉的莫明其妙。

『你今年十四；可是我們已經說那是妙齡女郎的年紀啦，』芳麗接下去說，把眼卻顧盼着自己頭頂上的一綹細髮，前額覆着的疏疏劉海，背上拖着的一片雲髮；同樣地，紅黑相間的衣裙，附帶一些大飄帶，小裙擱，亮紐扣，小點子，緞帶玫瑰花——天曉得那是些甚麼名詞。另外頸上懸着項鍊，兩耳的耳墜玎璫，五六隻戒指卻套在璁漿玉液浸成的纖纖玉指上。

帕利的眼睛從自己望到芳麗，心裏卻想芳麗是二人中最奇特的；因為帕利自小生長鄉村僻地，從不知城市的時髦路數。她這次來見芳麗的嫻雅端麗，自不免萬分羨慕；她又是第一次上芳麗家來，因為他們認識原也是出於偶然的。但帕利並不願以此兩家的懸殊而煩心；只見她滿意地一笑道，『我母親歡喜我穿着樸素，所以我也不在乎衣服。我也不知道如何能打扮的像你那樣。你每逢就坐時，難道就沒忘記過提你的裙擱，或者那些縷縷縲縲的東西嗎？』

芳麗尚未答言，只聽下面大叫一聲，兩人便全傾耳聽着。『那又是毛頭；只有她成天叫嚷，』芳麗逃着；話猶未了，只見房門一衝，進來個六七歲的小女孩，一路嚷着。她一見帕利，瞪着眼一怔，接着依然一路鑽進芳麗的懷裏去，爬上她的膝蓋，忿忿地訴道，『湯姆笑我，你駡他！』

『他幹嗎惹你來着？你別哭，嚇壞了帕利！』芳麗摇着她，於是她又加出一篇解釋。

『我不過說我們昨晚的宴會有冰淇淋，他就笑我！』

『冰——淇淋，孩子！』芳麗也忍不住失笑。

『我不管！那是冷的；我把我的一份放在熱水管上化了纔好吃哩！但畢烈斯把我新衣漲了身！』於是毛頭又滔滔埋怨下去。

『去，上克梯那兒去！你今天簡直像隻小野熊！』芳麗說着，推她走一邊。

『我不去，克梯不能叫我開心；現在我應當開心一下，因爲我淘氣；媽媽說的！』毛頭嗚咽着，一似淘氣是有趣的曲調。

『那麼下來吃飯；那能叫你開心；』芳麗立起身來，抖動渾身，像鳥振翅一般。

帕利希望『討厭的男孩』不同席就好了，可是他卻鼎然在座，一頓飯功夫，不住的釘着眼睛朝她望，上下打量。蘭先生，一位忙碌像的中年人，說道，『你怎麼樣，好嗎，親愛的？希望你別作客，知己些；』以後便好似把她全然忘懷一樣。蕭太太是個略帶灰白兩鬢的婦人，以客禮待她，招呼她的應用物品。蕭老太一位沉靜而老邁的太太，戴頂小帽，一見帕利稱呼，『乖！和她媽一個模子，——你媽怎麽樣，親愛的？』然後從厚目鏡裏不住地窺視新來客，於是可憐的帕利處於蕭老太和湯姆雙層夾攻之下食不下咽。

芳麗在桌上像喜雀般地談鋒最健，而毛頭便是吵鬧第一，直至湯姆提議把她拿缸罩起來，纔哇一聲哭將出來，跟着克梯號啕而去。那一頓飯老實說並不舒服，所以餐罷離席帕利覺得一鬆暢。自此各人自管各人的事去了；芳麗告罪一聲自去見裁縫司務，帕利便一人留在大客廳裏。

帕利並歡喜能清靜幾分鐘；坐在那兒將週遭的精緻裝飾品仔細賞鑑之後，復又立起往來徘徊於柔軟的地毯之上，口裏微微哼着，其時天已漸暗，只有熊熊的爐火映得滿室微紅。忽然老太侵慢走進，向她的圈椅一坐，道，『那老調眞不錯；來唱給我聽，親愛的。我有好些日子沒聽哪。』

帕利本不愛當着陌生人唱詩，加之她學的又不多，只有她媽媽忙裏抽閒教點給她；可是，她素來學成敬重老人的品行，當然此時無理由拒絕，便到鋼琴前徇着老太太所請，唱了一曲。

『那是一種使人聽了喜悅的曲調。再唱一隻，親愛的，』老太太聽完又輕輕請求着。

帕利因受了誇讚，唱起來愈有精神，這一曲索性抑揚宛轉沁人心脾。帕利的音調陳腔又收羅的富，尤其那蘇格蘭風的曲調是她的拿手好戲。她一口氣唱了四五隻，一曲勝似一曲，唱到最後一曲時，滿室靜絕無聲，只見那小姑娘與手底撥弄的大鋼琴音韻裊繞一屋。

『唱的好哇！請再唱一曲，』湯姆斗然從大椅子後面露出一頭紅髮叫着，隨後鑽了出來，原來他已竊聽多時

帕利一驚，她以為沒別人，只有爐前的微睡的老太啤。『我不能再唱了，我累哪，』帕利說着隨即和老太走開到隔室去。紅頭頓時像顆流星般的消失，因為帕利的音調非常冷酷。

老太太伸出手來將帕利一把攬在懷裏，和善地瞧着她的面孔，那慈祥的目光使帕利也忘卻那頂可怕的小帽，也望着她笑；她心想她的粗淺音樂竟能娛悅這位長者，覺得高興之至。

『你別怕我儘朝着你望，親愛的，』老太說着輕輕捻她的玫瑰頰。『我好久沒看見小女孩哪，看了你叫我的老眼舒服。』

帕利想老太太的話多古怪，禁不住問道，『芳和毛頭不是小女孩嗎？』

『哦，親愛的，不！她們不是我所說的小女孩。芳這二年已經是窈窕少女，哪，毛頭呢，簡直是慣壞了的寶寶。你媽媽是個非常機警的婦人，孩子。』

『多古怪的老太！』帕利心裏想着，口裏卻恭而敬之應着『是，』眼瞧着爐火。

『你不見得懂我的意思罷？』老太問着，依然捧着她的下巴。

『不——不大懂。』

『好啦，親愛的，我來告訴你。我們小時候，十四五歲的孩子不作興趁着時髦穿衣，也不赴宴會，像現在，簡直小孩弄到和大人一樣忙；終日度着閒逸，實安不康健的生活，到一二十已經養成一種養尊處優的驕貴習氣。我們那時十八歲以下都還是小孩兒行徑；做事，讀書，穿衣，頑耍，敬重父母，幾曾有現時的樣兒？我說那時人的壽命也比現在長些哩。』

老太太說到末了，似乎把帕利忘卻；只坐着輕輕拍自己肥白的手，眼卻望着牆壁懸的一張老年紳士的像片，穿一身有摺皺的短裝，拖條髮辮。

『他是你的父親嗎，老太？』

『是的，親愛的；我敬重的老父。他衣上的皺邊，一直到死都是我弄；我第一次掙的五塊錢，也就是他給我們六個女孩兒比賽，誰把他的絲襪補得最精緻，結果是我。』

『你該要多驕傲！』帕利喊着，將欣然的小臉靠着老太太的雙膝。

『是的；我們又全學着製麵包，烹飪，穿印花布衣服，快樂得像小貓一般。他們現在全是祖父父親了；我最小，明年七十了，親愛的，也還沒龍鍾哩；女兒反在四十歲時便已身體弄壞了。』

『我也是在那樣環境裏長成的，也許那就是芳麗說我是舊式的緣故罷。你再談你爸爸的事把我聽，請你；我喜歡聽，』帕利說。

『說「父親，」我們從不稱他爸爸；假使我們的哥哥弟弟，無論誰要喊他一聲「長官，」像現在一樣，我準保他大棒攆出去。』

老太提高聲音說着，又鄭重地點頭；可是隔房送來解微鼾聲，似乎說那種向火是消耗。

她尚未及繼續，芳麗已狂喜地進來報告克來拉贊她們兩個那晚看戲的消息，又說七點鐘來接。帕利初次置身城市的佚樂生活，與乖得像個穿花蛺蝶，不知如何是好，直到已經在華麗戲園綠色圍幙前坐定後，纔算定了心。老白先生坐在一橫頭，芳麗也是兩人都不靠近她，她心裏卻感激不已，因爲她想要看的東西太多，無暇談心，自坐一邊反清閒。

帕利正式上戲園還是破題兒第一遭；她從前所看的戲，也無非是那些神仙故事合乎少年人脾胃的，——生動的，光明的，充滿無邪的無稽，引人笑而不傷大雅的。可是那晚她所看的那新戲，卻大不同了。那戲接連賣了百日以上的滿座，以法蘭西的機巧，美國的豪富，作成動人心魄的戲劇以號召。不知是甚麽戲名，總之是非常瑰麗，非常肉感，非常摩登就是了，人人稱讚，個個去看。起先帕利還猜疑是進入神仙世界，只見璀璨輝煌的小人兒歌舞於琉璃仙宮；但，一凝神，卻又親切地聽見妙歌，談話，一轉眼滿眼幻景又全消失，臺上卻分明傳出黑人的歌曲，又打着鄉談土語，說的卻是些淩辱她所素悉的舊式仙怪的話。

我們的小姑娘可憐，簡直不能明瞭那些劇中穿插的詼諧，人家哄堂大笑，她還莫明其土地堂；所以一幕完畢之後，帕利覺得十二分不自在，心想她媽媽一定不歡喜她看這種戲，便覺悔這一來。

可是，事情卻愈來愈糟糕；因爲我這位初出茅廬的看戲者，漸漸因左右前後的閒談，加之她一雙敏銳的眼睛，對於那戲懂得多些了。不一會兒二十四位女郎，打扮成騎師的裝束，從幕後向戲臺騰躍而來，手麾着馬鞭，腳踏着長靴的高跟，眼卻向觀衆傳情，帕利瞧着不但不感有趣，反覺可厭，直等她們走後，纔舒一口氣；但接着又出來一班飛着薄如蟬翼的雙翅，腰裏圍一圈金色流蘇長縫，叫我們的帕利簡直更手足無措；她可憐又嚇又惱，眼睛祇顧低着望戲單，面孔卻不住發熱起來。

「你幹嗎臉紅啦？」芳麗問着，此時妖仙等已不見了。

「我代那些姑娘們醜死啦，」帕利附着耳朵說，舒了一口鬆快的氣。

「你個小傻瓜——那是巴黎最風行的呀，而且舞的實在夠溫。你起先看自不免覺着不入眼，但慣了就好啦，我起先也是的。」

「我下次決不再來了，」帕利堅決地說；因爲她無邪的天性，反對這些苦多樂少的娛樂。她不知道如何能「慣了」。像芳麗所說的；也幸而好她沒有這多的機會再來。她亦說不出一個所以然，祇覺得戲散回家有無限的喜樂和愛的祖母正候着等看他們就寢。

『你出去快活嗎，親愛的？』老太問着，望着帕利的紅頰和興奮的雙目。

『我不情願對您人家說掃興的話，可是我實在不，』帕利答。『有些的確括括叫，但大部分的事卻叫我很不得鑽到椅肚底下去，大家都似乎歡喜看，但我看有些刺眼。』

帕利滔滔訴說她的意見，到眉飛處，把腳上纔脫下的皮靴重重一拍，芳麗倒好笑起來，她翹着足指（像法國女郎般）旋過來道，『祖母，帕利真嚇壞了。她的眼睜得銅鈴一般大，臉像個紅緞子，有一次我簡直以爲她要哭啦。不錯，有些是很怪異，自然，大部分都說得過去，否則我們還能去嗎？我聽司太太說「美極啦；就如可愛的巴黎一色一樣」她是長住外國的；那麼，自然，她知道甚麼是甚麼。』

『我不管她知道多少。我只知道那不宜乎小姑娘們看的，否則我也不致這般難爲情了！』固執的帕利咬着，心裏迷惘卻不服；雖司太太的高論亦不曾使她心折。

『你的話不錯，我的親親；但你一直住在鄉下，你不知幽嫻美德業已落伍了，』剛說了一句，吻帕利一下，道過晚安自回房去了，讓帕利一人作了一夜的壞夢；自己穿着騎師裝在大戲臺上跳舞，湯姆卻坐着窯口擂鼓，臺下的觀衆儘是她父親母親的臉，傷痛地望着她，眼有銅鈴大，臉像紅緞紅。

第二章　新式

『今日我上學校去；上來，我們收拾一下好去，』一二日後芳麗在早餐桌上說。

『你已經很整齊啦；再要收拾甚麽呢？』帕利問着跟着芳麗進入廳房。

『再搽粉抹胭脂，至少半鐘頭，再鬈頭髮圈，』淘氣的湯姆答着他進校的準備很奇特，祇隨手拈起一頂小帽，幾本大厚書隨便一結，好像隨身軍器一般。

『頭髮圈是甚麽東西？』帕利問着，芳麗已自大踏步走將前去，並不理睬。

湯姆接口道，『把天然的頭髮矯揉造作罷了；』說完，口裏吹嘯着走了，樣子異常冷淡。

『你進學校幹嗎打扮這好呢？』帕利問道，注視芳麗正在着意地排列額前的劉海髮，又安插衣裙上各式的飄帶花結等物。

『人家全這樣，又作興，又因爲你不知道你要遇見些甚麽人呀。我待會兒下課後要溜躂溜躂哩，所以我盼望你也把你最好的衣帽穿戴起來，』芳麗答應着，儘將個安琪兒朝自己帽上按，活活抖抖的煞是好看。

『好哇，假使你想這頂不行的話，我就調一頂。我頂愛那頂，因爲那上面有根羽毛；可是這頂卻暖和多哪，所以我每日都戴牠。』於是帕利也回到自己房裏去打扮，爲的怕出她朋友的醜。一時兩人裝扮齊全，走向冰雪載途的大街，北風一陣陣向他們的臉上吹來，帕利問道，『你戴羊皮手套，手不冷嗎？』

『怎麽不冷，簡直冷極啦；可是我的手籠那樣大，我不高興帶出來。媽媽又不許我戴小銀鼠的那付又要留着出客；』芳麗委曲地撫着那付俾斯麥牌的羊皮手套。

『我說我那付灰色松鼠的簡直其大無比；可是那的確很暖和舒服，你如果要的話，我就給你暖手去，』帕利說着，留着自己一付簇新羊毛手套，表示不滿意的態度，而她從前卻當做頭等過的。

『也許以後我要，就向你拿。現在，帕利，你可別怕羞。我祇介紹兩三個姑娘把你，你也別管法文教授一點兒他叫你唸，你要不唸也沒有關係。我們就到前邊教室去；你大概要見一打的生人，可是他們自己還忙不過來哩，你自管坐着得啦。』

但帕利究竟羞得了不得，當她走進滿了年青姑娘的一間房時，帕利一看，她們盡是些如花似朵的漂亮小姐們，正坐着曼笑閒談，活像服裝公司陳列的衣樣一般，五色繽紛，一見她們進來，全驀然一驚。勞麗走過來一一介紹，她們便溫文地與她點頭，又讓出坐來給她坐，等法文教習幾個愛吵鬧的正在模仿某某軍樂隊，有幾個頭簇到一堆在看筆記本，而大家一律地都在嘴裏化着糖，而全體十二人的笑語便如鴨子戲水般的熱鬧。帕利坐下，早有人客氣地遞過一塊蜜糖來，她置身於此衆年輕而活潑的女郎中間，聽着她們的談話覺得自己非常幼稚而又非常寒村。

『小姐們，你們可知道克月到外國去了嗎？外面把她譌得不像樣子，她父親受不住，將全家都搬走啦。那不是新鮮嗎？』剛進來的一位活潑小姑娘和大家說。

『我也想他們走的好些。我媽媽說如果我和她同一學校的話，立刻叫我退學，』另一個姑娘答着，態度似乎很嚴重。

『克月跟一個意大利的音樂教師逃走的，報紙上都登出來啦，簡直鬧的不輕，』第一個發言的又轉對帕利說着，而帕利卻像很神祕似的。

『多糟糕！』帕利喊着。

『我說那幾滑稽哩。她今年纔十六，那男的又是了不起的漂亮；她又有錢，誰都不談論他們哪；她無論到甚麼地方，人家全爭先瞻仰她，你知道，她也歡喜呀；可是她爸爸是個老古板，所以她把他們帶走哪。那眞可惜，因爲她實在是我從未見過的可人意的小東西。』

帕利對這活潑飛揚的貝女士簡直無話可答，芳麗留心便解圍道，『我很歡喜研究這類事情；可是我們這兒不易碰着，因爲那要叫我們格外困難些。你猜我爸爸說甚麼話。他嚇唬我說每天要派女僕跟着我進學校，像他們在紐約一樣。你可聽見過的？』

『那就是因爲克月每次假藉她媽媽名義和她的與月斯特出去頑哪，而他家裏人還以爲她好好到校了哩。你看她不是個小精靈嗎？』貝麗喊着，好似很贊許那種狡猾。

『我以爲略爲浪漫點並沒有關係；就是有個把人跟人走像克月一樣，也不必談論得沸反盈天。男孩子做甚麼沒人說，我偏不懂只把女孩兒管束這緊幹嗎？我倒反歡喜有人長日監督着我！

另一個精神足的年輕女郎加上去。

『最好叫警察頂那美差，雪克斯，再不然讓個小男人頂一頂高帽也行，』芳麗很難爲情地說，大家都笑起來，倍雪過來撕她的嘴。

『哦，你可看過「奇幻新娘」嗎？簡直嚇得死人圖書館的這本書拚不過來；可是有些人歡喜看「破蝴蝶」你歡喜那一本？』大家笑語纔停後一位灰色女郎趕着帕利問。

『我一本也沒看過。』

『那你應當看些。我歡喜「李文斯敦」和「艾之」的書。「奧大」的也可以，就是太長，我沒看完已經厭倦哪。』

『自從來，我纔唸過一本 Mublbach 的小說。我歡喜他的小說，因爲裏面有歷史甚麽的，』帕利說着，心裏歡喜也找出一句場面話。

『那些書可以叫你學問長進，但是我卻愛看那些有刺激性的小說；你呢？』

帕利正想說她從未看過任何小說，法文教授已上堂來，便咽住了。這法文教授是個灰白頭髮的老頭兒上一課只是唯唯否否，一望而知是總不過這班嘻嘻哈哈的女學生們的。於是他們咿咿呀呀上起法文課來作一篇練習，又唸一段法文歷史。縱然教授非常殷勤以待質疑問難，但一班人似乎並不在乎；帕利聽先生問她朋友誰個有名的法國人參加美國革命，她把 Lafayette 錯綜個 Lamarfine，倒慚愧得臉紅起來。

這一點鐘将呀過去；下課便是芳麗在另一教室內上音樂，帕利祇坐着等下這一課便是休息。頂小的姑娘們拿着牛油麵包在院內合起夥來手挽手地吃着談着；別的留在教室內唸書或者講伙；祇有貝麗霉克斯，和芳麗走到校旁的一家摩登的冰淇淋店去小吃，帕利只好跟着，提也不敢提袒母放在她口袋裏作中飯的生菜餅。於是，可口的黃亮煎餅只好藏過一邊，帕利強試着以一客冰淇淋，三塊蛋黃捲來滿足她的食慾。

這些姑娘好像興致很高，特別是一位短小的紳士加入之後；這位小先生的面孔是如是其年輕，若不是他頭上戴了一頂高獨皮帽，帕利幾乎要說他是個小男孩。不一會，芳麗竟由這位矮個兒護衛而欲先自回校，說再要去散步，如她所說綏綏閒逛一下瞧瞧鬧熱的大街。帕利有眼色，只躲在他們兩人後面自顧自瞧兩旁大商店的玻璃窗，直至芳麗斷她在這千金一刻的時刻，注意到她的態度，覺得未免對人不住，方走在一處，進入一處圖畫展覽會，讓帕利去欣賞藝術，而他們便自坐一邊去休息。果然帕利服從地把一間房跑了幾圈，像煞一位藝術大師的神氣，仔細賞鑑，又裝作不曾聽那圓桌邊的一對情侶的談話。但她卻想不透何以一提到一個晚近德國人，芳麗竟那般入神，又何以那般珍重地應諾那日下午的音樂會的約。

好久，帕利方纔起身，帕利的倦容使她不安；於是匆匆和小先生告別，和帕利一同取路回家，在路上芳麗把一隻手伸進帕利手籠裏，又祕密地說道，『喏，親親，你可別提慕法蘭克一個字，不然爸爸能砍下我的腦袋去。其實我一點不愛他，他愛雪克斯；祇不過他們兩人吵嘴哪，他就假裝向我示愛傳情，好使雪克斯發瘋。我好好罵他一頓，他現答應和她和好啦。今兒個下午我們大家去聽音樂會去，貝麗，雪克斯也在那兒，我們大家快活一下；所以只要你不作聲，便甚麼事兒全對啦。』

『我怕那不大妥當吧，』帕利沒慣保守祕密，覺得卽或一件小事都難以隱藏。

『唉，你別迂呀，孩子。又不與我們相干，祇去聽我們的音樂得啦，就是別人在那兒眉目傳情，也不是我們的過失呀，』芳麗不耐煩地說着。

『那自然啦；可是若你父親不歡喜你去，你可該去嗎？』

『我祇告訴媽媽一聲，她亦不管我。爸爸最會大驚小怪的，祖母也是每回打鬧我的美事。你肯不代我告訴嗎？』

『自然；我十分願意；我從來不會搬口。』於是帕利果然不道一字，因她想既是芳麗告訴她媽一切事，當然不能算欺騙父親。

『誰與你一路去呢？』蕭太太問着，當芳麗三點鐘提起上音樂會去的話。

『只有帕利和我去；她是愛音樂的，上禮拜又因爲大雨我又沒去得成，你知道，』芳回答着；走到門口又加一句道，『在路上要碰見人，我們可管不了，不是嗎？』

『你能預先關照他們叫別迎得來，不能嗎？』

『那多失禮！不好！貝麗哥哥革斯——他總去的。我頭髮不亂罷，再有我帽子正嗎？』

帕利尙未及答言，革斯先生已作鼓正經地加入同行，不一會帕利又落到後面，心裏揣想事情並不『全對，』縱然她並無法補救。她天眞的心裏想，旣爲愛好音樂而去音樂會，當然欣賞音樂便是唯一的目的，豈知場中的青年男女除耳聆之外還加上切切情語，這叫帕利非常不解。貝麗和霏克斯全都是盛服明裝；每一換節目的停頓期間，法蘭克華斯和一些別的『漂亮男子，』圍着些年輕的小姐們閒談着大學的瑣碎閒情，又批評一些小有趣的新聞。帕利對這類莫測高深的談話卻不贊一詞，他們先也照例地依照男性的自謙心看待她，但不久便明顯地瞧出她是個不諳社交的靦覥小女孩，便撇下她自找其他的女郎去了。帕利卻幸，耳目清靜，得以專門欣賞那美好的音樂，她心神貫注的笑容使一班眞眞愛好音樂者都望着她微笑，因爲她似乎還能領略弦外餘音。會終人散已是黃昏，帕利出門見馬車候着，覺着心頭一鬆暢，因爲她不大嗜三弦琴，而那日三弦琴特別多。

『這些男人走了我眞高興，他們儘纏着我講話；人家正想聽的當兒，』馬車開行時帕利告訴芳麗。

『你最喜歡誰個？』芳麗慨慨地問，現出一種高貴的豐格。

「棲近的那人他不多說話；我手籠兒丟了他代我檢起來，人叢中他又照顧我；別人全不問我的事。」

「我想他們當你是小孩子。」

「我媽媽說，一個眞正的紳士對小女孩和成年婦人一樣有禮貌；所以我最歡喜史先生，因爲他待我好。」

「你個孩子多利害，帕利。我還沒想到你會留心那類事情，」芳麗說着，心裏方纔明瞭卽是小女孩也含有多量婦女性。

「我雖說住在鄉下，卻一直注意美好的品格，」帕利極其溫和地答應，因爲她不喜愛被男孩兒愛，卽或是芳麗的朋友等。

「祖母說，你媽媽是個完人，又說你簡直像她不差一點兒；所以你別給那些壞人一點顏色，他們下次就好些了。湯姆其實也沒樣品，你倒不抱怨他，」芳麗加一句，回眸一笑。

「他沒樣品我也不在乎，他還是個孩子，自然有些孩子氣，我跟他頑還比跟那些男人來得慣些。」

芳麗剛欲向帕利責問，何以她對「那些男人」意存輕視，只聽對面坐位下一聲「咯——咯——咯——咯！」二人大驚。

「必是湯姆。」芳麗喊着；話猶未了，鑽出個怙惡不悛的男孩，紅着臉，忍着笑幾乎喘不及氣。坐定之後上下打量兩個女孩，一似他對這惡作劇的成功感到心滿意足，又等幾何緋緋話似的。芳麗不安地連忙問道「你聽見我們的談話哪？」

「哦，你問我可聽見每一個字，不是嗎？」湯姆大笑，喜歡得咄咄逼人。

「你可曾見過這惹氣的癩蝦蟆，帕利？現在，我猜你爸爸那兒有一大篇故事好報告哪，是不是？」

「也許是的，也許不是的。帕利，剛纔人堆裏的獨腳舞跳得多好哇！我擠得凶她便跳得凶，哈哈。我聽見她尖銳的叫聲，又看見她拔鞋子。」

「那你也聽見我們誇讚你的人品啦？」帕利靦覥地問。

『是啊，既是你不討厭我，那我就不代你告訴，』湯姆說着，把頭復又保險般地一點。

『你也沒話可告訴。』

『眞沒有嗎？你說長官要知道你們女孩兒家跟一些紈袴子往往來來要說甚麽話呀？我看見你的。』

『唉，我們又與廠色求色州的長官有甚麽關係呀？』帕利問着，裝成她並無言外之意。

『啵！你知道我的意思你別想捉我的錯兒，像祖毋似的。』

『湯姆，我來和你約法三章，』芳麗熱切地喊着。『法蘭克和革斯在那兒又不能怪我，再者我又不能搗着他們的口不向我說話呀。我的態度並不算壞，想爸爸也不見得生氣；我總比別人還好得多哩，可不是嗎，帕利？』

『約法三章嗎？』湯姆入神一下，是個講生意經的意味。

『如果你不搗蛋，搬一些你無權利可聽的是非——𨈈着那兒竊聽人家陰私頂卑下；我想你自己該覺得羞恥！——我便幫你的忙，向父親討你想而未得的自行車，就是毎次祖毋和媽媽不許父親買給你的。』

『你眞肯嗎？』湯姆低頭思索一下，權衡得失。

『自然，帕利也能幫忙；可不是嗎？』

『我還是不參加的好；總之我不開口得啦，也不來破壞。』

『你爲甚麽不肯呢？』湯姆好奇地問。

『因爲我看那好像是欺騙。』

『罷啦，都是爸爸的大驚小怪惹出來的，其實他不必這樣，』芳氣忿忿地說。

『自從我聽講克月和別的人的事，我不怪他大驚小怪。既是他不歡喜你做的事，你何不一次全告訴他，以後便永遠不再犯，不好嗎？』帕利委婉地勸着。

『你可能一字不瞞地把一切事都告訴你父母嗎？』

『自然哪；那不知省卻多少煩惱。』

『那你不怕他們嗎？』

『自然我不怕。有時候，告訴他們很困難，但說過之後卻有意外地鬆快。』

『我們也來！』是湯姆簡短的忠告。

『可憐！芝蔴大一點事也値得驚天動地！』芳說着，煩惱得幾乎哭出來。

『這並不是小事，你知道爸爸不許你和那些人閒遊，你不聽，所以你現在煩惱哪。我不同你立甚麼約，我一定得告訴，』湯姆斗然鼓足了勇氣說。

『假使我永永不再犯，你可肯不代我告訴？』芳麗柔順地問；因爲每逢湯姆抓着她的話柄兒時，她總是退讓。

『讓我想想看；如果你做的好，我也能不告訴。你做的事，爸爸看不見，我都看見，這全在乎你自己啦，你可留神點兒，小姐，』湯姆說道，掩不住那一朝權在手的喜樂。

『她不哪；不許你再惹她哪，你下次有了事她也能待你好些兒呀，』帕利應着，抱着湯的頸項。

『我決沒有事；即或有，我也不請教女孩兒幫忙。』

『那又怪，卻爲什麼呢？我有困難馬上就會來教你，』帕利信任地說。

『是嗎？好啦，那我準代你解決一切，否則我不是湯姆。現在，那麽，別閃滑了，帕利。』於是湯姆先生以二十四分的禮儀扶着二人下車。他心裏覺得有個人看得他重，頓時喜氣百倍，果然放出個大丈夫氣概來，要知道男孩兒的高尚品格亦非激勵不可哩。光是嘈口舌和壓迫祇增加他們的粗野和仇視罷了。

那晚，大家吃過茶，芳麗提議請帕利教她煮花生糖，恰巧那日是烹飪日，加之危險已過，所以芳麗有興致。因爲要巴結魔王，媽媽也請了湯姆參加他們的宴會，毛頭鬧着要去，帕利便又和她約定只好好坐着瞧；於是四大金剛挾着圍腰，錘子，杓子，鍋子等。一行人馬直奔向大廚房而來，帕利又招呼着大家服守軍令。湯姆奉令剝花生，毛頭檢花生肉，因爲他們立定主意要煮一鍋『上上』的花生糖。帕利穿梭價在鍋前守着滚開的糖稀，臉爲爐火所炙紅得像牡丹花，芳麗便往來來小差使。最後帕利喝一聲道『現在，花生倒下去，』於是湯姆將盤向滿了泡沫的糖稀內一倒，別人便嘍口嘍舌地注視着鍋內，滿望一轉眼，一鍋神奇而可愛的花生糖便出來啦。帕利提起鍋來口裏說道，『你們看，我把牠倒在牛油平鍋內，一冷凝，我們便可大吃了。』

毛頭等不及，早向鍋內張望，只聽她怪聲叫道，『怎麽，全是殼兒啊！』

『哦，不好！敢莫是我纏錯哪，肉子倒吃了，祇剩殼兒啦，』湯姆怪叫着，強掩着他惡作劇的滿足，其時兩姑娘已跑到鍋邊，掛着兩張長臉。

『你故意搗蛋，你個淘氣鬼！我再不許你沾我一點兒！』芳大怒，走過去要捉着他搖撼，他已跳開一邊狂笑。

毛頭忍不住早哀哀哭泣起來，帕利不開口，板着臉自管挑着那鍋糖觀看，原來早就不行了。但她一轉身，卻聽觭角一片口角聲，連忙回頭一看，只見芳麗也顧不得甚麽十六歲少女的尊嚴，走上去向湯姆臉上就是一掌，湯姆自然吃不了這一廝，翻身一推，輕輕把芳麗便朝煤箱上一按，一手把着她的兩手，一手便還敬老姊一拳。二人盡皆大怒，狺狺然各想出惡毒的字眼相駡，頓時室中膨脹着戰鬬的氛圍。

帕利不是說沒有小脾氣小性子，可是這種打架相駡的大陣仗兒卻沒見過，如今見她的好友覺斗的從溫文小姐一變而爲母夜叉的模樣，卻眞嚇得不輕，只聽她慌叫道，『哦，你別！請你，別動手！

你要打傷她哪，湯姆—芳麗，放他走！糖弄糟沒關係，我們來做呀！』帕利喊着三腳兩步過去拉開他們，臉急得又靑又黃，那二位方不好意思地鬆手，自覺慚愧。

『我不是給你亂搖亂晃的人；你走開一邊去還好些，芳，』湯姆恨恨說着把頭一陣抓，接着又放平了聲音說『我不過把殼兒放進去，招你們笑一場的，帕利。我這次好好來剁花生肉，你再煞一銷，肯嗎？』

『這是件滾熱的工作，再者，糟踏東西也可惜；不過我願意再煞，如果你要的話，』帕利忍着氣答應，嘆一聲，可憐她的雙臂已酸，面孔又烤得火樣熱。

『我們不要你；你代我滾開！』毛頭揮着一把膠黏的大杓向他說。

『閉你烏口，號啕鬼。我等在這兒幫你的忙好嗎；帕利？我能在這兒嗎？』

『熊愛吃糖，所以你也想些糖，我猜。糖漿在甚麼地方壺內的已給我們用完哪，』好性子的帕利，又來重整旗鼓。

『在地窖裏我去拿；』一拿盞燈，提着壺，湯姆飛快去了，這次的效忠盡責便如大聖賢一般。

湯姆前脚出門，芳縣連忙把門一拽扣上道，「可好了，奸詐鬼走了。我們不睬他，讓他在外頭敲喊，不管他待會糖做好，卻把惡鬼關在外面。」

「沒有糖漿可不成呀！」帕利說道，心想事情總得解决纔好。

「儲藏室內多着哩。不；你別讓他進來，等我弄好。他應當學個乖，曉得我不是給他那樣小鬼搖搓的人。你自做糖，隨他去，不然我去告訴爸爸，那湯姆準得聽一頓教訓。」

帕利心想這很不公允，卻不好說；毛頭又已大聲喊着要糖喫，加之芳縣也的確受了委曲，便只好打疊起精神來做糖；這次總算花生平安無事地進了鍋，糖也成功了，倒出來盛在盤內放在院內冷着，大家全舒口氣，靜待着穩喫了。這時扣上的門又拉得吱吱價響，四人又吐好些復讎的威嚇話，一似在縱火燒房子的聲勢，又好似在拚命狂歡，罐頭瓶等物踢得哗裏鼠哪地響，最後忽然一聲萬響全絕，兩個姑娘正忙得起勁，也不在心。

「他一時出不來的，等把糖切好，我們代他開了門就跑，來拿個好碟子來盛，」這是芳說的話。依帕利便想把糖與湯姆均分，省得他勢所不甘連盤都搶了去，但芳不聽。

等他們拿了碟子下來打算盛糖開開後門一看，誰知，不看猶可，一看大家全大叫起來，原來糖啊，鍋啊，一切的一切——一樣不剩地——全都不翼而飛！謹密的緊搜之後，大家計無可施，只好坐着傷心；心想一定是沒揀着吉利日子，所以兩次做糖，全不成功。

「莫非是熱鍋子融化了沉下雪裏去了嗎，」芳麗疑惑着，拿把鏟子到雪地去掘，也無蹤跡。

「我猜是老貓拖去了，」毛頭哽咽着，忍不住第二次的打擊，照例大哭起來。

「門也沒關，也許是叫化進來偷去。那他倒交了好運，」帕利出外尋了一陣回來說着。

「若是湯姆出來，我保一定是他搬了去的；但他不是老鼠，萬萬不能從這貓戶洞鑽出來呀；所以一定不是他，」芳麗怏怏不樂地說道，因為想自己發脾氣竟蒙了雙重損失。

「我們把門開開告訴他罷，」帕利提議着。

「那他會把我們嘲笑個死。不管；我們開了門就去上床，他要甚麼時候出來隨他的便。淘氣鬼！若不是他搗蛋，我們糖也要吃一半兒哪。」

打開地窖的門，姑娘們向黑地裏的四犯說一聲她們去了，便無精無神地走了。但她們還未邁上第二步樓梯，早嚇得怪聲大叫，好似遇見鬼怪；原來扶梯上出現湯姆的漆黑面孔，卻洋溢着勝利的光輝，一手揮着一盤糖，轉眼又消失了，只聽格格的嘲弄笑聲道，「你們各人不要些糖嗎？」

「他倒打那兒鑽出來的呀？」芳麗喊着，連忙定了心神，剛纔三個險些沒滾下樓去。

「煤洞！」上面陰暗裏傳出幽靈般的回答。

「救世觀音他！一定從洞口爬到街上去，偸了糖，復又藏在百葉窗下，所以我們找時沒看見他。」

「究竟是老貓拖去的罷？」那嘲笑的口吻，活把個帕利笑得前仰後合，直叫肚子疼。

「你把毛頭一塊罷，可憐她傷心死了。我同芳簡直不吃也飽了，你要吃儘管吃光了罷，」帕利笑定了向上喊着。

「上床去，小毛頭，掀開你枕頭看看，」是上面神妙的回答，跟着湯姆的房門，隨洋鐵盤玎璫一聲緩緩閉上了。

姑娘們全倦極就寢，毛頭喜孜孜地從枕下掏出一包黏黏的糖塊，總算如了心願。帕利勞苦一晚，不久便睡熟了；芳麗卻因爲頭痛，不滿意，又想着自己的煩惱，卻久久不肯入夢，看着身旁的玫瑰類，以及甜蜜的夢中微笑，兀自興羨。她扭黑電燈，正想睡，卻見房門口徘徊一灰色人影，欲前還退，可把她嚇極了，大呼道，『是誰？』帕利也驚醒了。

『是我，乖乖，』祖母輕柔地應着。『可憐的湯姆牙痛得不得了，我來代他取些止痛煙油。他叫我別告訴你們，可是我又找不到瓶，又不欲驚醒你媽媽。』

『在我櫃子裏。老湯姆這次可纔眞遭了報哩，』芳麗滿意地說着。

『我想他把我們的糖喫得差不多了，』帕利笑道；不久他們全都睡熟了。剩下湯姆捧着牙喊痛，仁慈的祖母遭殃。

第三章　帕利的煩惱

自此帕利在蕭家住下，但不久她便發現他家生活完全是另一種世界，一切禮儀習尚與她鄉村的簡樸情調大相懸殊，她覺着好似進了外國，一切都是陌生的，便常懊悔這一來。第一件她感着不慣的，便是無事可做，終日不是閒坐着談心，看小說，便是裝束入時上街去溜躂；不到一禮拜，她已感極端厭倦，其情形直如強着一健康常人靠喫糖度日的難堪。芳麗卻安之若素，那因她已經慣了，而且她亦不知吃喝而外尚有其他；但帕利可憐活似一林中小鳥被關在金絲籠裏邊一般。雖說如此，她究竟是個小孩，對過這一切奢侈享受卻不免羨慕，巴望自己也有就好，又想不透何以蕭家如此豪華尚不見得特別快樂。至於癥結所在，尚在她的才智之外；她不敢指出何種生活爲正當，祇能說她偏愛何種，這說起來又是她『舊式』的語氣。

芳麗的朋友們和她也不入港；她簡直怕見他們的面，因爲卽或比她年幼的，都似乎較她爲老道而聰明。他們滔滔不絕地談笑時，她竟茫茫不知所云，往往芳麗看着不過意，便解釋把她聽，她亦不感興趣；的確有些話恰祇使她失糊打怪，別無影響；所以漸漸地別人看慣了也便丟開她，不多兒搭，心裏卻把她當做古怪格格不入的奇人。於是帕利轉過來找毛頭作朋友，因為帕利家裏也有小妹妹，她愛得甚麽似的。但毛頭小姐也有她的小朋友，終日的事也便夠她煩心的；他們五六個一夥也有所謂的音樂會，宴會，待客，逛馬路等等名目，與大人們不相上下；自然他們祇是跟着大人學樣，並無遊時之意。毛頭有她的小名片匣，也時常出去拜訪。「像媽媽和芳」也有漂亮精緻的手套盒，也有手飾箱，也有髮髮針，再有一間和巴黎洋娃娃一般考究的衣櫥，還有個法國女僕服侍她。起先帕利和她也合不上，因為毛頭自居大人，時常老氣橫秋地指斷帕利的言語和態度，卻不想她自己也差不多半斤和八兩。漸漸日子長了，有時毛頭自覺可憐，或者淘氣了，因為她自稱像媽媽般地有點兒神經病，她便跑到帕利面前來尋開心了，因為她的柔和性格，以及忍耐勁兒安做這位小小姐比甚麽都來得鏟。帕利每逢她來相就時，總竭力逢迎；講故事，遊戲，出外散步，要甚麽應甚麽，所以日子漸久，兩人竟要好得分拆不開，如此也解救了一家脫離魔王的吵鬧。

湯姆也是帕利的魔頭，他起始曾有一晌時不放她在心上的，因爲他的意見是『女子究竟無足重輕，』再有帕利恰是他所最諳悉的一種女子。但時長日久，他便戲弄帕利尋開心，要着她怎麼對付，使帕利嚇得走頭無路，唯恐撞着他。他不是躱在門後跳出來嚇唬她，便是藏在黑頭裏怪叫，再不然便是跟着她上樓踏脫她的鞋，有時更尖銳一聲怪喊起來，走在街上他也能把她頭髮一拉，便揚長而去；如果桌上有朋友們在座的話，那他準要死釘着一雙圓眼睛在她身上，必弄到她哭笑不得纔罷。她無奈求他別惡作劇，他卻說是爲她好的，爲她太靦覥應當訓練一下像別的女孩一樣。縱然她竭力表明不喜歡作別的女孩，他也不聽；他祇對着她的面孔笑，把一頭紅髮拉得筆直，作鬼臉望着她，嚇得她逃忙飛跑。

縱說如此，帕利依然喜歡湯姆，因爲她不久便看出湯姆並不得寵，家人也不十分愛惜，常撇開他讓他獨行其道。她奇怪何以他父親也不寶貝他像兩個女兒一般，父親命令他時恰像他是個天生的反叛，一點不像待一個獨養兒子。芳爬當他兄弟是隻野熊，而且恥與爲伍，也從不指正他一首半語；於是一位毛頭一位湯姆還在一起，便活便一貓一狗，並不屬於『快樂家庭』之內似的。只有個祖母還愛疼這大孫子；帕利也不止一次發現湯姆待老太以特殊待遇，而發現之後湯姆總似乎難爲情。他並沒禮貌，他常趕着她喊『老太婆』又告訴她『他不能受她排擠』；可是，逢有事故時，他卽來找着『老太婆』，而又樂意地受她『排擠』了。帕利爲着這些喜歡湯姆有口無心，也常想說出來；但她一想又覺着不便多口舌，所以有時話到口邊卻咽住了，她只放在心裏反覆思想。

祖母在家庭中也佔着無足重輕的地位，或許因爲她和湯姆作了好朋友，也未可知。她比帕利再要落伍些；可是家裏人並不爭較，因爲說起來她已是將就木的人了，只要她每日不妨礙別人的事，『人而前』也漂漂亮亮地穿戴起來卽得。她祇長日在她自己房裏度着冷靜寂寞生活，房裏滿列着陳老的傢具，畫片，書籍以及一切別人不要的陳年舊物，只有她時常去摩挲不忍釋的。她兒子每日倒也抽空來請安，噓寒問暖，看需要添補的便買回來，也頗盡孝心；但他是個忙人，終日在外經營事業，只求富上加富，並不知享受現成。但祖母從不抱怨，干涉或者出主意；可是她自有一種傷感的沉靜，無神的雙目常現出深思的模樣，一似她需要一種非金錢可買到的東西，要是孩子們搗她時，她便呵呵捧捧地，做性將就，憐愛唯恐其不悅。帕利深深覺着這一點，爲她在家無人呵捧，便樂得常藉故上祖母房裏去，和她說笑，告訴她，她如何歡喜她，祖母便喜得眉開目笑，滿面放光，因爲她那冷宮少有兒童蹤跡的。帕利每回見孩子們對祖母大聲小氣，覺得很難受，但又不是她能說得的，她無計可施，只好私心決定待她當自己祖母，特別愛她，盡忠於她。

再有一件攪得帕利頭昏的是每日的運動。每日穿戴齊整上馬路上閒逛點把兩點鐘，立在門口閒談，或是乘着漂亮馬車出去兜等等所謂的運動，皆非帕利所喜，但芳麗卻不願調換別樣的確，有次帕利提議上有樹陰的廣場上去跑一回，可把芳麗嚇壞了，只叫那怎麼行得，她們一輩子也不作與那回事，嚇得帕利下次再也不敢提。在家時，帕利那樣不來騎馬，賽跑，滑雪車，溜冰，跳繩，耙草等等都是她的娛樂，再有下花園工作，河裏去划船，無樣不精；如今怎麼怪她過不慣與一些穿高跟皮鞋和暢胸露臂衣裳的姑娘們扭扭捏捏在街上閒逛呢？有時她實在捱不住，便一人私自溜出去，芳麗正專心於小說，朋友，和飾物等，也不來管她的賬；她便得其所哉地到公園裏閒步，卻挨着兒童多的一邊走，不敢去打時髦男女的叉兒，有時也走進裏邊去，站一旁瞧男孩子們山上山下地滑雪車，好生羡慕，恨不得也能滑一下纔好。可是這爲人在外，不比家裏，如何敢造次呢？看一回自轉家來，他亦不敢遠走，只近處散散心，每逢遊罷返家總是雙頰鮮紅，滿面快樂。

有一日下午，晚飯之前，她坐在家裏悶得只想睡覺，便又悄悄溜了出去，想跑一回提提精神。那天天氣沉悶，陰鬱無光；但其時太陽已從雲端裏又出來，可是依然寒冷，於是帕利踏上平滑的雪路，口裏哼着歌兒自己解嘲着，叫別想家。那時，滑雪車的兒童們正頑得興高彩烈，各逞奇能，以盡及時行樂之致，帕利愈看愈有趣，不禁躍躍欲試，可是沒法兒進身。正愁着，一看山頂上一羣小女孩也在頑她們的雪橇——眞正體面的小女孩，盡皆穿得厚厚的，大風帽，外套，無指手套，橡皮靴等，雪地相映，煞是好看——帕利大喜，也顧不得怕芳罷不許，竟自走了過去。

「我要下來，可是我不敢，這條路太陡了，」一個小孩說着，要毛頭見了又該說那是個「平常孩子」了。

「如果你把雪橇借給我，你坐在腿上，我來滑，好不好？」帕利笑着和那小孩說，她聲音和婉，態度誠實，那小孩留了她一眼，心想她像靠得住的，便滿意地頭一點答應了。帕利留神將週遭望了一眼，看是否有時髦人在場，若被他們看見倒又不妥當，見場上並無可疑之人，方纔放心坐上雪橇，一路如飛地滑溜下去，這一樂可非同小可，兒時的樂事，重溫一遍，一剎那間童心完全來復了。於是一趟復一趟，帕利滑這孩子下去，拖那孩子上來，不一時，他們都把她當作天上的安琪兒看待。誰知歡笑聲中，有人來也不在意；正當帕利把着雪橇又喝一聲「下去」的當兒，斗然聽見一聲熟悉的嘁呼，帕利道聲不好，尚未及下橇，只見湯姆走上前來，一臉的驚異，便活似她騎在大象身上一般。

「哈囉，帕利！勞知道要怎麼說呀？」是他客氣的開場白。

「不知道，也不管。滑雪車沒害處；我歡喜，有機會我不頑嗎？潑喇！多猜脆！」帕利說完兀自滑去，

「你好，帕利！」湯姆奮不顧身地將自己也向他的雪橇上一擲，隨後滑來，她到大路邊帶住橇一頭歎髮順着風吹，一臉喜樂的表情，說明那凍紅的鼻頭並無關係。

時，他亦趕到了。「哦，我們回家時，你不也要這個嗎？」少年紳士喊着。

「我不要，如果你回去不告訴的話；但你準要告訴的，我知道，」帕利坐定說着，想着愁上心來。

「這次我恰恰不想告訴，」湯姆歪着頭說天生的拗脾氣。

「如果他們問我，我自然就說；不問呢，我也不犯着自首。若不是媽准許我頑，我也不頑哩；但是

我不願意叫你媽媽煩心。你想我可太壞嗎？』帕利問着，兩隻小眼睛瞅着他。

「我想那實在快樂；我一定不告訴，如果你不歡喜的話。來上來，我們再來一個，」湯姆熱切地說。

「讓他們拿去好了，那亦不見得好；你到我的上邊來。我這駕橇就叫做『莫害怕，』又快又穩；你且試一趟看我話眞假如何。」

「祇來一次喫；小姑娘們要回去了，橇是他們的。」

果然帕利在前，湯姆縣後，一臉神氣非同小可，喝一聲疾，『莫害怕』一直衝下，煞是神品。二人穿上滑下，不久皆忘其所以，湯姆一似撒了韁的野馬，本性全復，帕利亦復除去靦覥，極盡馳騁之能事。談談笑笑，不住地『再來一個，』轉瞬夕陽西下，飯鐘噹噹數下。

「我們要趕不上了，來，快跑，」帕利說着，慌忙要下橇，此時他們已在大路上。

「你祇坐定，別動彈，我來送你回家，只需片刻功夫，」說時遲，帕利尙未及回言，湯姆早一滑多遠下去了。

到家之後，帕利匆匆把頭抹平，便走進飯廳，蕭先生一見則則道，『芳麗，你要有這麼一種氣色就好了，看這兩片腮頰子！』

『你的鼻子像個紅蘿蔔了，』芳說着，從大椅上走出來，她踡伏在那兒已有一二時了，着了『奧太太的祕密』的迷。

『隨牠去，』帕利答着，用一雙眼睛瞧着那不贊成的面孔。『不管如何，我到底要得暢快，』她加一句，在坐椅上輕輕一跳。

『你總愛在冷地方跑，我看不出有什麼趣，』芳麗應着，打着呵氣，又一戰。

『也許你試一試，便知其中味了，』帕利禁不住望着湯姆微笑。

『你一個人兒去的嗎，乖乖？』隔座的祖母問，摸着她的玫瑰頰。

『先我一人去的，老太後來遇見湯姆，我們便一塊兒回來的。』帕利說時，雙目只向湯姆閃耀，湯姆忍不住笑，一口湯窒住了喉管，只管嗆起來。

『湯姆，離開桌子！』蕭先生喝着他的忤逆兒子一嚇，只有喘氣的份兒，拿條手巾揩口，汁湯兀自流咧。

『請你別叫他走，先生。是我惹他笑的，』帕利萬分慚愧地求着。

『甚麼笑話，說來大家笑笑？』芳麗像剛醒般地問。

『我只知道他時常撩得你哭，你還能惹他笑嗎？』毛頭望着兩人說，她方從外進來。

『你現在又幹下甚麼事來了呢，先生？』湯姆出去一會又走進來，紅臉卻板着，聽他父親問，便道：

『沒事，不過滑雪車的，』他沒好氣地答着，心裏正不服氣爸爸，只教訓他，卻隨着姑娘們的性子，從不說一句。

『帕利也是的；我看見她的。我同白蘭克剛回來，我們看見她同湯姆坐着雪橇從山上直穿下來，後來他又把她一拖那樣遠！』毛頭塞滿一口，叫着。

『不是你吧？』芳麗放下刀叉，臉色一沉。

『是我，我一向就歡喜只個，』帕利答着，臉熱剌剌的，卻依然決定的。

『可有人看見你嗎？』芳麗喊起來。

『就是幾個小姑娘，還有湯姆。』

『這頂頂不作興你不知道，湯姆也派告訴你呀。若是我的朋友看見了，我還有臉見人嗎？』芳說着重重嘆氣。

『現在，你也別駡哪。這原也沒害處，帕利要滑就讓她滑；不是的嗎，祖母？』湯姆連忙來解圍，又拼一個有力的幇手。

『我媽媽讓我頑；只要不同男孩子頑，我看不出有什麼不對。』帕利拾着祖母前頭說。

『鄉下有些事，城裏是不作興的，』薾太太放出儆戒的聲口。

『隨人家孩子喜歡甚麼便做罷，叫毛頭也跟着她。我倒歡喜有個實心眼的小姑娘在我家裏，』最後薾先生作主，此事便算告一結束。

『謝謝你，先生，』帕利千恩萬謝地說着，向湯姆點個頭，他也回覺說『沒事了！』於是低下頭來吃他的飯，活似一隻餓狼。

『哦，你個精靈！你同湯姆吊膀子，可是？』芳麗附着她朋友耳邊說，一似極開心似的。

『甚嗎！』帕利道一聲，又羞又惱，芳麗也自悔失言，連忙藉着向她母親討新手套掩飾過去了。

帕利半天作聲不得，發罷隨即離席，想到靜處去『思索』一下這前情後事。可是還未下扶梯數步，早見湯姆也趕着隨來，又着手兒搶一步揣着去路。他一笑爬上扶梯欄杆，說道『我不吃你，放心。我祇說一句話，就是趕明兒我們再滑車去。』

『不，』帕利說，『我不能來。』

『卻又怪？你瘋了嗎？又不是我告訴的。』湯姆見她忽然變了卦，大爲不解。

『不關你事；你沒食言，也幫着我恰像好孩子。我也沒瘋；不過我就是決定不再滑車了。你媽媽不歡喜。』

『我知道你不是那緣故。剛纔她已釋然了，你已向我點過頭了，決不是那緣故，快告訴我？』

『我不告訴你；我也不去，』便是帕利堅決的答案。

『罷了，我還以爲你比別的女孩子識趣些；誰知你也不過爾爾，我也不高興給你一個大哩。』

「你很知道，」帕利說着，心頭火起。

「你知道，我最恨弱者。」

「我不是弱者。」

「你是，你是。你怕人家說話；不是嗎，你說？」

帕利被他道着心病，開口不得，可是她又想盡情告知他，可是那能呢？

「嗅，我知道你放棄一切了。」湯姆說完轉身而去，滿面怒容直刺進帕利心裏。

「眞太糟糕！他總和我好些，我也剛尋到一件樂事，被這一來，全給芳破壞無餘了。嶺太太第一個不喜歡，祖母也是，我敢說。我再去，還了得，第一芳妮會排擠得我死；所以我必須放棄，湯姆要想我怕，只好隨他去。哦天！我沒見過這多可笑的人。」

帕利關上門很打算儘情一哭，因爲她正在極樂之時，忽地禍從天降，有這麼一來，而且是爲着這麼愚笨的一點事，便把一切都消滅了，多麼可恨。再有小人兒談愛，又是件糊塗中的糊塗事，如何擔當得起這聲名？再者，帕利很知道戀愛是件莊嚴神聖的勾當，在她的觀念裏，以爲和十二個男孩滑雪橇比和一個吊膀子還要好些。隔天她還聽毛頭和她媽講幾句話，叫她慚愧得無以復加的。毛頭說，『媽媽，我可以有個情郎嗎？人家全有，』又說，『發弟應當做我情郎，但是我卻歡喜哈銳多些。』蕭太太答道，『哦，是呀，我眞應當有個小女婿，寶寶，那纔可愛哩。』於是毛頭不久便自己宣布着『已與發弟訂婚了，因爲哈銳摑了她一掌，』當她向他求婚的時候。

帕利想想好笑，又獨自笑了一回，她心想如果她小貓妹問這麼一句，不知她媽媽會說甚麼，總不致於會以爲可愛或有趣，至少要當爲可笑或不自然。她現在念頭又轉到自己身上來；心想可一不可再，此後再不去與湯姆滑橇或者其他兒搭，天幸湯姆因爲教育沒人間的緣故，還不懂時下學校的學生們所玩的戀愛把戲。所以帕利自解自慰，自跑到後園跳一會兒繩，又帶着毛頭在花房子裏頑一回戲遊，又教毛頭學些功課。有時芳麗也來教他們一兩個新式舞步，但三次倒有兩次學不成，只笑亂到一團，可是湯姆卻眞的終日長着一付臉蛋，趾高氣揚，活現出是瞧不起她，一個大也不値的樣子。

再有一件事使帕利作煩的便是衣服，固然並無誰個說過甚麼，她也明知自己的很要得；但不知如何一來，她便不大滿意那藍灰的花布衣，心想太不講究啦，又嫌飄帶上的滑結太小啦，衣緣花邊又太少啦，不一而足。她又嘆息着自己連個鷄心盒子都沒有，又平生第一次嚴重地想着如何把一頭鬈髮梳成個時髦髮髻。後來她實在忍不住，便寫封信回家問她媽媽可能把自己最好的一件衣改成芳尼的樣子，她媽媽回信說：

『不能，寶寶；你那件長短適體不用修改，而且我們鄉村中人還以舊式簡樸爲宜。我欲我的帕利爲人喜愛，不爲衣裳只爲人；所以你只管穿那件布衣，那是媽媽一針一針縫出來的，那些裙襬，隨牠去。我那對大世界自無偉大影響可言；但也許我的小女兒的快樂蛋臉，知足小心，足以表明世上尙有超過巴黎所能供給的裝飾。你想個鷄心盒，寶寶，我今卽寄來一隻，尙爲吾母之物，今特贈與你。內有汝父及我之照片；如果你不順意時，取出壓邪看看，便無事矣。』

果眞不錯，是靈的壓邪還是那雞心，自此帕利終日貼肉藏着，晨與夜寐，都加以輕吻。心裏也只想着如何謹守自己的言行，再不爲衣裳煩心，終日長樂。果也，她自有的鄉村古樸情調，加上笑臉常開的面孔，使得她所穿的布衣布裳都現得是世界最美麗的。可是有一次，帕利作下一件事，那時信逕未來，後來她懊悔得甚麼似的。事情是這樣的：

「帕利，我盼望你讓我喊你瑪月，」一日二人上街購物，芳麗和帕利說。

「你要喊我瑪利，就隨你喊吧；可是我不歡喜我名字後面放上ie的尾音。我在家叫帕利，我也歡喜人家這樣叫；可是瑪月是法國化的名字，蠢樣。」

「我排我的名字後面加ie，所以別人我也加上。」

「那我不是變成帕泥了嗎？不要，不要。」

「罷啦，那算了；我要同你說的話，不是只個。有樣東西你必須置備的。那便是古銅色靴是也，」芳認眞地說。

「爲甚麼，我鞋子多着哩。」

「因爲那是時興啊，你沒有就像不完全似的。我要買一雙，所以你也得買一雙。」

「那價錢很貴吧？」

「八九塊錢的光景。我是寫賬的；你要一時沒錢也沒關係。我可以借把你。」

『我有是有十塊錢，媽媽說隨我花的，但我想回去帶點禮物送給孩子們的。』帕利探出她的小皮篋，攥在手裏猶疑不決。

『你要送東西那不成問題。祖母的新鮮主意最多，你只管請教她好啦。你現在自管買你的靴。』

『那麼，讓我來看看，』帕利，說着隨芳麗進入一家鞋店，自以爲很富足，居然拿十塊錢買鞋，十分了不得！

『那雙不是可愛極了嗎？與你的腳正合式，帕利。趕快買了能，穿來赴我的跳舞會，你準會跳得像仙女一樣，』芳在旁邊咕嘰慫恿着。

帕利立着細瞧，果然好一雙長靴，鞋頭是海扇形的花樣，鞋跟，鞋身無一不裝配勻當，好不玲瓏，想着一雙腳擱在裏面的是不同凡響，稍遲疑一下，便決定買了。提着鞋一路喜不自勝；直等回家獨自坐下打開皮篋盤時纔發一驚，原來裏邊衹剩一塊大洋，和一張禮物單，打算分送她媽媽和弟妹等的。現在一塊錢看着多惹眼！這張禮物單又變得多長！越是沒錢，這張紙也來欺負她！

『奈得的溜水鞋，月爾的書桌都買不成了；這都是他們日夢夜想的。父親的書，母親的領結不可能了；唉，我個自私鬼拿所有的錢買一雙鞋，不是見了鬼嗎？我怎麽一時昏了頭呢？』帕利自語着望着供在案頭的新靴（留着赴跳舞會的，）哭笑不得。片刻又自語道，『靴是不錯，可是抵不上我的損失，我一想着這一大堆禮物便像刺戳的了，』嘆一聲把靴遠遠一推，眼不見心不煩。『我去問祖母去看能想些甚麽法子；每人一定要送件把東西纔行，還要及早趕製，否則便趕不上了；』說完慌忙去了。

祖母果然待一切有急事相求的人均一視同仁，對着帕利出主意，找材料，打樣子，眞是救苦救難。帕利覺得心裏愉快不少；但當她坐着代她媽拿紅緞帶連綴起來縫東西時，依然禁不住悲從中來，愁眉不展，誰要問她何事嘆氣──似有重大心事般的，她必衝口道，『古銅色靴。』

第四章　小事

一日帕利下樓，見毛頭正坐在梯邊大哭，不知何故，便趕過近邊問她，她哽咽道，『雨下得這樣大，我不能出去頑，家裏人又是個個都像恨狐兒似的，沒一個和我頑，』說完又哭。

『別哭，我來和你頑；你大聲要驚醒你媽媽，來，你要頑甚麼呢？』

『我不知道；我甚麼事都厭死哪，玩具全壞了，洋娃娃又全生病，只有克萊華是好的，』毛頭嗚咽着，把個巴黎洋娃娃拚命一踢。

『我正要代我小妹妹縫個布娃娃哩，你來看我做好嗎？』帕利問着，想哄好這吵王，同時不就誤自己的事。

『不，我不高興，因爲你縫的準要比我的克萊華好看，我的克萊華被湯姆在院子裏踢來踢去當球一樣，全給他弄糟了。她的衣裳又換不下來。』

「那你可歡喜把她衣服剪下來，我再教你製新的，你便可以犧牲代克萊華穿上脫下的哪可好嗎？」

「好；我歡喜剪。」毛頭這纔擦乾眼淚現出笑容因爲破壞是小孩天性表現最早的一種，所以裁剪便投了毛頭所好。

於是二孩找到閒無一人的飯堂內坐下工作起來，芳麗尋她們半天不着，最後尋到飯堂，只見毛頭正大聲歡笑因爲克萊華的盛裝完全被她的小主人剪成片了，的是落花流水。

「唉，帕利，你這大再頑洋娃可羞也不羞？我有好些年不碰這類東西了，」芳麗大剌剌地說着，向椅上一坐。

「我不羞，因爲這是叫毛頭快樂也使我小貓妹快樂；我再說，做鍼綫總比打扮或看些甚麼無意思的小說好些。」帕利依然堅決地大針縫過去，不睬她因爲近日她同芳麗之間有點芥蒂，緣因卻很小，說來可笑；原來帕利既不肯讓芳代她梳像「別人一般」的頭，又不肯穿耳眼，因此大家不樂。

『別和我鬧彆扭，親親，我們來找點趣事做做，今天可太悶人哪，』芳妮低聲下氣地求着，心想沒有帕利更雙倍地悶人。

『不能；我忙哩。』

『你整天價說忙。我真沒見過你這孩子。試問你整天忙些甚麼事呀？』芳妮口裏問着，眼睛卻瞧着帕利把件方纔製成的紅花布外衣給新娃娃穿上，禁不住嘖嘖稱羨。

『東西多着哩；可是我有時也愛嬌懶像你一樣；祇躺在沙發上讀讀神仙故事，一念不生。喂，你可要一條白洋紗圍裙，或者黑絲的嗎？』帕利加上一句，對她的工作滿意地一瞥。

『洋紗圍裙，不錯，兩隻口袋，還有小小藍花滑結，我怎麼不要，我來告訴你如何做。』顧不得剛纔笑帕利無聊，芳自己也坐定了不思動身，要不了片刻，早也像其餘的二位一樣專心縫起來了。

自此，所謂悶人的天氣，居然轉變而為不悶人了，數口縫針在談笑聲中飛快地穿來插去，三個快樂的臉兒恍如迎人早霞，不覺過去半日。祖母走來張張，看見這一羣快樂鍼線姑娘，說道，『寶寶們作鍼線哪；不錯，只有娃娃兒是你們可靠的伴侶，而且今日誰還注意學鍼線呀。毛頭，針子密點；芳，你扣子洞鎖齊些；帕利，留心裁，莫把布裁啦。用心學，能做得最好，可以從我這兒拿一塊極細的白緞子代她洋娃娃作一頂遮陽帽。』

芳麗聽說果然發起很來，結果她得了獎賜，帕利卻因爲忙着幫毛頭這樣那樣，反把自己的躭誤了；可是她一點並不放在心上，因爲後來大家吃茶時，蕭先生望着三張光亮的面孔說道，『我猜定是帕利作了你們的陽光，是不是？』

『眞沒有先生，我沒做一點兒事，祇不過穿戴毛頭的洋娃娃罷了。』

縱然帕利不承認她的事工爲偉大，但像這類的小事，的確是世界上最需要的，誰保得住沒有陰雨天，不發脾氣，沒有個逆境？然而能化不快意而爲快意，化陰鬱而爲光明，其功豈不大矣哉？再有一說，此等小事尤宜年青人擔負：一念之善，一動之眞，一言之美，誰也不敢否認或小覷牠的絕大安慰性。大凡爲母親者，暗地裏不知作過多少此等小事，但因其事小，便無人注意，無人重視，無人記憶，其實此等小事具有極大的魔力，是家庭的陽光，是家庭間快樂的連繫物。帕利深知此項秘密，所以她愛作『小事，』那是他人所不見或無暇及此的；她做時也無望謝的心，但結果人我兩樂。她自己家自然不用說是個快樂家庭，但到芳麗家後，她不懂何以家庭間彼此，毫無容忍包含，深深覺得他們家需要大最的愛。她也沒打算負起解決此問題的責任，她僅僅盡其所能地愛他們，服務他們，忍受他們；心地光明，度量寬宏，態度悅人，以此我們帕利能得了每個人的心，即或是小人兒亦復心順意服，不是偶然的了。

蕭先生非常中意她的溫柔可敬的態度，也十分歡喜她；帕利覺着，自不用說感激萬分，不久便忘記害怕，除去靦覥，在各樣小事上表明她對他的愛，使蕭先生大樂。舉個例說罷，每日早晨她總陪蕭先生一程送他到辦公處去，一路忙忙地談着笑着，直至公園大門前，方兩人點頭，笑道一聲『再會』纔大家分開。起先蕭先生也沒放在心上，但日久如果帕利一日不來，他便好似失去甚麼似的；但如果那日有個穿藍大衣的小人兒，聰明蛋臉，和悅聲音地走來把小手插在他手裏的，一路穿過冬日的公園，便覺得事有不同，一天工作都異樣有精神。要是黃昏遲遲歸來，他也極歡喜見那附着窗口的黃髮鬈，熱切的小臉正憑欄待歸人哩；走進屋來，只見拖鞋已放好，報紙已擱好，另有一雙自助的小脚，穿梭慣只待供奔走之役。有時他注意着幾個女孩，心裏說道，『要是我的芳麗多像她一點就好了，『別人見他低頭沉思，還以爲他浸沈於國家的政治大事或是金融市場的問題哩。誰又知道他卻另有所思呢？蕭先生說也可憐，早年爲經營事業，日夜只想富何嘗有暇顧及骨肉之愛，到如今稍爲閒空些，卻不道兒女早已長成，各人自有各人的事，依依膝下的樂趣簡直不可能了，豈不叫蕭先生傷心。這時卻跑來個帕利，無心地表現出多少兒女愛來，使他覺着他的需要，使他覺悟過去的錯誤。的確他現在如果沒有那種小兒女的依依之愛他簡直不能過，但他心裏卻奇怪，以他這等忙碌冷淡心不在焉的人，何以也能贏得兒童的愛。

一日夜晚，就寢之前，帕利照例地和祖母親吻，芳麗卻笑道，『你今年幾歲呀，還做出這些小孩兒行徑！我們太大哪，不做這些事哪。』

『我不相信在父母面前也有大的日子，我八十歲也要和父母親吻，』是迅速的回答。

『對的，我的小帕利；』蕭先生說着伸出一隻手來，又極其慈祥地望着她，芳麗豁然一悟，隨後又忸怩地道，『我一直以爲你不在乎哩，父親。』

『我在乎，親愛的。』蕭先生又伸出另一隻手去，芳麗接着，和父親輕輕一吻，那時那刻她忘記一切，只有童年的小兒依戀之愛重上心頭，卻是多甜蜜輕柔呀。

蕭太太是個神經衰弱，脾氣燥急的病人，她每五分鐘內都有東西需要；所以帕利能爲她作不少小事，而且作的又快又好又不作煩，以此這位可憐太太也愛上這沈靜肯做事的小姑娘守着她，服侍她，唸書把她聽，代她奔走，或者遞七條不同的圍巾，讓她披上取下的。祖母也是因了帕利甘願服役的手和脚快樂，因她往往在那冷靜的房間裏陪着祖母度上幾點鐘，學習各式美麗的美術，敬聆祖母快樂的談話，永不曾夢想她曾給予這孤寂的老婦人多少陽光。

湯姆卻磨了帕利好些時日，因爲他時好時歹，那脾氣兒叫人捉摸不定。有時他苦待她，但有時也娛樂她；她一天能善得像菩薩，過一天又能惡得像老虎；有時帕利想他永不爲非作歹了，但接着她知道他又在想法兒害人，甚麼懊悔，改革早就攛到大西洋那邊。帕利有時氣極了，便賭氣不理；但她又是天性愛幫助人的，所以見他有困難，還是照常待他好，那天性裏帶來的和善是沒法兒想的。

一日黃昏，湯姆正伏案唸書，忽地長嘆一聲，帕利聽見連忙回頭一看，只見隔桌的湯姆先生，搔着一堆破敝不堪的書發氣哩，雙手抓着頭髮，那情形便好似他正努力的可怕的工作會使他的頭破空飛去一般。帕利連忙問道，『甚麼事呀？是功課太難了嗎？』

『難！猜猜也是呀。甚麼老加太基人關我屁事？越革勒斯不能算壞，可是我提到他頭也痛！』湯姆說着，又將"Harkness's Latin Reader"重重一摔，將言外之意都深深表明出來了。

『我很歡喜拉丁文，從前我同建米一塊讀很不錯哩。也許我能幇你一點兒吧，』帕利答着，湯姆正擦着發熱的臉，又掏出一粒花生喫算是滋補，見說答道。

『你嗎？啵！女孩子的拉丁文好不了那裏去。』

但帕利現在已經習慣他的性子，所以也不跟他計較，向桌中間湯姆方纔敲擊的那本書的玷汚的一頁望了一眼。隨卽拿起來唸了一段，唸得是如此其好，以致那位年靑的紳士停止咀嚼口裏的花生，驚異而帶有幾分恭敬地望着她，等她唸完一段時，他疑疑惑惑地道，『你眞夠狡點，帕利，先讀熟了，在我面前抖。那可不行，小姐，揭十二而過去再唸。』

帕利依順了，但此次較上次尤佳，她擡起頭一笑道：『我一本全唸過的，你無論如何都別想捉我的錯兒，湯姆。』

『我問你，你怎麽會知道怎麽多的呀？』湯姆很感觸的問。

『我同雄米一塊兒唸書的，因爲父親讓我們共同預備各樣功課，所以我們總是在一起。在一塊兒唸眞好我們唸的多快！』

『講雄米的事給我聽，他是你的哥哥，可不是嗎？』

『是的；可是你知道他已經死哪。我下回講他的事把你聽，但現在你可試唸書，看我能幫你一點兒忙不，』帕利答着，脣吻微微顫動。

『那還用說，你準能，』湯姆很嚴重而認眞地把書在二人中間攤開，他覺得帕利的程度比自己好，所以也不甘示弱，好爭回男孩兒的令譽。果然，因爲他存心爭勝，困難也就迅速地過去，加之帕利這兒那兒地指發指撥，他們簡直像流水般地讀下去，最後有幾條定理要背。帕利也忘了，所以二人努力地唸；——湯姆把手插在袋裏，來來回回地搖動，嘴裏咕咕噥噥地唸的非常之快，帕利便皺着前額的鬈髮，雙目瞪着牆壁，是出全力地唸唸有詞。

『好了！』湯姆第一個叫起來。

『我也好了！』帕利響應着；於是二人輪流着背，背到滾瓜爛熟。

『那眞夠味兒，』湯姆快樂地說道，將可憐的 Harkness 背推開一邊，覺得只要有愉快的友情，甚至拉丁文法都可人意起來。

『小奶，我們現在該來預備幾何了。我歡喜幾何簡直和恨拉丁一樣多。』

帕利接受了他的邀請，但不久她想湯姆簡直應當打她。這種事實恢復了他的安靜；但他沒有一點自鳴得意的意思；他祇耐心耐腸地教她，那種下意識模仿的杜教授的神氣，莊嚴地講述圖解，使帕利一雙明亮的眸子放出硬抑住的微笑，直至最後忍不住要笑出聲來。

『你歡喜甚麽時候學，我就教你，』湯姆極其大方地和她說，將幾何又丟開一邊。

『那麽我每天晚上來。我歡喜學，因爲我自來到這兒還沒學一點兒甚麽哩。你試着教我喜歡幾何，我便教你喜歡拉丁好嗎？』

『哦，我要是有人解釋給我聽的話我並歡喜呀。老杜叫我們唸的雙倍快，卻不給個時間給我們問題。』

「你問你父親啊；他知道呀。」

「不信他知道哩；就是他知道，我亦不敢煩他去呀。」

「這卻爲何呢？」

「他呀，拉我的耳朶，喊我「笨瓜」，再不然叫我別擾他。」

「我不相信。他待我和善極哪，我問過他好些問題。」

「他歡喜你比歡喜我多呀。」

「湯姆！——你不該講出這般話來。自然他歡喜你比歡喜我多多哪，」帕利責備地喊着。

「那他爲甚麼沒有表示呢？」湯姆咕嚨着，又半思索半輕蔑地向那掩着的書房門望了一眼。

「你做的不對，叫他怎麼能呢？」帕利想了一會，委實想不出別的解答，便如此答着。

「他幹嗎不給我自行車呢？他說的，若我在學校有一個月的成績好，他便買給我，但我在學校拚命六星期，他還不是沒給我一樣東西。女孩子要做甚麼衣做甚麼衣，因爲她們會磨呀。總之，我不幹那樣事；但你別想逼人家用功到死而一點酬報沒有呀。」

那是很糟糕；但你該做的事便該努力做，而不應計較於酬報呀』，帕利試巡以大道理安慰他，心中卻祕密地熱切同情可憐的湯姆。

『你別講道理，帕利。假使長官稍爲把我放在心上，管管我的事，我也不致於把酬報看得這重；但他一點也不問呀，就是上次在朗誦日我背他所歡喜的那篇「月結魯斯湖之戰」，他都沒問我背的好壞呀。』

『哦，湯姆你背那個嗎？好極了！我同建米常在一塊背「荷勸丟斯」眞有趣。快將你那篇說給我聽，我很歡喜那些詩哩。』

『可是長極啦，』湯姆道；但他的臉發亮了，因爲帕利的高興慰撫了他創傷的情感，想着藉此可一顯演說的身手便樂起來。他的氣已漸漸平了下去；祇有字裏行間的勇武的戰場燃燒着他，不知覺間，他已立起身來，聲如洪鐘般地以極漂亮的風格背誦起來，帕利已不由自主地凝神壹志地聽着。湯姆的確來得好，因爲他十分忘記自己，傳出那些奔放的故事詩時都帶有力量的，所以帕利聽到好處，禁不住快樂夾着讚揚，弄得臉上忽紅忽白起來，同時這種感應還影響到第三者，他一直藏在新聞紙後面聽着也注視着這面的事的。

湯姆一口氣背完住了口，帕利立刻熱切地鼓起掌來，忽然後面也高聲響應着，可把他們嚇了一跳。連忙轉過身來望，只見蕭先生立在門口，也拚命在拍手。

湯姆似乎很羞愧，一聲也不響；但帕利早就跑上蕭先生跟前去，在他面前舞着，口裏誠切地說道，『那不是好極了嗎？他可不是來得好嗎？他現在還不可以得到他的自行車嗎？』

『括括叫，湯姆；你很可以作個演說大家哩。再讀一篇像那種樣子的，我要來聽你背。你可眞準備好接收你的自行車啦？』

帕利的話究竟不錯；湯姆至此方相信『長官』是和善的，是愛他的，也沒有十分忘記他的諾言。這小孩子聆着這意外的嘉揚時，止不住快樂得面孔發紅，只低頭頑弄衣衫上的紐扣；但當他開口時，他筆直地朝他父親臉上望過分的喜樂使他急不擇詞，只聽他一口氣說道，『多謝你人家。我願意讀你人家。當然我要你人家！』

『很好；那麽明日你來瞧你的新馬，小先生。』蕭先生說着，又伸出慈祥的手撥撥他的紅頭，威覺一種作父親的快樂，就是說他兒子究竟不是毫無所有的草包。

果然湯姆第二日得到了他的自行車，起名叫「黑奧斯特」，便是紀念那篇「月結爾斯湖之戰」詩中的馬的，但不幸這匹馬剛出陣便遭殃。

「出來看我騎車去，」湯姆附着帕利的耳朵輕聲道，如今他已是在街路上練習了三天的自行車手了，他本來已學會在冰場上騎的。

帕利和毛頭不用說極其情願去的，她們歡喜看他和車子奮鬬，因爲那是極有興趣的，直至有時連人和車都傾覆了，似乎騎車的那回事幾乎告一完結似的，更加見得精彩。

「喂，喂！奧斯特來啦！」湯姆叫着從公園外斜坡的大路上衝下來，鈴子拉的震天價響。

她們連忙向旁邊退一步，他已箭一般地過去，耳中只聽呼呼響，他的手脚像瘋狂般地動着，那副樣子的態度祇能用飛跑的機器來形容。如果不是一隻大狗忽然橫路衝出來呢，這一路斜坡下來確是很英武可觀的，但不幸經這麼一來，連人帶車都滾到路旁的水溝裏去。帕利還笑着趕來瞧，以爲又是翻了車，因爲她見湯姆睡在地上，車子壓在上面，大狗在旁邊撒野地狂叫，主人便駡牠討厭。

但她朝湯姆臉上一瞧，帕利害怕起來，因爲他毫無血色，目光異常，眩鈍，而且大滴的血從前額的傷口裏流出來。這時他本人也瞧見了，他立刻站起；但他已不能夠，只眩眩無主地望着，便向欄石上一坐，帕利早一腳趕上拿出自己的手帕按着他的前額，又極其憐惜地求問着究竟他傷了沒有。

『別嚇着媽媽，——我沒有事。翻了車，可不是嗎？』他口裏問着，眼睛卻望着那顛覆在地的車，對於車子損失的焦煩比自身的痛苦還熱切。

『我知道你總有一日要被那可怕的東西傷着的，果然不出我所料。現在不管牠哪，回家去，你看你的頭流血不像樣子啦，而且這麼多人都朝着我們看，』帕利和他耳語着，試着將手帕結起掩住那醜陋的創口。

『那麼就走啊。乖乖！我這頭裏多怪呀！請你代我推一推。別號叫，毛頭，我們回家。你帶着車，我一定酬謝你，派特，』湯姆說着，緩緩立起身來，倚着帕利的肩頭，衆人從了他的命令便列成了隊伍走，第一是大狗，開路神般地在最前面，不時還要叫上兩聲；第二便是脾氣好的哀爾蘭人，轉着他所謂的「陀螺的魔鬼」，就是他給自行車的別名；於是第三，受傷的英雄，被忠心的帕利維護着；最後是毛頭歷陣，眼淚汪汪的拿着湯姆的小帽。

不巧，爾太太和祖母乘車出去了，芳麗會客去了；所以祇有帕利一個人來治這可憐的湯姆，兩個女僕，一個是不能見血的，一個見了這情形早慌了手脚了。幸而不久大夫來了，他說傷口不輕，立刻就得縫起來。『必須有個人穩着他的頭』，大夫穿那古怪的長針時又補一句。

『我能不動彈，但如果一定要人穩的話，就讓帕利吧。你不怕的，是嗎？』湯姆問着懇求地向她望了一眼，因爲他不歡喜說祇縫一小塊。

帕利剛想退縮一邊去說『我不能！』但她立刻憶起有一次湯姆說她是弱者。這兒正是一個給他證明不是弱者的機會；除此，可憐的湯姆又無第二個人可以幫他的忙；所以她走到他所躺的沙發前，向他保證地點點頭，便伸出一雙細小而柔軟的手穩住那創傷腦袋的兩邊。

『帕利，你是個好漢』湯姆耳語道。說着他牙關一咬，握緊拳頭，隨即屏着氣躺着，像個大男子漢般地忍受一切。不到兩分鐘，手續完畢，再加飲了一杯酒，床鋪理淸，他覺得適意非常，不管他頭部的痛苦；也不管大夫叫他安靜的命令，他說道，『帕利，我眞眞多謝你，』感恩的臉注視着正爬開去的她。

他得在家裹休息一星期，他每日睡着瞧額前繫着的一大塊黑布倒是怪有趣的。現在誰都知道他了；因爲大夫說，假使那一探只離太陽一寸，那便沒命了，人家一想着要是他一下就去了怎麼辦，所以一位粗直的湯姆忽然變作各人心目中的寶貝。他父親至少一天問他十二次好點沒有；他母親不斷地談說『他的親兒子險些沒命；』祖母便想出各式各種方法燒有味的小菜給他吃；幾個女孩子便像忠僕般似地川流不息價在床前服侍。這種新式的調治見了十分的功能；因爲素被冷淡的湯姆忽然受着這種特上的待遇，自然心中的喜樂掩蓋不住，像有些病人一樣的，他一時異常的忍耐，知恩，可愛叫一家都驚異的了不得。沒有人知道這一切對他有多大好處；因爲男孩子除了與他們的媽媽，是少有這種信任的，而蕭太太從來就沒有找到開她兒子心房的鑰匙。僅僅乎一點小種子播下去，生了根，雖說長得很遲緩，但到後來總能結出一些東西來的。也許帕利還幫了一些忙。黃昏是他最苦的時候，因爲他平常是極愛運動的，現在忽然動也不能動，幾乎悶得他發神經病。他不能睡覺，女孩們便想出法了來叫他高興；——芳麗頑遊戲，又高聲唸書給他聽；帕利唱詩，又講故事；而她的故事講得如此的好，所以每逢黃昏便開講成了慣例了，湯姆總是躺在他的好地方祖母的沙發上的。

『燃火，帕利，』湯姆一日黃昏又向帕利說，她正坐在她的低椅上，撥旺爐中的火，好叫室內暖和光亮。

『湯姆，今天我似乎肚子空了。一切的故事都說完哪，實在沒有說的哪，』帕利答着，手搔着頭，目光發怔，是湯姆從未見過的。他朝她望了一分鐘，隨即奇異地問道，『就在這當兒，你想些甚麼事呀，坐着瞧爐火，一分鐘比一分鐘不快活，爲的甚麼呀，你說？』

『我在想廸米哩。』

『你能不能講點他的事給我聽？我要求你講你不怪嗎？你知道，你說過過些時候要講給我聽的；不過你若不高興時就別，』湯姆放低他的粗聲音恭敬地說着。

『我歡喜談他的話；可是沒有多少可說的，』帕利說着，心裏很感激他對兄弟的興趣。『坐在這兒陪伴你，叫我回憶到他從前病時，我也是這麼着常常陪着他的。我們常常有這快樂時候的，就是現在想起也是叫我快樂的。』

『他是十二分的好人，不是嗎？』

『不，他不是的但他試着做好人，媽媽常說他祇奮鬪了一半。我們往往灰心得不肯再作好人了；但我們還是常常下大決心，又努力去實踐。我自己相信一無所成；但廸米的確不同，所以誰都愛他。』

『你們從不像我們一樣地吵架嗎？』

『當然，有時候不免的；但我們不能長久，一會兒就和好了。廸米總是先來說，「我全同意哪，愉利，」這麽和溫，這麽喜樂，我便忍不住笑哪，就又好好兒作朋友哪。』

『他不是知道一大些東西嗎？』

『是啊，我想他知道很多，因爲他歡喜研究，打算以後幫父親的忙。人家常叫他一個好孩子，每次我聽了不知有多驕傲；但他們還不知道他的一半聰明哩，因爲他不斷出一點兒來。姊妹們常把弟兄看作偉大；但總沒有我更來的確切了。』

『有的女孩子把她們的弟兄看得一個大也不值；可見你見聞不多。』

『罷啦，如果弟兄實在不偉大自然引不起姊妹的敬仰；如果誰都像建米待我，我包誰也要承認我的話。』

『究竟他做了些甚麼呢？』

『他愛我，也不怕表示出來，』帕利嗚咽着回答，分外動人。

『他害什麼病死的呢，帕利？』過一會，湯姆淒然地再問。

『他是去年冬天滑雪橇受的傷；但他始終未提是誰傷他的，傷後一禮拜就去世了。我總幫忙服侍他；他簡直忍耐極了，我時常禁不住奇怪他何以能如此，因爲他無時不在絕大的痛苦之中。他把他的好東西送給我，書啊，狗啊，花斑母鷄啊，還有大刀子，又和我說，「再會了，帕利，」——末了還吻我——於是——哦建米！建米！要是他能回來就好了！』

可憐的帕利說着說着，珠淚已自盈眶，嘴脣不住地顫動；等到說『再會』時，她已不能繼續，只將手蒙着臉，像心碎了一般地哭泣起來。湯姆在旁邊充滿了同情，但他不知道如何表示；祗坐着將樣腦抵亂搖，努力尋思可有適當的慰語可說，正在無可奈何時，幸而芳麗趕來解了圍，她雙手把帕利一抱，輕柔的拍着，小語着，又吻了無數次，帕利的珠淚方纔停止，又說，『她並非存心如此，而且下次再不了。我這一晚總想着我親愛的哥哥，因爲看見湯姆引起我的回憶，』她說完又是一嘆。

『我嗎？怎麽可以呢，我一點兒也不像他？』湯姆驚叫起來。

『可是你有些地方像他。』

『我是的倒也好了；但不成呀，他是好人呀，你要知道。』

『你只要想做，你也是呀。他這次可不是又好又不發躁嗎？他懂事時我們不是大家都愛他嗎，芳麗，你說？』帕利向芳麗說着，雖然她仍心痛她的哥哥，但仍捉着機會想以他的好德行去感化湯姆。

『是的；這男孩子最近如何我不大知道；但他一好準與從前一樣壞，』芳麗答着，她是不大相信病榻上的懺悔的。

『你知道得多哩，』湯姆吼着，復又躺下，他先突然坐直原爲帕利夠惱人的一句話，便是說他像可愛的建米的。那故事雖然簡單，卻深深打動了湯姆，尤其那臨了的幾滴淚已經透到他的心坎兒，也便是多數男孩子珍重掩藏起的。湯姆忽然想被人愛，被人讚揚的確是件可喜的事，死了有人紀念，有人悲傷，更外是甜蜜蜜的；所以他立刻有個願心便是模仿建米，他想建米必並未作成甚麼驚人的事體，但他妹妹仍然如此愛他，死後一年提起依然那般傷心；他是這般地用功，做人事人家都叫他『好孩子；』而且如此熱切地要好，不住的努力，直至他比帕利還好幾分；帕利在湯姆的心目中已經是女孩兒中的標準人材了。

『我只巴望有個姊姊像你一樣就好了，』他忽然說了一句。

『我也巴望有個像建米的弟弟就好了，』芳麗也叫起來，因爲她覺得湯姆那句話中的責備之意，而且那種責備是她該受的。

『我說你們誰也不要嫉妒別人，因爲你們不是沒有，』帕利說道，她那深思的模樣，斗然叫湯姆和芳麗自愧何不大家共享快樂像帕利和建米似的。

『芳麗除了她自己，誰也不在她心上，』湯姆道。

『湯姆是隻熊，』芳麗答。

『我不願說這些話，因為日後你們倆無論誰有個長短，別一個便要覺得難過了。從前我和廷米說的氣話，現在回憶起來，真後悔我不說就好了。』

兩粒大的珠淚，從帕利頰上滾下來，又輕輕抹去；但我想這兩滴淚已經瀉出那種甜蜜的情愛，卽叫作弟弟之愛的，也就是這一對姊弟一向忽略的。以後，他們誰也沒說一句話，或者計劃甚麽，或是認錯甚麽的；祇是那晚分手時，芳麗在那受傷的頭上輕輕撫了一下（要是她吻他，那湯姆便要永遠不饒她，）又輕輕耳語道，『我盼望你睡得好，湯姆，親親。』

湯姆也點着頭回應道，『同樣的，你也是，芳。』

那就是如此而已；但這裏面有大意思，因為聲音是柔和的，各人眼睛內溶化着熱愛是超過語言的。帕利看到了；雖然她不知道自己是陽光，但陽光的反照叫她快樂，縱然她的廷米不在那兒和她道晚安，她依然睡的極好。

第五章　困難

孩子們的異乎尋常的好是站不住的，不久他們便會變得厭氣，又要找點新鮮事情換換口胃了。湯姆出事後的一禮拜中，幾個孩子們好得像天上的安琪兒一般，甚至祖母都焦起心事來，她怕『要出叉兒了。』其實老太太不必那樣焦急因為這種過分的好，沒有多久已經露了原形，除了故事書上的好孩子依然是好孩子；湯姆沒有復元之前，整個的隊伍已走了叉道兒，而且結果是很痛苦的。

芳後來說那件事完全是『帕利的阿木林』造成的。事情原來是這樣的，那日黃昏蕭先生返家，帕利照例跑去迎接，替他脫大衣，忽然門鈴響起來，帕利一時忘記城市的規矩竟親自去開門，誰知轉來時手裏卻拿了一束暖房裏的花。

『唉，這是甚麼東西？我的小帕利居然也來上這一套了，』蕭先生笑着說道，一面望着帕利的酒渦和紅頰，她正在嗅那束可愛的花，又望着向日葵花中藏着的一張條子。

如果帕利不像芳說的那樣阿木林呢，她便當用點思想，讓這事馬虎過去；但你們看，帕利不過是個誠實直樸的小人兒，而且她做夢也不曾夢想這有什麽隱密的必要，所以她便老老實實地說了，『哦先生啊，這不是我的呀；人家送給芳的呀；我猜大槪是法蘭克的。她一定要高興了。』

『那小東西送她這樣的東西，是嗎？』蕭先生斗然臉色一沉，把條子抽出，冷峻地打開來看。帕利有點懷疑芳麗所做的『那類事』是否曾經批准通過的了，她不敢做聲，只是着想自己從前如何每逢二月十四接到男孩子寫給她的有趣的情書，如何和父親一塊笑，一塊看。但蕭先生看過這和花一同送來的情書，卻不曾笑，臉板得那麽利害，把帕利嚇得只是心頭亂跳，只聽他怒聲問道，『這把戲頑多久啦？』

『先生，我——我的確不知道。芳沒有惡意的，我巴望我沒說甚麽話吧！』帕利結結巴巴地說着，忽然憶起上次音樂會那日允許芳麗不代她告訴的話。她老早已忘記這一切了，而且她也看慣這些『大男孩子』了，就是那法蘭克和別的些人。到現在她方又陡然想起蕭先生是不歡喜這一類雅與的，而且芳麗也是在禁令之下的。『哦，天！她一定要急瘋了！可是，我沒法兒呀。女孩子和父親要沒有祕密，也就沒有這些麻煩了，』這是帕利心裏的話，她看嘶先生把那粉紅色束一招，仍然放在花裏，他一手拿着花，說道，『叫芳麗到我書房裏來。』

『你做出來了，你個傻瓜！』芳麗一聽見這個信息，喊起來，她又怒又嚇，一時竟不知所措。

『你叫我別的做甚麼呢？』帕利也沒了主意。

『讓他以爲是你的，就沒一點事哪。』

『那不是扯個大謊嗎？那比告訴更壞哪。』

『別傻得像個傻大姐吧，你既然把我弄進困難，你得幫我出來，我不管。』

『假使我能，我自然願意，但我可不能幫任何人扯謊！』帕利也火冒得叫起來。

『沒有誰要你如此。你只把嘴閉着，讓我來辦理。』

『那麼我還是不下去的好，』帕利說時，底下一個像藍鬍子般的暴厲的聲音叫道，『還不下來嗎？』

『來了，先生，』芳麗溫柔地答着，緊緊將帕利一抓，附耳道『你也得來；待會他那容色俱厲的樣兒會把我嚇的心也沒有哪。帕利幫我；小親親。』

『自然，』帕利也附着耳朵回答，於是兩個人提着兩顆亂跳的心走到樓下去。

蕭先生立在地氈上，樣子極其嚴肅；花擱在棹上，旁邊有一張信是給『慕法爾克先生』的，字寫得極雄勁。蕭先生指着這封動人心魄的信兩道濃眉皺起來，向芳麗說道，『我立刻要將這無意識的事告一結束；如果再犯，我一定將你送到加拿大的尼姑庵去。』

這一聲威嚇，嚇得帕利氣也透不出；但芳麗對於這類話聽見不止一次了，而且她又有她自己的性情，她忿忿說道『我相信我沒做甚麼大不了的事。男孩子送禮物來，我總不能攔着他，別的女孩兒還不是都有？』

『不管人家的事。我不許你和姓慕的再有來往，他不是孩子了，已是個發育的大漢子了，我不要你理他，你還是不聽。』

『我真難得見他，』芳麗道。

『是眞的嗎？』蕭先生陡然一轉身問帕利。

『哦，先生，請你別問我。我已經允許不——那就是——芳麗會告訴你，』帕利叫起來，她急得面紅耳赤，眞是進退維谷。

『你允許不允許不成問題；只管把你所知道關於這件可惡事體的話告訴我。那比瞞着還要好得多。』於是蕭先生坐下，態度喜悅得多，因爲帕利的驚嚇感動了他。

『我可以說嗎？』她附着芳麗的耳問。

『我不在乎，』芳答着，她又羞又氣，祇鬱鬱地立着把手帕結着頑弄。

於是帕利，經過多少詢問，多少強勉，方將如何散步，如何吃飯，如何聚晤，如何寫條子統統說了出來。但說出來之後，這點點小事似乎不夠蕭先生所預期的那般嚴重；只見他聽着聽着，眉頭漸漸舒展開來，口角也不時一曲，似乎要笑的模樣，大概他看這班年青人避着大人偷偷摸摸的學時髦很可笑吧，笑他們並不知道骨子裏的眞美，權威和神聖吧？

『哦，我請你先生，您別罵芳，芳罵得太多哪，她眞正沒有雪克斯和別的女孩子那麽的一半傻哩。

你看她也不去滑稽雖然法蘭克那般激她笑她，她自己又何嘗不想去，但她仍然沒法呀，她爲的甚麼呢？現在我知道她心裏難受極啦，而且一定不會忘記你的教訓哪，你饒她這一次吧，』帕利將那不幸的故事報告完畢之後再懇切加上這一段。

『你代她辯護得這麼好，倒叫我不得不馬虎些嘞。芳麗，過來，就是一件事你必得放在心裏；就是把這些糊塗賬一筆勾銷，代我用心唸書，要不然，你只能代我走大路，老實告訴你，冬天的加拿大，哼，不是開頑笑的。』

蕭先生一路說話，一手輕輕拍着他那滿臉慍色的女兒的雙頰，希望從她面部找出一些懺悔的記號；但芳麗自覺是受了莫大的傷害，又不願表示出她的難受，祇悠悠的說道，『我說這花也該給我拿走了吧，如今責罵也過了。』

『那可不行，從何處來，歸原處去，我再加幾行，叫那小東西下次纔不敢再送哩。』按鈴，傭人進來，蕭先生將那束不幸的花打發出去後，又轉向帕利，和善而莊嚴地說道，『做個好榜樣給我這小傻瓜看，多幫她的忙，你肯嗎？』

『我嗎？先生，我能做甚麼呀？』帕利問，她樣子是願意的，但不知如何開頭就是了。

『就叫她能像你多少就像多少，我的親親；沒有事再比這叫我歡喜的了。現在去吧，讓我們從此不再聽見這些惡事』。

他們一聲不則地走出來，蕭先生此後果然不再聽見這類的事；但，可憐的帕利卻受了大罪，芳背地裏罵得她狗血噴頭，氣得帕利幾乎要捲了鋪蓋第二天走家。我眞不忍提她挨的那頓大罵，和她接連幾日所受的冷落和待慢。帕利的心盛得滿滿的，但她不同一人訴苦，只自己靜默的忍受着，心裏深深感覺到她朋友的忘恩負義和不公。

湯姆探出了此事的底細後，他便袒着帕利一邊，因此之故，大家又陷進第二號困難。

一天帕利正躺在芳麗房間的沙發上看一本有興趣的書，藉以忘記煩惱，忽地湯姆趕進來問道，『芳麗呢？』

『在樓底下會朋友。』

『你幹嗎不去？』

「我不喜歡崇克斯，也不認識她那些紐約朋友。」

「也不要認識，怎麼不說呢？」

「不客氣。」

「誰在乎呢？我說，帕利，我們來頑頑，找點兒趣。」

「我情願不背。」

「那不客氣。」

帕利笑起來，隨手又撳一藥。湯姆噘着口吹了一分鐘，於是深深嘆了一聲，然後將手朝那仍然裹着黑布的前額一撳。

「你的頭還疼嗎？」帕利問。

「倘直疼的利害。」

「那麼躺下來吧，也許好過些。」

「不行；我煩得很，我應當高興一下，像毛頭說的。」

「只稍爲等一下，等我完了這一章就來，」心軟的帕利道。

「遵命，」假到底的男孩答着，他知道那隻打破了的腦殼有時比一整個人還有用，所以他這一路韜略見效之後，立刻喜洋洋地在屋內走來走去，直至她姊姊的衣櫃吸引了他的注意。如果是一個好品行的男孩呢，一定張一張就走過去了，若是一個有道德的兄弟呢，一定還會代姊姊把亂東西整理一下，可惜湯姆兩樣都不是，他走上去把那衣櫃暢心暢意地一翻一搜，弄得裏面像個亂草堆。又把耳環戴一下，緞帶試試，領衣也圍一下；看見鋏又拿來開，其實還沒到開的時候；把個好奇的鼻子開開這樣又嗅那樣；把自己一條骯黑的手帕澆了許多好香水精；短髮上抹了許多油；面孔又撲上他姊姊的擦花粉；最後還披上一束假的鬈髮，是芳麗秘密收藏的。總之，這壞孩子的這一頓蹂躪，不是言語可能形容的，他暢遊在那些有趣的抽斗裏，盒子裏，以及什麼小箱子裏，都是盛着她姊姊的寶貝。

手剌了多少下，方纔將個假髮按好，還加上一條藍緞帶，好個芳小姐，他稱意地對鏡端詳，覺得結果非常之好，陡然又轉了一個大化裝的念頭。他回頭一望，恰好芳換下的衣衫擱在椅子上，便迷忙自己穿上，忍不住格格地要笑，帕利仍然浸在書本裏邊的床幔是垂着的，所以他在獨自做鬼，無人看見。芳最好的一件天鵝絨的短衫，帽子，銀鼠手籠還有一隻沙發腰枕，都被他裝扮到身上去，然後纔肘彎支出，踏着輕快的步履走出去，帕利的一章讀完之後，便驚異地發現面前立的美小姐。她笑得喘不過氣，以致湯姆也歡喜昏了，竟提議到樓下去嚇那些女孩子。

『哦，那不行！你要把芳的這些鬆髮東西給人家看見，她永不得饒你。底下還有靑年男客，所以更加行不得，』帕利吃驚道。

『那樣更有趣呀。芳待你不好，所以讓你當她面介紹我是你的好朋友密司蘭，再好沒有。來來，那一定可笑極咾。』

『無論如何我不能；這簡直有點下流。湯姆，把這些東西脫下來，你別的要頑甚麽我都陪你。』

『我好容易打扮起來，可不能這樣就算了；你看我多可愛，一定有人讚美的。帕利，帶我下去，若他們不叫我『小嬌娘』不算。

湯姆說着又搔首弄姿，簡直是無可言說的可笑，使得帕利又是一陣捧腹大笑；可是她甚至在大笑中依然拿定主意不讓湯姆去要他姊姊。

『好，你不去讓我自個兒去。站開，我下去，』湯姆道。

『不行，你別下去。』

『你怎麼能夠呢，古板小姐？』

帕利把門拍地一鎖，鑰匙盛在袋裏，向他頭一點道，『如此。』

湯姆是個倔強脾氣，越反對他越不行。見帕利把門鎖起，他一時性起，衣裳也不管了，一個箭步竄到帕利身邊，把頭嚇人地搖了幾搖道，『你眞的如此，我可要對不起你那。』

『你只允許我不去難爲芳，我就讓你出去。』

『不允許一樣事，鑰匙好好交出來，不然，我動手。』

『哦，湯姆，別野蠻好吧。我不過要你少陷進困難，因爲你去芳準要大發氣的。把這些東西取下來吧，我就放你走。』

湯姆一言不答，走到另一扇門，帕利知道是拴牢的，從三層樓窗戶裏出去，亦無處可走，所以他又滿面怒容的回來和帕利道，『你鑰匙到底拿不拿出來？』

『我不拿，』帕利勇毅地道。

『你知道我比你力氣大，所以我看你還是早些送過來的好。』

『我知道你力氣大；但是強凌弱是懦夫的行爲。』

『我不傷你；但，天啊！我受不住了！』

帕利言語時，湯姆沒開口，自然心中有幾分慚愧；但脾氣上來了，他又不肯退步。如果此時帕利哭一下呢，也許他就收場了；不幸當此時，帕利不但未哭，反而笑了出來，因爲他的一付怒容配上那身嬌麗的衣裝實在不稱所以帕利忍不住笑了。這一下，事情便糟了。誰個女孩子敢誹笑他又把他像小孩子一般地關在房裏呢？他不作一聲，走上去就是一把抓，因爲帕利拿鑰匙的手仍然在袋裏。帕利見他動手，也就緊緊揑着鑰匙不肯放鬆，二人相持有一分鐘之久。但湯姆強有力的手指非常了不得，伸進口袋中去一攪，帕利喊聲痛，跟着大手出來，鑰匙跟着落在地板上。

『如果你受傷也是你自己的錯，不能怪我，』湯姆咕嚕着，急急地走下樓去，讓帕利一人在捧着痛的手腕獨自哀嘆。他下了樓卻不立刻走進客廳，因爲這麼一來，他的一團高興至少已經差點；所以他祇在厨房裏供給那班小姐們一陣狂笑，然後從後樓又爬上去，打算和帕利講和。但她已跑進祖母的房裏去，因爲縱或祖母不在那兒，那間房也好似避難所一般。湯姆剛將房內整理就緒，芳麗進來，似乎脾氣比先更大了；因爲雩克斯方告訴她許多許多趣事，如果不是帕利快嘴的話，她也可享受一份的。

「她到什麼地方去哪？」芳笛直要找她朋友出氣。

「大概在房裏發呆哩，」湯姆答道，他正在用心看書。

如今，這一切正弄得一團精時，毛頭也正把自己捲入漩渦裏去；因爲她的保姆一時下去會朋友，毛頭小姐便大搖大擺地踅進帕利的房裏，找些趣事安慰安慰自己。原來從前有一回，毛頭鬧得太利害，帕利曾經許她將一隻空箱子當船頑的。此後帕利便將她一部分最秘密的寶物藏在裏面，以爲誰也瞧不到的。但她卻忘記下鎖，所以那日毛頭一掀開箱蓋打算開船時，忽然發現一大堆有趣的東西。於是她船也不開了，坐下一樣一樣考察起來，芳麗進來時她正埋頭工作，芳麗因爲只想和帕利發脾氣，便不會教訓毛頭。

可憐帕利因爲經濟恐慌，不能當備禮物，只好用盡心思想出各式各樣小品禮物，打算以貼補先質的不足。有的說然很好，但有些簡直不成東西：可是她樣樣都保存着，好的醜的，她知家中的孩子們只要是新東西都會歡喜的。甚麼毛頭擲棄的洋娃娃已經修補整齊送給小貓妹的；甚麼芳麗的舊緞帶花邊等，便縫成洋娃娃的衣服；還有湯姆無聊時雕刻的小木像等，也留着給月爾看小刀的功用。

『這些破東西收了幹嗎？』芳麗道。

『古怪東西，不是嗎？』湯姆接口道，他也跟着來瞧。

『你們別笑帕利的東西。她做的洋娃娃比你好多哩，芳；她唸書甚甚更不知比你好幾倍哩，湯姆，』毛頭叫道。

『你如何知道的呀？我從未見她賣過東西呀，』湯姆道。

『這兒一本書上好些甚兒嘞。上面的字我不認識，可是甚兒眞滑稽透了。』

毛頭急於要顯示她朋友的傑作，所以她趕忙從箱子裏翻出一本小而厚的書，上面寫着『帕利的旅行，』擱在自己膝上。

『就是些畫兒看看不要緊，』湯姆道。

『只看一下，』芳麗答着；但一看到湯姆跌在淵裏，大狗對着他狂叫，自行車跑到遠處的一幅畫，他們都大笑起來。畫的很粗很不像樣，可是非常有趣，可見出帕利是富於詼諧幽默的。過去幾頁是法闌克和芳麗在一塊的漫畫；於是，底下是祖母，極其用心的作品；再下便是湯姆加訥長詩；再就是蕭先生和帕利在公園內；再又是毛頭被克梯帶走的一幕；還有學校的學生等。

『小狡兎，倒會背後拿人取笑吶，』芳麗說着，心下很爲不高興，以帕利對於她和她朋友的一些小節的待慢還如此沉默地取了報復，太不對了。

『可是她繪的不錯，』湯姆望着一幅畫批評似地說，畫上是一個快樂而孔的男孩，帕利在他四圍都畫上光圈像太陽一般的，底下寫的是『我親愛的建米。』

『你要知道她寫你的話，你就不會誇讚她了，』芳麗道，她一很早看到對面一頁，而且看了好半天，那上面的一些激起她好奇心的話。

『她說我甚麼呢？』湯姆問。

『她說呀「我試着去喜歡湯姆，他好的時候我們很不錯，但他不能持久奈何。有時對他的父母又粗鹵又執拗，又不恭敬，又常磨折我們女孩子，有時候簡直可怕得叫我幾乎恨他。我知道那不對，可是沒法兒。」你覺得如何？』芳麗問。

『再唸呀，看她說你甚麼，小姐，』湯姆已往下讀了一點，故說道。

『也說我的嗎？』芳麗又飛快地讀下去：「至於芳呢，我想我們的朋友是作不成的了；她同她父親說慌，我沒幇着說她就不饒我。我一直以爲她是個好姑娘，如今方知不然。如果她仍然待我像方認識的一般，我當然還是照舊愛她；可是她待我不好；雖然她自己常講客氣，但對我卻不見得客氣。她想我古怪而且寒傖，我敢講我是的；但我卻不曾因一人的窮而笑她的服裝，或是因爲她不肯跟大家一樣便把她排出範圍之外。我看她常笑話我，但我自己也不覺得有何可笑之處。很不得就回家去，可是又好像對不住蕭先生和祖母，他們待我的確不錯。」』

「芳，我說，好了吧。書關起來，我們走吧，」湯姆叫着，他瞧了這一頁滿意極了，同時又覺得這種行爲十分不道德。

「再看一點，」芳麗小語道，又翻過一兩頁，見有一面墨跡模糊，好似淚漬一般。

「禮拜日清晨，無人擾這清靜的時間，正應當寫旅行日記，近來實在太壞，我幾乎不能忍受了。我眞高興，快要回家去了，這兒有多少事叫我不快，而且在此地做錯了事也無人指正。我從前常妒嫉芳麗；但現在不了，我覺得她的父母沒有我的父母那樣當心她。她怕父親，卻逼着母親隨她的意思做。我來這一趟很高興，從此我看出金錢並不萬能；但我仍希望稍有一點，因爲能夠買點新奇物品是很舒服的。現在我把我的旅行唸一遍，覺得寫的並不好；只講這兒人物，那實在不該。我應當撕毀牠，可是我已經立定主意不撕的，我眞要和媽媽談談那些叫我莫明其妙的事。我現在看出實在是自己不好；我沒實行忍耐和喜樂的工夫。以後我眞要好好努力做好；我眞願意他們歡喜我，雖然我不過是個舊式的鄉下姑娘。」

末了的一句使得芳麗連忙關起書來，臉上滿了自責的表情；這句話原是她有一次發脾氣時親口說的，那時帕利眼睛是濕的，雙頰是紅的，可是她沒作一聲。芳雙唇微動想說甚麼，可是沒說出來，因爲帕利站在面前，臉上有一種從未見過的表情。

『你們把我的東西想怎麼樣呢？』她低聲問着，其時她雙眼冒火，顏色也抖的變了。

『毛頭把尋得的一本書給我們看，我們就在這兒看甚兒的，』芳麗答着連忙把書一擲，好似書會燒她手指一般。

『又說我的旅行日記，又笑我的禮物，還將過失推在毛頭身上。眞是我從未見過的卑鄙事；我一天不死一天總不饒你們！』

帕利氣得一口氣說了這麼一串，好似怕說得太多似的，她連忙奔出去臉上夾雜着恥辱，悲哀和忿怒，使房內的三個罪人只羞得瞪目無言。湯姆甚至連一噓的勇氣也沒有了；毛頭看見素來溫柔的帕利一旦變了卦，只嚇得像一隻老鼠，坐在那兒一動也不動，芳麗呢，受了良心的責備，恭敬地將那些小證物歸還原位，至少帕利的第一次在她心裏起一種不同的感應；再有帕利將這一切破的爛的攏總珍重收藏送給她家裏的人，更深深打動芳麗的心，忽然覺得這些東西都是非常美麗的。當她放還那本小書時，帕利的一篇懺悔，比甚麽話還叫芳麗難受；她的確笑過她朋友，有時也輕視她，有時也不肯饒恕她無心的反對行爲。末了一頁帕利自責説一定要「眞正努力」做好的話進入芳麗的心，並且溶化了她的冷苛，忽的她忍不住，伏在箱上嗚咽起來「這都不是帕利的錯，都是我自己的呀。」

湯姆無緣無故地牽進困難，仍然羞的臉通紅，如今見芳麗又哭起來，便不管她，自管丈夫氣地走開去找創傷的帕利，好對她承認各樣罪惡。但帕利怎樣尋也沒有。上上下下的房統統搜遍了，可是帕利的影子也不見，弄得老湯姆可眞急起來了。「她總不見得跑回家去吧？」他跑累了停在帽架下和自己説着。帽架上掛了一頂小小圓帽，湯姆懊悔地輕輕拿手去摸摸平整，他記起有多少次他曾經將這頂帽頑弄糟蹋。「也許她跑到公事房去告訴爸爸去了。但她不像這種人呀。無論如何，角上我也要去搜一搜。」

湯姆急急地跑到樓底下黑櫃內取長靴穿，門一推，嚇了一大跳；原來地板上躺着一位帕利小姐，絕望萬分地頭枕在一雙膠皮鞋上。這種淒絕人寰的情景，把湯姆頭腦裏的懺悔詞全給送跑了，他祇慈叫着「哈囉！」於是他立着，死靜地注視着她。帕利並未哭，只靜默地躺着，湯姆看那樣幾乎想她要發狂或暈過去，所以極其關切地跪下來瞧個仔細。就在一瞥之間，他發現睫毛是潤濕的，圓頰較平時更紅了，雙唇因急促的呼吸而分開，心中一半放心一半卻老大不忍；所以他鼓起勇氣，向脫靴板上一坐便像個男子漢似的向她請罪。

如今，帕利眞是氣極了，我想自然她是應當氣的；但她究是不是恨人的人，而且一陣脾氣發過之後也就漸漸氣平了。自然，饒恕不是一件易事；但她耳聽着湯姆誠懇的音調那麼動人的，究竟也不能硬着心硬要和他過不去，或是拒絕與他和好，你看湯姆這般直率地承認「看她的書簡直是二十四分的卑鄙下流，」她還有何話可說呢？她喜歡他立刻就來請罪；這是一件漂亮事，她很覺着得重，其實心裏已經默饒了他，但口裏還不說出來；何以呢，老實說，帕利有一種女孩兒的小見，她察歡看天不怕地不怕的湯姆低聲下氣，她說那是與他有益的，你要弄淸楚。她覺得這種和解是很合式的，不見得難於叫芳妮哭濕兩條手帕，或是叫湯姆坐在最不適意的椅上拿極難聽的話罵自己五分或十分鐘，然後她纔饒他們。

『那麼現在來和那個人說幾句話吧。我算是倒霉了，不用說了；樓上還有個芳哩，哭得像淚人兒似的，你又躲在這黑櫃子裏像個木頭似的，除了我誰又是和事老？我本來要去接媽媽回來的，只爲了這一場事，我也沒去，』湯姆訴道。

帕利聽芳麗哭了覺得很高興。她覺得哭是知罪的表示，與芳麗是有益的；但她見湯姆如此在兩個淚人兒的小姐中間作爲仲迸，不由得心軟了下來。酒渦裏漸漸泛出笑意，一隻枕在鬆髮的手慢慢抽出來，又靜默地伸到湯姆面前去。湯姆早就等着，於是熱烈地握了一下，但在一握之間湯姆又發現一樣東西，便是帕利手腕上的紅痕，他知道是怎麼弄的。他的臉陡然變了，把她的手握得這樣緊，以至帕利翹起頭來張望是一回甚麼事。

『你這個也能饒恕我嗎？』他輕聲問，用手去撫那紅痕。

『自然；這傷的不算利害。』帕利速忙縮回手去，懊惱被他看見。

『我眞是個畜生，畜生就是我！』湯姆正在狠狠地罵自己，忽然他父親的一頂海獺絨帽落下來，恰巧罩着他的頭臉，這一段自責就轉成喜劇了。

自然誰都忍不住要笑；等湯姆頭臉出來時，帕利已經站立，態度亦已好多了。

『芳難受極啦。我把她拖下來，你可肯吻她與她和好？』湯姆問道，他又想起他的同犯。

『我到她那兒去。』說着帕利從櫃裏疾閃而出，就好像她方纔疾閃而入的一般，留下湯姆一人，在脫靴板上笑迷迷的坐着。

至於兩個女孩子如何和解是無人知道的；祇曉得她們談過了便哭，過哭了便吻，吻過了又笑，笑過了，便宣告和平了。風雨之後空氣中仍然存留一些黯影，芳麗那晚是非常卑微而溫柔，湯姆路爲有點心事，可是很窘迫地多禮；帕利仍然對任何人都極其和藹，因爲大量的天性是喜歡饒恕的，所以帕利也和別人一樣地在創傷之後覺得和解很高興。

帕利晚上梳頭就寢時，忽聽門上畢剝一聲，開門一看，別無所有，只有一隻很高的黑色藥瓶，上面繫了一條紅色法蘭絨像領帶似的，瓶塞子上還附了一張字條。上面是用極黑的墨水隨便塗的幾行字。

親愛的帕利，——瓶裏是扭筋最好的藥。你把藥多抹些在法蘭絨上，然後再擦到手腕上去，我想你明天早上便可沒事了。我們明天再滑個雪車好嗎？我傷了你眞說不出的難受。

|湯姆

第六章　祖母

一個晝後的下午，湯姆躺在飯廳的沙發上，把兩隻皮靴架在空中，正在看一本極有興趣的書。這類書上不外說甚麼些男孩被放逐在一座孤島上啦；島上是終年不斷的奇花異果和鮮菜蔬啦！或是，在廣闊無邊的樹林裏失迷了道路啦，以後這些青年英雄便做許多驚人的大事來，殺死多少凶猛野獸，以後等作書人的發明一想出之後，他們便陡然都找了道回到家鄉來了，裝載了一船的老虎皮，馴水牛，以及其他的各式的俘獲品等，以後故事便完場了。湯姆正在津津有味，時忽然芳麗走進來問道，『帕利到甚麼地方去哪？』

『不知道，』湯姆隨口應了一聲，因爲他從一隻其大無比的鱷魚口中逃脫了。

『請你把那本不堪的書放下來，讓我們找點事做』。芳麗在房裏不停地徘徊了一個圈說道。

『嘻，他們捉到牠了！』是唯一的答話。

『帕利在什麼地方?』毛頭也插上來問，她手裏盡是些紙人兒，都受罪地穿着跳舞衣。

『一邊去，別來吵我，』湯姆見她來打叉大聲叫起來。

『除非你告訴我們她在什麼地方。我確知你是知道的，因爲她剛剛在這底下的，』芳麗道。

『大概在祖母房裏。』

『鬼東西你曉得卻一直不說，故意磨我們，』毛頭駡道。

湯姆此時正在水中與餡魚肉搏，所以無暇理她們二位小姐的責駡，讓她們去了。

『帕利總是躱在祖母房裏。我不懂那房裏有甚麼好玩，』下樓梯時芳麗道。

『帕利是個古怪姑娘，不要看祖母愛她比我們多嘞，』毛頭懊傷地說。

『讓我們張張看她們究竟在裏面做甚麼，』芳麗附耳道，二人停在半掩的門前。

祖母正坐在一間舊式饒有古風的小房前，門是敞開的，從外面可以見到一些閃爍放光的破爛東西堆在那兒。老太太腳下的一張小凳上坐着帕利，正在凝神壹志地聽講一隻在她膝上擱着的綉花高跟鞋的歷史。

「好啦，我的寶貝」祖母說道，「她有這雙鞋正是那天她在作工忽然菊叔進來的時候，他和她說道，「桃麗我們應當馬上結婚。」「好極了，菊」是桃麗姨說的，後來她就跑到客廳去了，牧師就在那兒等着，就是家常衣服，甚麼也沒換呀，就那様在針線筐旁邊，針頂還戴在手上的結了婚啦。那便是一八一二年打仗時候的事呀，菊叔是在軍隊裏的，所以他就去了，去的時候他把那頂小的插針袋順手帶了去。這兒你看呀，上面有個子彈穿通的眼，他常說桃麗的針袋救過他的命哩。」

「多有趣呀！」帕利叫着，又拿起有洞的針袋看了一回。

門外的芳麗見着早忍不住一脚衝進去高聲道，「祖母，這種故事你怎從不和我們講？」進來覺得房內的一切確是風雨中的好地方。

「你從不要我講，我就擱在自己肚子裏哪，寶貝」祖母輕聲答着。

「那麽，現在請你講一點可好。我們可能在這兒看看這些趣東西嗎？」芳麗和毛頭瞅着開着的小房門同聲問道。

「如果帕利歡喜，自然，她是特爲來陪我的，我總要叫她高興，因爲我愛她來喲，」祖母還是守

着古趣，

『哦，當然！讓她們留在這兒聽講故事。我不是常告訴她們我過的快樂光陰嗎？叫她們來，但她們嫌這兒太靜寂了呀。現在請小姐們坐下來，好讓祖母開講，你們看，我只要從那間小房內找出一兩件好頑的東西，故事也就出來了。』帕利巴不得她們也加入她的快樂氛圍中，又巴不得她們也像她一樣地對祖母的過去發生興趣。因爲帕利深知道一位孤寂的老太太是如何歡喜追溯過去，以及享受兒孫繞膝的樂趣。

『這兒還有三隻抽斗沒開過哩；你們每人拿一隻，各自找些新鮮東西我來講，』老太太也十分高興起來，見幾個孩子忽地對她的寶物發生非常的興趣，覺得高興之至。

於是三個姑娘當眞打開抽斗細細搜檢起來。第一個是毛頭尋到一隻很古怪的布口袋，上面綉了一個絕大的藍色F字，問祖母那裏面有何故事。祖母一見，笑了一笑，將手輕輕去撫那袋，然後纔喜洋洋地把那故事講了出來。

『我們從小還做小姑娘的時候，我同我妹妹奈麗上我們姑姑家去過幾天，誰知那幾天眞不好過，因爲姑姑的人簡直是了不得的嚴呀。有一天下午，好容易姑姑出去到人家吃茶去了，那老戚貝，女傭人呢睡在她房裏，我們兩人坐在門口臺階上想家，打算找點事開開心。

「『我們做甚麼呢？』奈麗說。

『她剛在說話時，忽然樹上掉下一枚已經熟的梅子，砰地一下落在我們面前的草地上，好似答她的問話一般。那梅子眞不好，若不是牠那麼巧，那一回落下來我也永不致於腦子裏跳出那惡作劇的主意呀。

『我就說，「讓我們來搖梅子樹吧，儘我們要多少就搖多少，也來磨磨貝茜姑姑，誰叫她這麼乖呀，」我又把那隻絕大的紫色梅子分一半給奈麗。

『奈麗說，「呀，那可太可惡了吧，但我們不管好，」她想一想，把一口甜梅子呑下去之後就肯了。

『我就說，「戚貝正睡覺哩，正好來呀，幫我搖，」我們就一塊去了。

『我們搖呀搖的臉都搖紅了，一個也沒下來，因爲樹太大了，我們那小膀臂簡直弄牠不動。我們氣起來了，就拾起石子向樹上砸，砸了半天纔砸個青的，一個半熟的下來，我末了的一塊石頭梅子沒砸到，反而把片玻璃窗碰碎了，我們祇好罷手。

「我們累得喘呀喘的坐下來，奈麗說，『樹也和貝茜姑一樣地叫人嘔氣』

「我巴巴的望着那梅子樹道，『巴不得一陣大風把牠們吹下來就好了。』

「奈麗說，『如果是巴得到的話，我眞巴不得牠們立刻就吹到兜裏來。』

「我就說，『看你連動手都嫌費事，不如叫牠們筆直送到你口裏還好些哩。如果梯子不重的話，我們眞可以拿到，』當時我眞一念一心地要取梅子。

「『你曉得我們搖不動還提甚麽呢？都是你先提起頭來的弄甚麽梅子，現在看你弄吧，』奈麗有點冒火了，因爲她把青梅子咬了一口弄酸了嘴。

「我頑皮的腦子裏忽然靈機一轉，就大聲叫道，『你等一等看我來弄。』

「『你幹嗎鞋襪都脫哪，你又不會爬樹，芳。』

「『你別問哪，祇張開口等着梅子掉下來得啦，你個懶骨頭小姐。』

「說完這句近乎神祕的話之後，我便光着脚咚咚地跑上樓。然後走到一扇窗面前。這窗是開在突出的屋頂上的。我從窗戶出去，慢慢慢慢地爬到大樹前，我忍不住忽然像公雞般地叫起來了。奈麗也仰起頭來看，她也笑了，又拍手，她知道我要做甚麼事了。

「奈麗說，『我怕你要滑閃了傷了。』

「『別管我哪；弄破了頭子我也要將梅子弄到手，』我就一半滑一半走的下了那傾斜的屋脊，最後便達到大樹幹哪

「我第一下就搖了十幾個梅子下去，底下的奈麗歡喜得跳起舞來，口裏還歡呼道『好哇！』

「我也說『好哇！』隨即打算從這枝走到那枝。但我剛一動，脚便一滑，我想抓，可是沒東西抓，一聲喊我就直摜了下來，像一隻大梅子一樣。

「幸虧樹枝不高草又深，我祇跌了一大跤，並未受傷。奈麗倒以我為跌壞了，包了一口的梅子大哭起來。可是我馬上一跳起來了，因為我翻觔斗是慣技，疼痛還是小事，失落梅子可是了不起的。

「「唉，別嚷！戴貝聽見我們便頑不成哪，我說我拿，可不是拿來了？看我兜裏多少。」

「那時候，我前額上腫起一塊像胡桃一樣大我也不管，圍裙裏有一半裙梅子，我們便坐下來享受了。可是我們沒有哦，天知道！原來多少梅子也沒熟，好些被雀鳥吃過了，好些又跌壞了，還有好些硬得像石頭子兒一樣。奈麗的頭又陡的給黃蜂錐了，我的頭又疼起來了，我們祇失望地大家瞪着眼睛，忽然奈麗想了一個好主意。

「她說，『讓我們來煮一煮吧，管保就好喫哪，擱在罐子裏明兒還有得喫哩。』

「我就說，『那好極了！廚房裏還有火哩，戴貝總把鍋留在那兒的，我們還可以用她的蒸鍋，我還知道她的糖放在什麼地方，來，我們準有趣。』

「眞的我們跑到廚房裏，輕輕弄起來了。爐子很大很大，炭堆得好好的，大鍋子正骨嘟骨嘟地滾得極其重要似站在那兒等滾，一人挾一柄大湯匙，糖盒子就放在中間等着使用。

快滾了。我們把火撥旺了，便把小鍋裝好我們的上等梅子，滲上水放在火上燒了。可是我們不知道，

「眞夠傻的，不假！我從未見過這般不可人意的東西，永遠不肯爛，祇在滾水裏而亂跳亂蹦，又

骨嘟骨嘟擠着鍋蓋就好像不錯似的。

「太陽慢慢落下去了，我們怕戴貝會來，可是討厭的梅子還不爛。好容易到末了牠們爛了，湯也變成可愛的紫顏色了，我們就放了許多許多的糖進去又不住地嘈呀嘈的，直至圍裙上臉上都染上紅色了，我們的嘴唇也被湯匙燙破了。

「奈麗就自以爲是的搖搖頭說，「我看湯太多了。這應當又厚又好像媽媽做的似的。」

「我就說讓我舀出一些湯來我們喝，我覺得我的煮法是錯了。

「於是奈麗拿一隻碗，我拿一張手巾小心地把那隻鍋舉起來。那鍋倘直又燙又重，我心裏着實有點怕，可是口裏不肯說。我剛動手倒時，忽然戴貝在扶梯頂上叫道「孩子，在底下幹些甚麼呀？」

「我們兩人嚇了一大跳。奈麗把碗一丟就跑。我把鍋一掉卻沒動身因爲鍋裏的滾湯濺了一些在我的光脚巴上，我痛得大號起來。

「戴貝連忙衝下樓來瞧，我正在滿地跳舞哩，前額隆起一塊大胞，手中一柄大湯匙，雙足又紫又亮。梅子翻了一爐邊，鍋在屋中間，盆是打得紛花四碎，洋糖跟着湯流了一地。

「戴貝待我眞好，她沒說停下來先罵我，她趕緊把我安置在沙發上躺下，把我一雙可憐的脚抹上油，又用棉布包裹起來。奈麗見我睡在那兒又白又弱，以爲我要死了，便一口氣趕到隔壁鄰居家裏喊姑姑去她們幾個老太太正周而正之地坐着用茶呢，她跑進去大驚小怪地叫道，

「「哦，貝茜姑姑，快來！鍋掉下來把芳的脚燙紫了！」」

「沒有人敢笑這滑稽的報告，姑姑顧不得，一手拿着糕，奔了回來，針線拖了一路。

「我那次眞受了大罪，但過後我並不懊惱，因爲從那次我愛上我姑姑，她無微不至地看護我，待我好，似乎嚴厲也忘記了。

「這隻口袋就是她特別代我做的，掛在我睡了多少天的沙發旁邊。姑姑總是把裏面裝滿好看的針線生活，或者，我歡喜的生薑糖薄荷糖等，叫我高興，雖說她不贊成寵孩子，寵得比我現在還利害。」

「我眞眞歡喜那個，巴不得我也在那兒就好了，」毛頭殷殷地道，將袋輕輕放還原處，還留神地向袋內張了一張，好像看看角落裏可再有一兩粒生薑糖或薄荷糖似的。

『我們那年秋天梅子多極了，我們倒反不在乎了，後來我們的這番惡作劇竟成了家庭間的大笑話，接着有好幾年我們就沒見着梅子，奈麗總是做嘴臉附着我的耳邊說道「芳，紫襪子」』

『謝謝你老人家，』帕利道。『芳，現在是你的了。』

『好啦，我是一束舊信，我要知道這裏面可有故事兒，』芳麗答道，她希望什麼「獨曼斯」也許會出現。

祖母解開那用褪色的紅緞帶結着的一包信；裏面有十二封用粗紙寫成的黃色信件，摺疊處還是紅色的膠黏好的，顯然地表明這些信還在信封信紙發明以前寫的哩。

『這些並不是情書，寶寶，不過是我離開克小姐的寄宿學校之後幾個同學的信。我想這裏面恐怕沒有故事可說吧，』祖母拿起目鏡照着昏花老眼瞧瞧，她們也跟着唸，無非是些幼稚而有味的話。

芳麗剛想說『我再揀，』忽然祖母哈哈大笑，女孩子們立刻知道她一定想起什麼快樂的事來了。

『哈哈，我有四十年沒想着那些頑意兒了。可憐，可愛，而浮躁的蹉跎啊，如今她已是曾祖母了！』老太太唸過一張信後大聲叫道，又把目鏡擦了一下。

『那麽，請你講她；我曉得一定非常滑稽，纔招得你這樣笑哩，』帕利說，芳媞也和着。

『好啦，這是件笑話，我高興還能記得，因爲這些非講給你們年青人再好沒有。』

『好多年前，』祖母快活地開講了，『先生們比現在緊多啦。克小姐學堂的女孩子晚上九點鐘後，房內是不許點燈的，一個人不能出去的，從早到晚只希望你守規蹈矩，像個禮儀的模特兒似的。

『你們去想吧，十個年青的孩子，愛頑愛笑的，怎麽守得住這些規則？所以他們明裏是周吳鄭王，暗裏卻是無所不行。

『克小姐和她弟弟等散了學，學生們都上了床，纔去後客堂內坐一會。克先生是板𤘽斯小姐又是個近視眼——自然這對於我們女孩兒有時是極其便利的囉，但有一次又不然了，你們聽着。

『有一回我們嶅嶅規矩了一星期，悶得實在忍不住了；於是我們背地裏打主意，要輿奮一下，更千方百計地想實行出來。

『第一個障礙是這個，就是我們的校規，不准人單獨出去的，所以我們決定將薩鳳從窗口垂下去，因爲她又小又輕。

『我們大家湊些零用錢交把薩鳳買花生，糖，水果，餅糕，饅頭等，還有一枝洋蠟，留着等貝茜把我們的燈傘走之後好點。

『我們把裏間房的窗關閉，又着人守在小甬道裏，裏面掌上燈，我們就好大膽了。

『約好的那天晚上，約有八點鐘，我們幾個人都推說累的了不得自轉房間來了，別的人仍然和克小姐很起勁地做針綫，克小姐又大聲唸慕爾的聖戲給她們聽，活抵得上一口鴉片煙的功效。

『我不好意思告訴你們我也是當時的一員謀臣；上樓之後，預備使用的繩子拿出來，便請薩鳳下去。我們那房子是老法的，後面是傾斜下去的，我們所選的那扇窗呢，離地沒有幾尺高。

『那是一個夏天的晚上，所以八點鐘天還不怎麼黑；可是我們並不怕人家瞧見，因爲我們那條街非常僻靜，而且我們僅有的一家鄰居，祇有兩位老奶奶，他們的窗簾是太陽一落就放下，要到第二天纔掛起的。

「薩鳳經過我們多少好話懇求，方始答應去。於是我們把繩子束在她的腰部，然後很平安地放她下去，隨後又送一隻籃子下去，後來看她溜到角上跑了，戴的是我的一頂大遮陽帽，還有別人的圍巾等，裹了一身好叫人認不出來。

「以後我們就將睡覺衣罩在衣服外面，便假裝很安靜地睡在床上，不一會貝茜就來了，比平日還早些；明顯得克小姐對於我大家夥一齊睡的事有點懷疑。

「差不多有半點鐘，我們大家耳語着，笑着，等候薩鳳回來。好久，我們方聽見窗下一聲尖溜溜的低叫，趕快爬起來看，一個小人兒站在月光下哩。

「哦，快！快！」薩鳳氣咻咻的喊着。「把籃子接過去，再把我弄進來，因我看見克先生也在市場，所以我連忙跑回來，好比他先到。」

「挺重的一個籃子上來了，一路滴滴撒撒的味兒，哼，多好啊！連忙繩子又下去，拉呀，用力拉呀，大家一齊拉呀，好容易把薩鳳拉了一半，眞慘不忍言，忽然繩子一滑手，她又復跌下去了，若不是窗下乾草堆得厚，骨頭也要跌斷哩。

『藤鳳在底下狂呼道，「她來了！她來了！快拉我上來呢，救救我呀！」她還拚命用力向上爬，可是中甚麼用呀。

『我們看見一個黑影走近來，便連忙把她一抓，連拖帶曳地抱進來，我們還敢多說嗎，克先生的眼睛是銳利得和豎耳朵一樣程度。

『我們聽見關前門的聲音，接着喃喃的說話聲，跟着貝茜的重脚步到樓上來了。

『籃子鑽到床底去，我們這些罪犯便鑽到被窩裏去，當貝茜伸頭進來張時我們已經預備好，所以再巧沒有，只聽貝茜自言自語道。

『「先生也眞能磨人，她不過好像窗口看見甚麼，便又叫我跑一趟，有甚麼呢？還不是窗簾吹動了，再不然是百葉窗，看這些小乖乖不是熟睡得像些小羊兒？」

『她咕嚕着走後，我們大家躲在被裏暗笑個不住。

『藤鳳見大功告成，可喜歡很了，滿地跳舞，像個小鬼靈精，把睡衣加在衣服外面，把頭髮編些古怪的小辮盤滿一頭，又把個大針包插在胸口當作綱針；說是赴宴會的特別裝飾。

「別人都回自己房間去了，還是先約好的，不久樓上便漆黑地靜下來了，克小姐仍然照例在樓下坐着休息。

「過會鬼怪們開始行動了，老耗子也嚇得趕快回到洞裏去，只見白衣人影從這房移到那房，最後全聚到那間小屋裏。

「我們在甬道口佈置一道守衛，約好了信號，便把洋蠟點上，又拿報紙鋪在床上，然後將糖果擺開，又預備一張白被單，打算在萬一的時候一把掩着的。

「各事都順利如意，眞不假——我想從未吃過比那次更有味的糕，咳，那些擠破的糕所發出的那香味——一個一個擠在那間小房裏匆匆地喫着，隨鳳還說着笑話，別的女孩兒也都享受着偷喫糖的甜蜜滋味。自然我們很調皮，很可惡，可是我不得不說眞話。

「我們正打算動手喫蛋糕時，忽然一隻耗子高聲抓了一下。

「『信號——飛跑——躲——噓，別笑——』多少聲音低叫起來，我們便飛快地無聲地上床，手與口都滿滿的。

『半天沒有動靜，只有更多的扯扯聲；也沒有一個人來，我們便知誤會了，便打發一個探子去問問究竟甚麼事。我就起去找到那特別崗位，瑪月，她已經朦朦朧朧地，還急等她的一份東西哩。

『她說，「一定是個眞的耗子吧，我是沒響一響。你們趕快去弄完了吧；我可不高興再幹這牢什子頑意了，」說完她又拍地一下去打蚊子。

『我匆忙回去報告好信息。一個個又飛快地起來。洋蠟又點起，我們又開燈重宴。可惜這些點心已被薩鳳壓破了些，可是我們也不管了，不一會兒也就全光了。

『薩鳳說，「那裏面全是些杏仁和花生，所以我們可以用牙齒弄開。但你要留神，提那袋袋時一定提右邊的一角。」

『我說，「你放心，我知道，」又在她面前照了一照，我提着袋搖了幾下，便往下一倒，誰知這一下竟如下冰雹一般地嘩啦啦瀉了一地板，地板又是光滑滑的一片地毯也沒有。

『薩鳳叫起來，「這你做出來了，毀了，」瑪月也早扯拉得像隻瘋耗子，底下已聽見門響，究竟小姐不聾呀。

「眞沒見我們慌亂到甚麼程度！趕快滅了火，黑亂裏大家盡所能的拾一把東西就跑。隨鳳趕忙鑽到床上去，把末一塊糕消毀，又把洋蠟拚命甩得遠遠地。

「倒霉的瑪月險些給捉到，因爲克小姐跑得比貝茜快，而我們的崗位就不得不逃命了。

「我們的房間是第一個，可是秩序很好，除了枕上的兩張微紅的面孔，毫無可疑之處。克小姐光着頭站在那兒四面望簡直十分滑稽，若不是我拉着我同那房間的衣服啓告她，她眞的要大笑了。

「『小姑娘們，剛纔這兒甚甚東西響呀？』」

「沒有人理她，我們祇假裝打鼾，克小姐無法只好開步到第二間房去，問同樣的問題又得到同樣的答案。

「到第三個房便是隨鳳的了，老奶奶進去之後，我們止不住渾身發抖。我們連忙坐起，側着耳朵聽，又屏着氣從門縫裏張。

「老奶奶說，『隨鳳，我命令你告訴我你們鬧的是甚麼事。』」

『可是薩鳳衹在睡夢中嘆了一聲，又淘氣地喃喃道，「媽，帶我回家吧。我在學校要餓死了。」

『老奶奶大叫道，「天哪，這孩子莫非發熱了嗎？」她竟沒看見脚下的花生殼。

『薩鳳又說話了，她說，「多空洞，多殿屑哦，帶我家去吧！」又把自己的膀子亂搖，像個跑江湖的小淘氣的女郎一般。

『可是這麽一來，事情可糟了，因爲她搖膀子的時候，把個胸前大的紅色插針袋也顯露出來了。就是眼睛再近視些，但這麽可笑而惹眼的東西，總也逃不過克小姐的眼睛呀，其實也不是床上滾下橘子來，或是被裏的長靴被她看見了。

『老奶奶斗然一發狠，走上前去把被單一掀，可好了，薩鳳的狐狸尾巴都顯出來啦。甚麽小辮兒，胸口的古怪裝飾，俳透的靴子，以及床中間一堆橘子，蛋糕，蘋果，糖等，全都整個兒地出來。

『克小姐驚訝得一聲怪叫時，薩鳳醒了，她馬上放聲大笑，笑得那樣開心，以致我們全忍不住跟着她大笑起來，接着房裏笑了幾分鐘。若不是薩鳳口裏的花生嗆了，嚇得我們要命，還不知什麽時候纔止哩。』

芳塍一路笑一路問祖母道，『後來這件事怎麼樣呢？你們受了什麼刑罰呢？』

『剩下來的東西全送給猪去喫，我們又整整喫了三天的麵包和白開水。』

『那可治好了你們？』

『哦，總沒哩，寶寶！我們那年夏天又幹上半打以上的皮臉事；不過我雖然想起還忍不住笑，但孩子，你們可不要想我是贊成這種行爲的，或是原宥這些事的。不對，不對，我是絕對不贊成的。』

『我說那是個拿摩溫的故事！祖母，再來一個男孩子的故事，』原來是湯姆橫跨在椅上，不知幾時他看完了書也溜進來了。

『你等一下，湯姆。而今，帕利寶寶，你要聽甚麼？』祖母的態度又愉快又活潑，明明地見出回憶給她多少好處。

帕利卻四面望了望，招手叫湯姆坐近些，和祖母說道，『讓我末末了吧，現在讓湯姆來一個』。

湯姆便來盤膝大坐在小房低檻前的地上，祖母代他將檻門開開，又在他頭上慈愛地撫了一下道，

『親親，看那兒便是我甲克弟弟的一些遺物。你們知道他是死在海裏的。好啦，你找找看，看我可能想起甚麼故事。』

湯姆急促地翻了一陣，拿出一把破手鎗。

『好極了，正是我頑的東西——希望牠沒壞，在院子裏打打貓纔有趣哩。來呀，祖母。』

『當日這鎗還好的時候，我記得甲克的一件皮臉事，』祖母想了好一會方說，湯姆早趁空把鎗按着機關在女孩子臉上晃了幾晃。

『從前，』老太太發一行充滿興趣的面孔引得很快樂，接下去說道，『我父親出去做生意，把母親，姑姑，以及我們女孩子交給甲克照應。那的確，他多得意地自以爲負了莫大的責任，第一件事便是買了一柄手鎗，他不離身地帶着，晚上便放在床頭上，可把我們焦壞了，因爲我們怕他自己不小心弄出甚麼長短來。有一星期的光景，各事順利；但以後便傳說有土匪了。鎮上不知傳說多少謠言（我們是住在鄉下的）有人說甚麼人家打上黑十字記號的，總是要搶的；又說，土匪隊裏還有小男孩，專門爲鑽窗戶洞的，所以有些人家的窗戶忽然進去許多小土匪。又說有一處，土匪在那兒喫飯來了，院子裏還留下許多火腿蛋糕等。又說棕太太家果園裏忽然發現司太太的圍巾，旁邊還有一把鏟和一隻不知屬誰的茶壺。又一個男人說半夜裏有人輕輕敲他的窗戶問，「裏面有人嗎？」等他起來看只見兩個男人在大路上跑。

「我們住在城外，是個冷靜地方；房子也舊了，一些小黑貓爬進來是很便當的，還有五扇外開的門。家裏唯一的男子漢，要算是甲克，而他不過十三歲。媽媽和姑姑又都是老實人，孩子也全還不能照應自己，所以只有我同甲克做看家人，又發誓要把家保衞得好好的。」

「好極了！盼望土匪來！」湯姆喊起來，顯然這故事的開始合了他的脾胃。

「有一天，有個病態的男人進來要飯，」祖母神祕地把頭點一下，又接着說；「誰知道他喫的時候，我見他銳利地從後門的禾門紐一直看到飯廳碗櫃裏面的銀器。我頓時犯了莫大的疑心，我馬上像個貓瞅老鼠般地守着他。

「我等他走後，連忙告訴家裏道，『他來看房子探虛實了，那還假，但是我們預備好等着他。』

「這麽疑神見鬼的一來，我們一家都慌了，我們的準備纔好笑哩。媽媽和人家借一頭鑼，放在枕頭底下。姑姑睡覺時也帶一隻大鈴；孩子們呢，就叫大狗帖福睡在他們房裏；甲克和我簡直守起閣位來了，他拿着手鎗，我不歡喜火器，便拿着一柄利斧。巴地，是睡在三層樓的，便叫他練習從屋頂爬出去，以便有事時她第一個跑出去報告。每天晚上我們爲土匪佈置陷阱，又把金器呀，錢呀，軍器呀，分列在各床上，簡直如臨大敵。

「我們等了整整一星期，也不見半個人來，我們覺得有點不滿意了，因爲人家都受到「一些驚恐」像湯姆說的，而我們大準備而特準備之下，土匪反不光顧，那麼我們的威勇也就無由得顯，所以我們都有點小失望。到末了，忽然門上出現一個黑十字，我們方又驚嚇起來，我們說是逃不過去的了。

「那天晚上我們放了一桶水在後樓梯脚下，又在前樓梯口放了一堆鍋鑪等物，那麼不論誰走上來總得潑翻一脚水或者噹噹的響聲的。鈴是掛在門紐上，各處牆角上都堆起木柴，以便土匪先生失足的，於是我們都藏好，全身武裝，手邊是火柴和洋燈。

「我同甲克故意把門敞着，又不住地我問你，你問我，可聽見甚麼，後來問得他瞌睡起來了。我還是醒着，聽蟋蟀兒叫，直到敲十二點；我也就瞌睡了，剛要睡熟時忽然聽見外面有腳步走，馬上我驚醒了。趕快爬到窗戶口，剛好在昏黯的月光中望見一個人影轉到角上便不見了。當時我立刻汗毛豎呀豎的，但我定規暫不聲張，因爲我已誤傳幾次消息，這次可不能再讓甲克笑我，一定等確實清楚再說。便把頭伸出門外，留神聽，忽聽窯屋邊有爬的聲音。

「我連忙屏氣，緊揑利斧，自己和自己說道，『這一下眞來了；但我可不要先喊，等那鈴子自己響或是鍋鏟等掉下來。料得鐵器響時，土匪總還沒跑遠，我們只要捉到一個，哼，不但得獎，還有莫大的榮譽。』

「底下一扇門輕輕關上了，隨卽聽見爬後樓的腳步音。我心裏想這可攞到我手中來了，正想大叫『甲克』只聽底下嗶啦一聲，是水潑翻了。

「不到一分鐘，各人都驚醒了，因甲克還未離床，已高聲喝聲『放』便放了一鎗，聲音是那樣大，所以闔家都動了員。媽媽敲鑼，姑姑搖鈴，帖福像發瘋一般地狂叫，我們便高聲狂呼，誰知底下卻傳出一陣耳熟的哀號。

『不知誰拿了一盞燈，向下一照則見是我們自己的呆巴地，坐在桶上壓痛了手在嚇極了的哭哩。

『她喊道，「我的媽呀，殺死我了——菩薩保佑呀——我不過在外面和我那寃家馬洪里走了一回，輕輕爬進來時就撞着這斷命的一盆水呀。我和那寃家定規隔幾天就要結婚哪。」

『我們笑得幾乎打跌，也顧不得拉她起來或是聽她解釋。好像她說從窗戶溜出去和馬洪里講一句話，等她回來時看見窗已經下鎖哪，所以她便坐在屋頂上想何以要把她關在外面，後來實在猜不過，方又下來到屋的四圍找，最後纔發現一扇窗沒拴，便自以爲很聰明地輕輕爬爬進來；可是那一桶水的安排，她一點都不知道；所以闖了禍之後，她迷糊得祇能哀叫了。

『這還不是所有的損失哩，姑姑是嚇得暈了過去，媽媽被破燈劃破了手，孩子在濕漉漉的扶梯上跳大發了又受了涼，帖福也喊病了，我是把孤拐扭了筋，甲克呢，不但是跌破了一面鏡子還將手鎗也弄壞了。等到各事平靖之後，甲克方承認說門外的十字是他自己畫的，把巴地關出去也是給她「夜遊」的刑罰，因爲他不贊成那種事。他就是如此可惡的皮小彩子——』

『但土匪究竟來沒來呢？』湯姆叫道，雖然滿意這笑話，但還覺意猶未足。

『沒有，沒有，我的寶寶但我們嚇了一場，又試出我們的勇武精神，我們已經是很滿足的了，自然，』祖母溫和地答道。

『我想你是他們中間最勇敢的一個。我真想瞧瞧你利斧在手團團揮舞的威勁哩，』湯姆豎着大姆指悲維着，祖母也便喜得像個年青女孩受人諂諛的味兒。

『我選這個，』帕利提了一隻長而白的羊皮手套，因爲時長日久已經變得既皺且黃，但那樣子似乎有相當可聞的歷史。

『嗅，現在可有一個故事值得講了！』祖母喊道，又驕傲地加一句，『孩子，可別小視了這隻舊手套，拿法爺的爺手曾經碰過的哩。』

『哦，祖母，你戴過這手套嗎？你看見過他嗎？快講給我們聽，想信這一定最好聽，』帕利極其愛歷史，對於這位勇武有名的法國人尤其有相當的了解。

祖母愛講這隻故事，是一瞧就瞧出來的，不看別的，單那一付恭敬的神氣兒就夠味了，先直起身來，雙手交挽着，又咳了幾聲清清嗓子，方纔向遠處渺然地一望，好似極遙遠的過去經她這一驚都光明起來一般。

『自然，拿法爺（Lafayette）第一次來美國，我還沒出世哩。可是啊，我祖父講了這麼多他的故事給我聽，我也就像見過他一樣哪。那時候，我們的韓姑母就嫁給州長，在貝康山。』說到這兒這位老太更加洋洋得意了，那語意中的「我們的姑母」簡直非同小可。『噢，寶寶啊，那都是我們從前的好日子呀！』說着又是一嘆。『唉，那種三天一大宴五日一小宴的光景，那種綉花的綢緞桌布，銀器，那種牢固漂亮的傢具，馬車；你們幾曾見過姑姑的馬車，更是了不得，還有紅絲絨的裝璜哩，州長一死，人家把她的車子拿走哪，她把櫬裏留下來，不是我們姊妹都做了件把衣裳嗎？唉，我的心肝們呀，我記得的多清楚呀，那時候我在姑母的花園裏頭，同甲克在那彎山的長樓梯上上下下地追呀；還有我爸爸，穿的葡萄色的外套，護膝牌，他還有辮子嘞，不是都是我代他每天結嗎，每天喫飯時扶着姑姑進飯廳，那樣子簡直了不得的莊嚴神氣啊。』

祖母似乎連故事也忘記了，只像在已死多年的伴侶中，自己又返老還童一樣，靜默了好一會。

帕利打着手式叫人不驚動她，直等老太太長長的嘆了一口氣，方又接着講下去。

『好啦，我不是說嗎，州長打算請那些法國官員喫早餐，於是那位家主婆兒就是我姑姑哪，預備很好很豐盛的一桌。可是不知怎麼一來，到要上桌的前幾分鐘方知沒有牛乳。

『可真把人急壞哪，牛乳要的多，就沒處兒買呀，借又能借多少呢？廚司務和女傭人急得只是打磨旋兒，假若不是我姑姑斗然想起在客蒙登的牛，那頓早飯簡直不知怎麼下場哩。

『的確，客蒙的牛也不是他們的，是隔壁鄰居家的，而且那時也來不及去請示呀，不過，這回事非同小可，是國際間的體面；我們的同盟國，無論如何禮數上可不能短一分呀；她相信她的高鄰們對國家的這區區犧牲一定義不容辭的，所以我們韓太太穩靜地發了一道命令，就是「擠奶」

『奶是擠出來了，把牛可嚇得不輕，而客人們也着實心滿意足，其中當然有一位是拿法爺。

『爲牛奶的事鬧成這麼一件笑話，以致那日竟誰也不記起甚麼大人物的話，止有一位隨員，一位伯爵，和別人不同，便是他把自己吃得醉醺醺的，後來連着長靴甚麼的就爬上床睡了——可憐我姑姑的一床鵝黃緞花被單被他一夜踢得稀稀爛爛。

『我姑姑還把這床破被單看得寶貝似的哩，留了好些時候，她說是紀念她的特別客人的。

『我見傘法爺時已經是一八二五那年了，那次並沒有醉酒的伯爵，韓姑夫（一個很可愛的人，也許現在人家要說他卑鄙）死去了，姑姑又嫁給史統將。

『其實那回傘法爺來，不干她一點兒事哪，那時她是住在發德大街，很貴族化的一條街，我們也在近邊住着。

『老金九思是我們那城的市長，忽然他着人傳信給姑姑說傘法爺來拜訪她哩。

『自然她一聽見這個信息，快樂極了，我們大家也就忙着分頭籌辦招待他的事宜。姑姑已經是半百年紀的老太太了，而她仍然打扮得花枝招展，想與我們女孩兒爭勝哩。』

『她那天穿什麼哪？』芳極有興趣地追問。

『她穿了一件鋼青色緞子的衣滾的黑花邊，帽子上還釘了一個白緞子的傘法爺的徽章。

『我眞眞永遠忘不了她坐在客廳前排，倒有多美麗，她頭上就是一張她前夫的照片，她的兩旁還有司徒太太，岳太太，那種硬挺的緞裳，富麗的花邊，還有整齊的包頭，都是漂亮到萬分的。唉，這個年頭兒莫想再見那種標致的老太太了。——』

『我說我們有時也看到，』喃利希答答地說。

祖母搖一搖頭表示不承認，但這句話確非維得她很快活，因爲她從前確曾是傾國傾城哩，而今白髮盈頭，自然談不上美了。

『我們小姑娘們把屋裏完全用花裝飾起來，老軻先生送來一大籃的新衣裳，菊菊便預備徽章，姑姑又從老貝康街家的地窖裏拿了些革命時代的酒。

『我穿一件絲白相間的外衣，頭髮盤得很高，還有當日最美麗入時的大袖，再有手套。

『好啦，過一會，那位大將由市長護衛着到了。了到，我可見到他啦！——是一個小老頭穿一條老布褲外邊罩着一件藍色大衣，裏面還有背心，起皺的短衣等，拄了一根手杖，因爲他是個跛子哩，見人便堆下笑來，便連忙鞠躬行禮，確像個道地的法蘭西人，

『他一到時，三位老太太趕緊立起身行了最敬禮。拿法爺先對州長的遺像行禮，然後和州長太太見了，吻了她的手。

『縱把人笑壞了哩，因爲她手套的背面便是印了拿法爺的像，所以這位勇敢的老紳士簡直把自己的面孔吻了一下。

『後來把些小姐們姑娘們都叫上來一一參見了，這次，爲免得再和自己接吻起見，這位俠爵索性在每個俏姑娘的面孔上香了一下。

『是的，寶寶們，看這兒一塊便是那可愛的老老頭給我敬禮的地方。即或現在我也是與從前一般驕傲，因爲他的確是個又勇敢又好的男兒，在患難時曾幇我們不少。

『他沒等多大一回兒就走了，可是我們已經夠快活得哪，我們敬他的酒，祝他長壽，也收了他多少祝詞，又享受了他賜與我們的榮譽。

『自然，大門口，街上擠了千萬的人想一覩英雄丰采哪，他要走的時，他們想把他的馬匹牽出去，把他扣留在家裏；以示勝利。但他不肯，只得算了；等那件事能了之後，我們這些女孩兒們便向他擲花兒，瓶裏的，牆上的，甚至我們自己頭上的都拔出來拚命地擲在他身上。

『他高興哩，向我們笑，又向我揮手，我們跟着他一頭跑，一頭擲花，一頭又求他再來一次。

『我們年青人那天晚上簡直弄得失魂落魄的，我甚至怎麼回了家也依稀莫明了。最後的一件事我記得的最清楚的，便是我們一堆女孩兒都擠在窗口，看看馬車得得而去，那些群衆拚着命歡呼像瘋了一樣。

『就是現在我還好像聽見那敬呼的聲音呢！「黑喇，拿法爺，金市長韓夫人，倩姑娘們，黑喇！波斯敦萬歲來！黑喇！黑喇！黑喇！」』

至此老太太已經喘不及氣，停止歡呼，帽子歪了半邊，目鏡已褪到鼻尖上來，針線生活更糟糕，被她尖聲叫拿法爺時從椅臂上一揮揮到空中去了。

女孩子們聽完，喜得拚命價拍手，湯姆更是不要命地跟着黑喇，直到能喘吸氣時，他又道。

『拿法爺實在是個嚴驁的老傢伙；我一直喜歡他的。』

『唉呀！怎麼對那偉大的人如此不敬，』祖母道，對於年青美國人的輕慢吃了一驚。

『無論如何，他是個老傢伙，怎麼叫不得？』湯姆問道。

『你戴的手套多古怪呀，』芳麗插上來，她是早就在把那副尊貴的手套在自己手上試呀試的，剛剛緊緊一手。

『比現在好多，也便宜多哪，』祖母答道。無論誰對「從前的好日子」有甚麼不滿，她是準備着予以辯護的。『你是屬於今日浪漫的一派哪，我直不知道你將來怎麼弄。好像我還藏着兩封年青姑娘寫給我的信，一封是一五一七年的，一封是一八六八年的。那兩封信口氣的相差，管叫你看了高興哩，我猜。』

我了一會兒，祖母捧出一隻文書匣來，從裏面選了幾張紙，讀了下面的一封信。信是包安娜未嫁亨利第八時寫的，而現在已是名傳遐邇的考古學者了。信上說——

親愛的瑪月，——我來城已經快一月了，但我還不能說曾經發現倫敦有一件事使我十分滿意。我們早晨起身晤極了，——少有在六時以前的，——夜裏又愛坐到那麼遲，——少有十點上床的，——弄得我大爲不慣；假使不爲着每天早晨能得到多量的好東西起見，我眞要不耐煩，仍回我那鄉下去。

昨天我那任情的媽媽，代我在市場上買了三套襯衣布，要値十四便士一尺哩，我還得搭一雙無大用的跳舞鞋，去赴老福公家的舞會穿，那又要三先令。

自來此度這種不規則的生活，弄得我飯量也減了。你是知道的，在鄉下我一頓早飯辦掉一磅燉肉，一大杯淡麥酒是不算一回事的，可是在倫敦，打對折叫我吃下也難，雖然每逢就餐時肚子也餓得甚麼似的，這兒上等社會午飯時間總是延到十二點的。

昨天晚上我在李公爵家的熱火爐旁頑了半天。史公爵也在那兒，他是個很漂亮的青年男人，還唱了一隻他自己做的歌。唱的好極了，別人都非維他，我弟弟跑來輕輕和我說那個吉娜得琳，就是史公所稱爲他的甜心的那位，是當時拿麼溫的女子。我眞想見見她，聽說她不但好，而且還美麗哩。

我走後，那些雞鶵鴨都要煩你的神代我照應。可憐的小東西們！我總是自己喂牠們的；如果瑪格月已經代我織紅絨線手套，那就請越早得便帶給我越好。

再會了，親愛的瑪月。我這就要去赴祈薾會，而你也將要很快地收到我的愛。

包安娜

『六點前起身，十點鐘麼還說太遲！不知道這位安娜變會到什麽地步呀。鹹肉麥酒當早飯，十二點吃飯；這種生活緩多怪呀！』芳麗叫道，『李公史公談談也還沒有什麽，可是這熱火爐，紅手套，以及三先令買鞋等簡直忒不挑了。』

『我歡喜，』帕利思索着說道，『我高興那可憐的安娜，在受罪之前還找到一些快樂呢。甚麽時候我把那信抄下來，可以嗎，祖母？』

『自然，歡迎寶寶。這兒再有一封嘞，是個摩登女郎第一次到倫敦後寫給我的。這封也許稍爲合你的口味些，芳，』於是祖母讀了一篇多年前安娜女皇當政時倫敦的生活。信上說：——

我最愛的旗士坦士，——過了三月過度的狂歡生活後，我方能掇到一點閒空來報告你，我是如何的享受着這第一次的倫敦之遊。常在外國留學的到此也不過如進一生疏城市能了。起先幾日，煙呀，灰呀，鬧聲呀，委實是有點不和諧，但不久也就習慣了，而且現在我居然覺得樣樣都非常可人意哪。

我們忽然一下子沉進宴樂的漩渦裏，似乎除了快樂，簡直無暇再顧別樣事。何況時節又是一年中最好的，眞的我們每點鐘不是赴跳舞會音樂會，教堂去，便是在家準備着去。我們在晚上總得參加好幾種宴會，所以不到淸晨，少有回家的，於是自然而然的也非得晌午不得起床。如此只剩下一點點時候給我們上街購物或乘車拜訪朋友等，因爲八點用晚飯，而夜的宴遊生涯旋又開始了。

昨晚於磐夫人的跳舞會中晤到韋而斯親王，還同他舞了一回。她如今發胖了，樣子也奢縱極了。老寳說我對他很失望，因爲無論他的舉止或談吐都沒有親王的丰格。人家又介紹一個從美國來的瀟灑而飛揚的青年紳士與我認識。我覺得他倒是極其可人意。同時還驚異他的詩居然在上季很得人讚賞，他的爺爺是一位極富的裁縫。這些美國人也眞怪，挾着他們的金錢，才智，和獨立精神到處跑！

哦，親親，我不該忘記告訴你，我在這好時候裏將要遇見的大事。我要去進覲英皇哪！你去想罷，我爲這件大事的準備，該用心到甚麼程度。媽媽是決定好了的不要我失她的面子，所以我們花了上兩星期的時間，從手服裝公司跑到裁縫鋪，從百貨公司跑到珠寶鋪，眞跑得不輟。我要穿白緞衣，插羽毛，懸珠飾，戴玫瑰花。我的衣服値到一百鎊的價錢，或許還要多些，精緻雖也算得精緻的了。

我的表姊妹以及朋友們在我身上不知花了多少錢，置備一些好東西，你一定要睜圓你那未見世面的眼睛，如果我陳列出我的綢緞，花邊，手飾，和法國帽子等，還不提情書，照片，以及其他青年女郎應用的珍品哩。

你問我可曾想過家。我老實說簡直沒有空去想，不過有時也稍爲留戀一點過去的靜寂，純空氣，以及女孩兒的娛樂。一個女人之所以漸漸蒼白，漸漸現老，漸漸衰頹下去。還不是這些不關節的佚樂宴遊所致？我覺得現在業已精神渙散，非復昔日可比了。

如果你能送還我從前一度所有的玫瑰頰，明亮眸子以及活潑的精神，我感情要謝你。因爲你做不到，故希望你能寄我一瓶六月的雨水，因爲我的女婢說，那比甚麼美容藥還來得有效，而我如今的皮色，在最近簡直離光臨太遠了。

我想家裏果園的水果也許適合我的口胃，因爲我簡直不思飮食，媽媽是着急的了不得。一個人喫法國飯菜，非得痢疾不可，而與其他各事一般地，飯食也限於時髦的禁令下，這兒是沒有簡單的食物的。

再會了，我的親親，我得換裝去做禮拜了。我祇望你能看見我的新帽子，也同我一塊去，因為陸公爵允許我他也到會的。

再會，永遠是你的

弗勞倫斯

『是的，我的確歡喜這封信些，我盼望要能處在那女孩的地位就好了，你不也是嗎，帕利？』祖母取下目鏡時，芳說道。

『我自然喜歡到倫敦去，好好遊一下，但要我化那麼多錢，只為的上皇宮去一趟，我卻以為犯不着。也許眞眞到了那兒，我會高興去也說不定，因為我也愛頑愛樂哩，』老實的帕利覺得快樂的確是人生的誘引物。

『祖母累哪；我們到客房裏去頑吧，』毛頭提議；她覺得談話漸漸深奧起來。

『讓我們未走之前，大家吻祖母一下，謝謝她半天給我們的快樂，』帕利輕輕和他們附着耳遊說。當時毛頭與芳踞一齊同意，可把祖母喜得眉開眼笑，最後湯姆兀立着等『女孩子們』走出視線之後，方走上去將老太太親熱的一抱，旋又在傘法爺行敬禮的頰上吻了一下。

他們一行人來到遊戲室內，帕利向搖床上一坐，搖着，親切地說道，『我常說祖母房裏有意思罷，現在你們看我的話假不假。我盼望此後你們常去去；她眞的贊許你們去，也歡喜講故事，要甚麼的，不過她想你們有點不中意她那種靜寂的雅趣罷了。無論如何，我歡喜，我說她是個最和善最好的老太太，我眞眞愛她。』

芳接口道，『我沒說她不好，不過老年人總有點貧嘴不好纏甚麼的，所以我情願離開些。』

『那就是哪，因爲你不去，所以你失去多少愉樂光陰。我媽媽說我們應當對老年人和氣，忍耐，恭敬；不爲別的只爲他們年紀大，所以我一直都想着她的話，努力做去。』

『哦唷，你媽媽是不斷頭的講道理，』芳咕哦道，爲她對祖母的欠禮，經帕利這麼一說，有點老羞成怒了。

『她不是講道理！』帕利大叫，臉紅的像一朵鮮花；『她祇不過講解給我們聽，幫我們做好，從來不駡的，世界上無論怎樣好的媽媽我總不要，雖然她不穿絲絨衣衫，戴漂亮的遮陽帽，我愛她，我媽媽——吼！』

『講，再講，帕利！』湯姆叫道，他正在文質彬彬地把頭從橫木上倒懸着向這邊望。

『帕利發瘋了，帕利發瘋了！』毛頭唱起來，拖着一根繩滿屋地跳。

『如果同先生看見你現在的小樣兒，包不會再喊你安琪兒哪，』芳麗又補一句，隨手把豆袋遠遠一擲，頭也跟着一搖。

帕利這時臉是緋紅的，眸子發亮，雙脣曲着，的確像發瘋的樣兒，可是她努力耐住不發一言，只在搖床上拚命地搖晃，她怕說了甚麼以後懊悔也來不及。幾分鐘大家都不開口，只有湯姆噓，毛頭哼，而帕利和芳麗卻默默地似乎思索一些什麼事，因爲她們已經達到風情初解的年齡，一切異性的言行動靜對於她們都發生影響哪。這些利害的小人兒們，頭腦子裏的思想多極哪，所以大人必得注意他們的行動，因爲他們如果做些甚麼事是很會被人批評的，而且他們的模仿性又極大。

那天發生的雖是兩件小事，而幾個字眼，一個不留心的舉動，卻不住的在兩個善感的女孩兒心上盤旋，究竟是什麽一回事呢？待我寫出來。

原來有一次司先生專誠來拜訪兩位姑娘，大家坐着談心的時候，芳麗看司先生的兩隻眼睛只不住的落在帕利身上，其時帕利正坐在另外一邊，溫柔而沉靜文雅而敏慧地瞧着她左右四圍的臉兒，那種態度確是大家認爲很動人的。恰在這當口，忽然蕭老太進來，和那小姑娘講了幾句話。帕利連忙立起，恭恭敬敬地立着，直等老太太走後方纔歸座。

芳麗見司先生微笑，便問道，『你是不是在笑帕利多禮？』

沒有，我是在稱讚帕利女士的文雅態度，』司先生回答的聲音，很嚴肅而恭敬，芳麗聽了很受感動，因爲司先生在衆女孩兒的心目中是個標準的上等男兒，還具有一種形容不出的她們所謂『瀟灑』。

芳麗很願意是自己做了那件小事而博他那贊許的一瞥，她對於這位青年男人的意旨是極其尊重的，因爲至少像她們一派的女郎是不易得他垂青的。因此之故，當帕利談到老年人時，芳麗想到這一幕，嘔不過便拿冷語來淡忍了。

再有一件事，便是有一日蕭太太穿了極考究的衣服拜客回來，忽然毛頭衝前去不平常的熱愛去歡迎她，但蕭太太卻連忙提起光亮奪目的綢衣，把小毛頭推向旁邊，焦躁道，『別碰我呀，孩子，你的手髒極哪。』爲了這幾叫帕利說甚麽絲絨衣的話來，便因爲她想到雖則衣鮮服而無母親的心腸，雖明珠翠羽，而無和溫的母愛的臉，有何用處？一雙手雖然套上極華美的手套，但其作用僅將自己最可愛而寶貴的女兒推開罷了。她同時又想起另外一個女人，她的衣服永遠沒有華貴到不能碰孩子們的小濕而孔，或者讓可愛的小膀臂們去壓她的臉，縱然皺痕道道，灰髮盈頭，然而永遠不曾對着她的孩子們表示不快，或不同情；她的一雙手也永不曾太忙或太美去接受兒女們隨時隨地的希望，憂愁，罪惡，惟怕她總是以慈愛，公正，和智慧的愛去管教治理他們，『哦，那方是母親哩！』帕利心裏想着，便覺得安慰不少，對於毛頭的境遇，反而可憐起來。

因爲這兩件事在二人心中作梗，所以大家言語上不免有點針鋒相對，以致性急的帕利纔急不擇言的連蕭太太也帶上了。可是帕利來回搖了十餘次之後，氣已漸平，停一會，便先向芳麗一笑，然後愉快地說道，『我現在不瘋了，可要我來同你搖？』

『不，我要來同你遊哩，』芳答着，立刻感覺到還是她朋友大量。

『你眞是個安琪兒，我下次再不同你粗魯了，』她見帕利的手圍上身來又快樂地讓出一半位置，惭愧地又加一句。

『不，我不是的；可是如果我有點兒像一個的話，那便是我媽媽的「講道理」所賜，』帕利說着一笑。

『眞好，帕利和事老，』湯姆叫起來，學他父親的口吻，又將二人的搖床拚命向前一推，好似非此不足以表示他的一番贊許之意似的。

以後再沒有聽見甚麽事了；但從那日起，家庭中對祖母的態度一變，較前略恭敬些了，對她的衰弱也能加以容忍了，對於她的故事也興趣起來了，她那冷靜多年的嫗旁也發生許多喜樂的閒談，叫老太太喜得竟像年輕十年了。

第七章　再會

『哦，親親！你想你可應該這禮拜六就回家嗎？』過了湯姆所謂的『大戰』之後的數日芳和帕利道。

『我眞眞該派回去了；你看，我只說來住一月的，誰知卻住了六個星期，』帕利答着，那口氣好似她已離家一年似的。

『索性完成兩個月罷，等過了聖誕節再走。來，聽我的話，不錯，』湯姆也熱切地慫恿着。

『你眞好，留我；但我實在想回去過聖誕節。而且，媽媽諸事也離不開我。』

『就是我們又少得掉你嗎？你就不能央求央求你媽媽，你就定了主意留在這兒嗎？』芳開口道。

『帕利是不與那一套的。她說那叫自私自利；我現在也不多來那一套哪，』毛頭也極其規矩地搭上一句。

「就別纏帕利了罷。我早就知道，她說去就定要去的。現在且趁她還在的幾天我們儘量樂一樂罷，你要鬧的宴會放在現在恰是適得其時哪，芳，」湯姆究竟是爽快，一句話定了大事。

帕利原盼望在宴會時大樂一下的；但到了時候反而叫她失望因爲那討厭東西卽所謂的忌妒，佔領了她，破壞了她的喜樂。離家之前，她以爲那件白洋紗嵌邊的衣是再文雅再適合沒有的禮服了，而現在看了芳麗的紅綢衣，白色薄紗的裏衣無數的圈呀環呀飄帶呀的種種點綴倘直顯得自己的一件粗笨無光，既不入時而且樣子又十分嬰孩氣。

就是毛頭的裝束也比她自己好得多呀，看那套櫻桃色夾白色的外衣，加上一條大得幾乎拖不動的腰帶，還有紅紐扣的白靴，倒多夠勁兒。她們姊妹倆誰都有項圈，手鐲，耳環，綳針等；帕利可是光光如也，一樣也無，唯一勉強稱得上有的，祇是一個光滑滑的小鎖鍊，黏了一點藍絲絨罷了。她的腰帶祇是一條闊緞帶套着一個簡而又簡的圈子，美麗的鬈髮上也祇有一朵藍色的花罷了。她唯一的安慰便是那圍着她豐肥肩胛一圈清雅的皺邊是眞的花邊，再有那雙古銅色跳舞靴值大洋九元。

可憐的帕利，盡力譬喻叫自己滿意，不因與人兩樣而不安，但那天晚上她巴得欲保持平日音調面色的自然實在無能爲力。誰也不知道那件洋紗衣的裏面轉些甚麼念頭，還是有閱歷的祖母，略朝帕利的神情上留神了幾眼便知道了端的。一時化裝已畢三位小姑娘一個個娉娉亭亭地走到祖母房裏給大人們瞧，湯姆也正擠在這兒讓人幫忙他弄一條硬領呢。

毛頭的裝束明艷得簡直像一隻公雞，芳在各人向她望時連忙行一個極其高貴文雅的禮節；但帕利祇筆立着，一雙大眸子從這臉轉到那臉，似乎又急又不放心地說，『我知道我不行；但我祇要不太不揣也就知足了。』

祖母在各人身上都研究了一下；當芳寵滿意地一笑問，『我們怎麼樣？』她慈愛地將帕利一攬答道。

『很像時裝公司的模特兒。但這身小衣服最合我的意。』

『你可是眞的想我好看嗎？』帕利的臉立刻亮起來了，這位老太太的話居然靈過仙丹！

『是的，我的寶貝，你這般年紀，這般裝束是我最喜歡看的。再有更叫我開心的是你不違背你媽媽的話，沒聽別人的勸穿借來的好衣裳。少年人不需要什麽好裝飾，只有你今晚所穿的穉穉美德——康健，青春，才智和溫馨纔是你們所應當有的。』

祖母說着，又在她頰上吻了一下，這一來叫帕利好像忽然變成玫瑰花一般，喜得甚麽紅綢衫，珊瑚耳環都忘記了。她祇說道『謝謝，老太太，』旋又熱烈地還了一吻；以後再朝自己身上一望，那件平常衣居然斗地又變得可人意了。

『帕利美極了，不管穿甚麽那都好看。』湯姆從硬領上透出頭打量着帕利贊道。

『她衣上沒有多少摺，你看我有，』毛頭得意地將自己皺邊的腰帶向肩上一挑，便似櫻桃色的翅兒生在一個胖囝囝身上。

『我眞願意她穿我那身藍色的緞帶簡直美極哪；可是，湯姆的話不錯，她無論穿甚麽都沒有關係；』芳妮說着在帕利的左鬢邊輕輕撫一下。

『她應當戴點花兒，年青人正是戴花插朵的時候呀，』蕭太太也加入建議，她心裏想自己的兩個女兒賽過天仙，同時又不能否認帕利那張花朵似的臉蛋是最吸人的。

『嗨！我送給女郎們的花兒幾乎忘了。代我拿出來，湯姆，』蕭先生叫着，眼望着棹上的一隻有趣的盒子。

湯姆聽說匆匆打開盒子取出三束花兒，顏色，大小，裝扎都不一樣。

『爸爸！你怎麼這樣好，』芳麗喊出來，自那次挨駡之後她不敢接受一片花葉子。

『你父親從前也曾一度是風流倜儻的少年哩，』蕭太太說，又一笑。

『噢，湯姆，你亦學學你父親的樣子，將來得空總要想到你的女孩兒們！』祖母說着，將手在她兒子的光頭上撫摸，好似他尚未過十八歲的樣子。

蕭湯姆斯起先一聽，不免鼻子裏哼一聲；繼而見祖母誇讚他的父親，心裏總又好些，對那幾束花兒也發生了較多的敬意，問道，『什麼花是什麼人的？』

『猜罷，』蕭先生十分高興了，想不到一點不平常的表示便產生如此的效力。

原來三束花中，最大的一束是花房裏的玫瑰朵兒無香草再加薜羅藤；第二束僅是一把甜豌豆花木犀草，再加幾朵貓兒面，中間夾一朵小玫瑰；第三束是一把小小的深紅馬鞭草，再加幾片綠葉。

「這不難猜。雅劇的錫芳，甜蜜的園帕利，快樂的送毛頭。請各位拿去吧，小姐們。」湯姆說着走上一步將花分了，那種文雅的味兒眞夠配上那套新西裝和新而緊的皮靴。

「看爸爸這麼樣關心，打扮得你們十全十美哪。好，現在下樓去罷，我聽見鈴子已經響了；記得，芳，你少跳舞點；你盡力是放安靜些；湯姆還有毛頭，你別喫太多哪，祖母要對你們照應照應我神經不大好，所以不能下去。」

蕭太太囑咐完一揮手，四位姑娘少爺下樓去迎接第一批客人，這一批是幾個小姑娘，特爲請來絆着毛頭不去吵她姊姊的。湯姆也照樣，怕他生是生非，故特別通融準他請他的三位親密朋友。這三位朋友在學校的綽號是摺而皺，白葡萄酒，蜘蛛。

「因爲男客人很少，加之客是爲帕利請的，所以我們就請幾位小客人陪陪她罷，」散請帖時芳函這樣說。

當然的，男孩子老老早早就光臨了，躱在門角上，好似長多了腿和膀不知如何是好的樣子。湯姆拚了命鑿地主之誼面子上雖然文雅有禮，而那一團野心卻按不住地想頑跳蛙遊戲，只是口裏說不出來，見那完全拆空爲跳舞的長客廳，簡直心痒難熬。

帕別在指定的地方安靜坐着，痛苦的忍受被芳麗挾來介紹與她的川流不息的漂亮女郎們，硬挺西裝的男士們，誰都是同樣地背千篇一律的寒暄語，再一轉眼便把她當做沒看見一般。當第一場舞喊預備時，芳麗把躲來躲去的湯姆捉到牆角上附耳說道，『湯姆，你這次必須和帕利跳舞。你是家裏的少年男子，所以禮數上最適宜是你先請她舞』。

『哦，帕利不在乎禮數的，我恨跳舞，老實說我簡直一竅不通。別拉着我衣裳，也別麻煩我，否則我一切都不管了，』湯姆吼道，他聽說叫他與帕利一開幕就跳舞，氣得發昏章第十一。

『你要不聽話我永不得饒你。來，放懂事些，對對我，做個好孩子。你知道我們倆對帕利都不好，不是約好一同對她改變態度的嗎？我要實行我的話，不要她在我的宴會裏待慢了，我要她愛我，要她回家不致於想我不夠交情。』

這一篇美妙詞令，方將牛似的湯姆打動了心，他瞅着帕利的快樂臉蛋，記得從前的諾言，於是，又一吼，方決心去盡一下義務。

『罷了，總算佩服你，我來帶她罷；但申明在先，我一定會弄出愁苦來的，因爲你那拗什子舞蹈，我莫明其妙一點兒。』

『哦，你會。那舞步我不是教你十幾次嗎？我要先來布希米人的舞蹈戲，因爲姑娘們都喜歡那個，而且那比方舞有趣些。現在你趕緊將手套藏起來，擺出紳士的格架來，好好地請帕利跳舞。』

『眞見鬼！』湯姆咕噥着，恨恨地抓了手套便套，早掙破了一條縫，不管了，他鎭定着自己，走到帕利面前，挺硬地鞠了一躬，支出膀彎，敞敞地道，『馬小姐，可能賜舞一次嗎？』

他竭力模仿大人的姿態以爲必能感動帕利。誰知她一點也不；只詫異的一瞥，向他一笑，隨即伸手扶着他，熱切地道，——

『自然哪；可是你不要變成一隻鵝，湯姆。』

『罷啦，芳叫我文雅，我就試着文雅哪，』湯姆一把抓了他的舞伴時，又附耳加了一句，『握緊些，無論如何我們得好好跳這一場。』

音樂響起來了，他們也就舞開去；湯姆向這邊跳，而帕利卻向那邊跳，那樣子簡直能笑死人。

『跟着音樂的拍子』帕利喘道。

『不行；我從來就不會，』湯姆答。

『那麽跟着我的腳步呀，也別踏我的腳踵呀，』帕利道。

『不要緊；我們只管不停地搖就是慢慢就會好的，』湯姆喃喃地口裏說着，將那不幸的伴侶忽然一轉，幾乎二人都摜下地板。

他們並沒有『慢慢就好了；』因爲湯姆發狂般地蠻幹，幾乎毀滅帕利。他又踏又搖，又踢，忽然把她轉向右，倏而又把她拖向左，不是把她碰到人或是傢具，便是踩她的腳，壓她的衣，弄得他自己也給人家當巴遊般地看了。帕利心裏可眞急壞了，但人家都在起勁的跳，又不便先自下場，所以只好耐着，她知道湯姆又何嘗不痛苦，對他的犧牲反而心下感謝。

『哦，停了罷；這實在喫不消』帕利叫喊着，一陣圈子兜過，她連氣都喘不及了。

『可不是嗎？』湯姆也如蒙大赦般地揩着紅臉上的汗，帕利卽或要駡他，也不忍出口了，祇說

『謝謝你，』便攛在一把椅上去休息了。

『我知道我跳得不成樣子；但妳一定逼着，有什麼法子呢？她怕你見怪，如果第一次不和你跳，』湯姆可憐巴巴地說，望着帕利在結腰帶，這腰帶剛纔被湯姆當作手柄用的，是拖帕利轉來曲去的利器；『闌森兒的尖頂舞我能跳；只怕你永遠不肯和我再跳了，』他又加一句，手卻代帕利拚命的揮扇，扇得她的一頭秀髮都揚在空中。

『我肯的。我很高興哩：你最好先將名字寫在我的扇柄上。那不錯的，雪克斯說的，如果沒有舞簿就是這種辦法。』

以極文雅的態度，湯姆探出一枝鉛筆，寫了名字還給她還殿以一篇華美的言詞，——

『現在我去叫白葡萄酒來，也許他們會這撈什子，在音樂未停以前，總得讓你好好跳一下。』湯姆說完自去了，可是他尚未尋到一位善舞的伴侶時，而房裏早就預備好一位舞家在等着了。原來司先生把整個事實都聽見也看見了；雖說他忍不住暗笑，但他仍然愛湯姆老實，帕利忠厚。這時，帕利依然跟着音樂用腳踏着拍子，雙目不住地溜着面前一對一對滑過去的男女們，正恨自己無法參加，忽然司先生來到面前，愉快而敬重地說道——

『帕利小姐，你可能給我一次機會嗎？』

『哦，可以，跟那一位舞，險些要去我的命。』眞的帕利一跳，兩隻手一齊伸出來，還有這麼一張可人意的臉，以致司先生想她無論舞多少次，他總願奉陪。

這次不用說自然是珠聯璧合哪；當湯姆空手回來時，只見帕利已經在圓滿地團團舞着，身邊是位最藝高的伴兒，竟被喜得怔住了。

『嘿，那也像個樣，』瞧着古銅色靴十分活動地進退合拍他心裏想着。『眞不懂何以老司來得這一路好手脚；嚇，眞有趣不假我也非學會不可！』瀟小先生擇個着重的姿勢，於是手套上最後的一顆紐扣也給掙斷了。

帕利這一舞方纔稱了心，直舞到音樂停止方罷，正想熱烈地去稱謝一番，湯姆早就插上來，非常雄偉地讚道，——

『你舞的好極了，帕利。現在，你放眼看這班人，誰中你的意，我便弄他來與你舞，不管他是誰。』

『我不要那班紳士們他們簡直硬得要命，大概他們也不在乎和我跳；倒是那邊的男孩子們我很歡喜，只要他們願意，我同誰都可以跳，』帕利望了一週道。

『我把那一堆都帶來。』湯姆說着果然走去將他的朋友們邀來，這些人全把帕利讚得不亦樂乎，而且居然代『大人』而人選，更覺得是天之驕子。

以後帕利連坐的空兒都沒有了，這班孩子們輪流地和她舞；她亦快樂得如膠似錫，再也不看見，或疑惑尚有無數的巧謀，虛榮，愛情，無知在四週進行。她愛跳舞，所以她在高度快樂中的態度簡直叫人愛。她的雙眸是明亮的，面孔是發光的，兩片紅唇不住地傳着微笑，黃色鬈髮縉縉飄在空中像波浪似的，心也是明亮得和那雙新靴一般。

『你可顧得開心嗎？帕利』蕭先生朝裏望着問道，他不時進來張張再去報告他母各事順利。

『哦，開心極了！』帕利喊道，身上熱烈地動了一下便溜到他立的一角來。

『她簡直是那幾個男孩定下的舞伴，』芳飛慢步過來時道。

『他們那麼客氣地請我，我能推嗎？而且我也不怕他們，』帕利解釋着，去跳了幾步，簡直她定不下來哪。

「那你怕青年紳士們哪？」蕭先生提着她的一綹鬆髮。

「除了司先生，別的我全怕。他沒有抖抖地，或是談些無意識的話；再有，哦，他舞得簡直像個安琪兒，像雲克斯說的。」

「爸爸，我願你來和我跳菲爾之吧。芳叫我不要挨近她，說我潮衣服會將她的紅衣弄難看了；湯姆也不肯，我實在想跳的利害呀。」

「哦，毛頭，爸爸已經忘記，不會跳哪。去請帕利罷；她準能弄得你滴溜溜地轉。」

「可是底下是司先生的名字哩，」帕利望着扇上的名字很重要地答道。「但我猜先和可憐的毛頭跳，他不會見怪罷。她真的沒有甚麼機會跳，而我卻未免過份些。我改了主意可太對不住人了罷？」帕利說着，向她那位又高又大的伴兒望了一眼，分明表示這改變完全是犧牲。

「哦，沒關係。讓那小寶寶跳一次罷，我們再說，」司先生答着，點點頭又一笑。

當帕利毛頭舞開去時，蕭先生和司先生說，

『帕利眞可說得上是自然的驕子。』

『如果她不變壞，將來一定是個可人意的小婦人。』

『無庸過慮。她有個賢慧的媽媽。』

『我也承認。』司先生嘆了一聲，因爲他最近將個好母親喪了。

一會兒在杯光衣影中正式開宴。帕利偶然碰到一位紳士，因爲芳麗曾經代他們介紹過，免不了寒暄兩句，自然也便由他領下來就餐。他將馬小姐，當然的，放在一個角上，敬她一盌冰淇淋，還有一塊糖，而他自己對於這頓飯卻十分興高彩烈，以致帕利幾乎喫不到東西，如果不是湯姆尋得來，替她解圍。

『啊喲，我找你甚麼地方都找遍哪。跟我來罷，別傻坐這兒受餓，』湯姆口裏說着從她的空盤子望到她那位隔隣的滿滿一盤好東西責備地瞅了一下，便擁簇着她走了。

湯姆把她領到一間從飯廳通到廚房中的一間小房內，裏面一羣小朋友們正手勞並用地大嚼哩。毛頭和她的知己貴思一個佔一個洋鐵搬乾罐子當坐位；白銜銜酒和蜘蛛便點綴了冰箱，姆湯和摺而皺使各處尋求食物。

『這總有趣吧，』帕利叫着，早有人敲着調羹，揮着手巾熱烈地歡迎她就坐。

『你祇好好坐在那餅乾桶上，我來送給你喫。』湯姆招手她坐下，又發出嚴肅的命令。

『我們是一隊強盜在我們的洞裏，我便是盜頭；我們見有路過客人就去搶搶了拿進來大家享受。現在，摺而皺，你去搶一盤子小餅來，我在這兒等克梯經過扣留一些新鮮蠑螈甲給帕利喫。白蘅荷酒，你到廚房去刼一杯咖啡來。蜘蛛，你去搜集生菜，好好多預點來。帕利，趕快喫，我的夥計們馬上就會大批的運來的。』

他們那間小室就是這麽有趣的；這麽大膽搶果醬刼餅乾的一群嘍囉，成功廚房與飯廳之間的侵刼；這麽下流地向克梯和變了色的侍者襲擊；他們雖然竭力迴護，卻禁不起強盜們的拳脚，只好自認晦氣。這是個無害的宴會因爲席上是禁酒的，這班勇武的強盜因往來奔走侍候數位小姐們的飲食，自己反而無暇多喫。反正他們不在，也無人留意，等到他們出現時，席上已是杯盤狼藉，僅有數位潑發少年仍據席不去，留戀餘滋。

『那便是他們常幹的事；將女孩兒朝棹角上一供，各樣食物祇許嚐嚐味，自己就狂吞大嚼像隻豬一樣，』湯姆輕語着，態度很高人一籌的模樣，其實他忘自己亦是此中人也。

一時飯罷，華燈已上，大家退坐，頑起德國人的遊戲來，對於這，帕利敬謝不敏，便挨到窗口坐下，作壁上觀。起初，她高興的了不得，因爲一切對她都是新鮮的，而且各種的鈎心鬭角之爭非常有趣；可是不幸，漸漸那妒忌或嫉妒又捲土重來在她心裏作怪，見別的女孩兒都忘記一切地沉醉於甚麼紗紙的衣哪，可笑的糖果哪，花兒哪，緞帶哪，以及各樣小東西等，而自己卻冷淸淸地擯於圈外，便再也快樂不出。誰都是沉醉的；司先生正在跳舞；湯姆正在樓梯上討論足球；而毛頭那一羣亦在書房裏頑得起勁，唉，只有她是孤獨的！

帕利努力想戰勝這種惡思想；可是無效，最後還是想起她媽媽一次和她說的話，——

『你覺得心裏不快活時，趕快去想法使別一個人快樂，不久你便可恢復哪。』

『我來試試罷，』帕利心中想，向週遭望了一圈，尋尋可有機會。忽聽書房裏鬧聲很大便走了進去。原來毛頭和她的小朋友們都穩坐在沙發上，學他們媽媽的樣兒談各人的衣服哩。

『你的衣裳是進口貨嗎？』貴瑰絲問。

『不是你的是嗎？』白郎答。

『是的；我這件衣値——哦，許多許多錢。』

『我以爲你的還不及毛頭的好看哩。』

『我的是在紐約大城定製的，』蕭小姐得意地抹着衣裙。

『你們知道我現在不能穿太好嘞，因爲媽媽代人穿孝哩，』羅阿麗小姐綴語道，覺得那種掛黑色項練的原因是非申明不可的。

『可是，我倒不在乎衣裳進口不進口；我們表姊妹會有三種酒哩；你們看，』白郎道。

『眞的嗎？』幾位小姑娘不約而同地都受了感動，直至毛頭滑稽地學着她爸爸的樣子說道——

『我爸爸說那是酗——犯——刑——章的；因爲好些小孩喫了酒都變成酒徒哪，他們就不能再住在家裏了。他從來不許我們碰酒的；祖母說小孩子喝酒是頂頂不對的事。』

『我媽媽說你媽媽的馬車一點也不時髦，不及我們一半好哩，』阿麗道。

『是的，不錯，不錯，我們絲綢裹子總比那布的好些，』毛頭激怒了，像隻被欺侮的小雞。

『我們哥哥不戴那種怕人的小帽，我們哥哥是一頭好頭髮。我眞不情願要湯姆那樣的哥哥。我姊姊說他粗得要命，』阿麗道。

『我哥哥不。你哥哥是隻豬。』

『你胡扯。』

『你也是！』

這兒，我說公道話，是蕩小姐先摑羅小姐一掌，而羅小姐也立敬了一耳光，結果兩人俱大哭起來。

帕利津津有味地静聽這一組新鮮談話的，見鬧翻了，免不得把二人排解開來，再一看，一個個已都是腫眼膖䏶，而因家人未來接尙不能動身，故提議頑遊戲。小姑娘們馬上表示首肯，於是『角上的兔子』便作了和事老。此時，又進來幾位男孩子，都從德國人遊戲中放逐出來的，當時忻然加入『角上的兎子，』不久這兒便生氣勃勃，驅𨈆麗殆盡。當蘅先生向這兒張望時，正是捉迷藏的高潮澎湃時，只見帕利蒙了雙目，團團飛着，別人便跑着躲着叫她捉不到。蘅先生一進去便給帕利捉住了，又是一陣狂歡，因爲帕利再也猜不到是誰，直至摸到那一片秃頂。

這麼一陣歡樂，大家都忘了甚麼進口出口的衣服，甚麼馬車，甚麼哥哥弟弟的，只見她們臨分別時大家熱烈親吻依依不捨，連帕利也忘懷原有的痛苦了。

『帕利，你說呀，你可愛宴會嗎？』當最後的客人出門後芳問道。

『愛極了；可是我想太多的宴會可也與我沒好處，』帕利緩緩答道。

『那又爲甚麼呢？』

『因爲我沒有好衣裳，不能一直跳舞，不能被人讚美，以及——那各式的事，我就不能快活。』

『我竟不知道你也注意這些事情呀，』芳慈叫道。

『不到今天晚上我也不知道；可是我的確注意哩，我知道是得不到的，幸而明日就回家了。』

『哦，天！你也是—，唉，沒有「我的甜帕」怎麼辦呢，像司先生說的？』芳慨長嘆一聲把帕利帶過一遊去擁抱去了。

第二日清早，大家響應着唉嘆；許多可愛的眼睛送那小小身材穿着櫻色厚絨布的人兒上道，只見那櫻色影兒靜靜地走出去，又留下一個明晰而不可磨滅的印像。她因爲趕早車，所以特爲開個早中飯，隨即裝拾箱子，都收拾就緒，祇剩箱蓋沒關，他們便告訴她祖母叫她去一下。帕利心裏有點疑惑，或許有甚麽意外的喜樂會發生，因爲大家都有點鬼鬼祟祟的模樣；芳沒說跟她一塊兒上祖母那兒去，毛頭躲躲閃閃的護着圍裙下的東西，湯姆又極其神秘的鑽進母親房裏，這一切都給帕利明白的暗示，她也就不追問了。

薕先生本沒說他會回來這樣早，但帕利心裏估他會，所以跑出去接。薕先生也沒打算再見帕利，因爲他很忙的離開她，而現在又微微在落雪；不料剛進廣場時，已見圓圓的軟帽，罩着一張明亮的面孔，雪花輕撲，一陣奔跑更顯得紅潤似玫瑰，來相接了。

『明日便再沒有人扶着老人回家了，』當帕利兩手抱緊他的一隻大手緊緊一握時，薕先生感嘆一聲。

『有，你放心；你看那不是，』帕利點頭大叫道，又一笑，因爲芳已經答應等她朋友走後抵她的缺。

『那我開心。但我的寶寶，我要你允許我每年冬天至少來望我們一次，——住長長的一個日子，』蕭先生懇切說道，撫着擱在他大手上的兩隻藍色手套。

『假使家裏離得開我，我自然總願意來。』

『他們應當把你借給我們一下，因爲你給我們的好處多極哪，我們需要你。』

『眞的嗎？我看不出是怎麼給的；可是我歡喜聽你這麼講，』帕利叫着，很受感動。

『怎麼樣給我倒不能確切說出來；反正你給我們家庭帶了一些成分，叫牠比從前溫暖，比從前愉快，我又預祝，你走後，這種成分也不致消滅就好了，我的孩子。』

帕利從來聽見蕭先生講過這樣話，所以當時簡直無言可答，祇感覺快樂驕傲，究竟她媽媽的話講得不錯，『卽使一個小女孩亦可給這麼大而煩忙的世界一些好的影響。』她借對她的大朋友報以甜蜜的一笑，勝於一切言詞的，便手攙手地走過『輕柔的沉靜中。』

假使帕利看見她箱子上面又添了幾樣甚麼東西，她準要喜歡瘋了；因爲芳麗把她那次笑話帕利的一些可憐禮物的故事，告訴祖母，他們都受感動了，便大家同意預備了好些眞正華美而可愛的禮物附送馬家的每一位人物。這麼一大筆財富再有這麼好的好心，熱愛，體貼都打在那捆捆的東西內跟着她回去，而回去發現這種種時決不會見怪，祗有雙倍地歡迎這些小巧可人意的禮物。我祇知道如果帕利稍爲疑心到箱子裏已經放下一隻滴搭滴搭的表，上面刻着她的名字，她決不會心裏那麼難受，喫飯時那麼淒清。因爲如此，她幾次眼淚在眶內打滾，誰都是這般和諧，這般地不捨得她走。

湯姆這次不用勸駕便自動地願盡送客之責，芳麗，毛頭也定計相陪。蕭太太也忘記腦子不佳，親手做了些生薑餅給她路上喫；蕭先生吻着她好似她是個極愛的女兒一樣；祖母也是拉她到身邊附耳說，『我的小安慰者，快來；』克梯當車輪轉動時也從養兒室的窗口揮着圍裙大叫道，『神靈保佑你，帕利小姐，親愛的，我送你最好的運氣！』

可是離別中最別開生面的還是湯姆的再會；當帕利已安坐車廂，最後的再會也互道過，火車業已轉動時湯姆忽然探出硬硬的一小包東西，向窗內一擲，自己伸長了頸子，滑稽而可笑地向帕利道。——

「那簡直怕人，可是你要牠，所以我放在裏面逗你笑的。再會，帕利；再會，再會！」

最後的一聲再會，湯姆已經不見，只傳來低低的嗄聲，讓帕利笑那可笑的臨別贈品直到一顆顆都是眼淚。原來紙包內是一袋花生，頂底下是湯姆的一張照片。那張鉸容的確怕人，大概在電光下照的，又黑又野，眞不敢非維，可是帕利很喜歡，而且無論何時心裏有點傷別之感時，便喫一顆花生或是瞧瞧那張滑稽照片，便又快活起來。

短短的旅行不久也就快樂地到了地頭，在黃昏中她已看見一羣可愛的臉張在一座卑微的小屋門前等候她，那所屋在她的心目中比甚麼皇宮再要美麗，因爲那是她的家。

第八章　六年之後

『你們猜帕利今年冬天要做甚麼事哪？』芳麗熱切地讀完一封信後，驚問道。

『去演講婦女的權利，』那位少年紳士答，他正在加意地端詳自己一頭赤褐色而緊捲的頭髮，慵洋洋地雙肘支在火爐架上。

『我說她先同甚麼牧師定婚，明年春天行禮，』蕭太太加一句，此時她心裏只想代人做媒。

『我猜她一定就守在家裏，幇着做家裏事，因爲傭人不是貴嗎？我以爲那倒是差不離兒像她幹的事，』毛頭發言道，她如今口吃的毛病已減少很多了。

『至於我的意見，我則以她會開辦一隻學校甚麼的教教她的弟弟們』，蕭先生正在披閱報紙，聽了帕利二字，立刻放下報紙發表意見。

『誰都猜遠哪，只有爸爸說的還碰到一點邊兒，』芳麗叫道，『她教人家音樂哪，賺的錢除維持自已生活之外還幫助月爾進大學。他弟弟極其好學，所以帕利極其看得他重。她第二個弟弟奈得呢，不大喜歡讀書，卻有做生意之本領，所以他已離開家鄉到別處去發展了。帕利說家裏已經不需要她哪，人口比從前少多了，小貓妹也大了，也能照應自己了，所以她纔決定去做事，供給月爾的費用。那孩子倒多肯犧牲呵，』芳麗說完，態度嚴肅就好似帕利提議去幹一種要命的犧牲一樣。

『她眞是一個又機謹又勇毅的女郎，我敬佩她的行爲，』蕭先生着重地說。『一個人知道一輩子要遇見些甚麼事呢？但少年人養成獨立精神反正是有益無害的。』

『如果她同我上次見到她的時候還是一樣美，那她不愁沒有學生的。就是我自己也情願去上她的課，』這是蕭湯姆的一篇言論，他正從鏡中轉過頭來，聊以自慰的是那一頭不可人意的頭髮已經黑了好些。

『你無論出甚什麼代價她也不會收你，』芳麗記得上次帕利來小住時如何見他一派公子習氣而現出失望和不贊成的態度來。

『你等着看就是，』是個胸有成竹的回答。

『如果帕利眞的實行她的計劃，我很想叫毛頭去她那兒學習；芳麗，我隨她，她歡喜學甚麼就學甚麼，不過，要是我的女兒有個把去學唱像帕利似的，我倒是極其高興的。因爲老年人歡喜聽唱比現在流行的甚麼歌劇好得多，像母親平日就極其歡喜聽唱的。』

蕭先生說時，她的眼睛轉到火爐前的一角，那兒一直是祖母坐的。如今，安樂椅只空空地放在那兒，年老而慈祥的面容何在？只有一些輕微的記憶存留在各人心裏罷了。

『爸爸，我眞歡喜學哩，因爲我知道帕利一定是括括叫的老師；她總是耐性子，不發脾氣，各事都弄得快快活活。我眞盼望趕快收足學生就上課罷，』毛頭道。

『她甚麼時候來呢？』蕭太太問，她很願助帕利一臂之力，但心裏又決定先讓毛頭完成城裏所應有的時髦工課。

『她沒有說啊。她祇謝謝我仍然像往年似的請她來住。但她說直接去工作了，又說最好一脚就住到自己的新屋去。你們說那可不怪嗎，帕利進城卻不與我們住一塊？』

『我們總要把她弄來無論如何。就是一間小房也要値幾文，我們家反正房子多，終不會多她一個人？就說是我說的叫她來住這兒，』蕭先生道。

『我知道她一定不會來；你去想，她既然自謀獨立，自然一定要做得澈底，是不是？』芳麗答，蕭太太也就心願她如此。何以呢，因爲去敬愛一位小音樂教師自然很易辦到，而把她安插到家裏來，整天在一塊，便有點難弄哪。

『我可以在我朋友間盡力代她宣傳一下，我敢說她的生意一定會不錯，弄幾個小學生教教。只要她開張大吉，學費定得高高的，再介紹幾家名門子弟，那無疑地會不錯起來，因爲帕利很有女緣，』蕭太太道。

『她有個很優美引人的身材，我眞歡喜她在城裏，但如果她不是教撈什子課，祇來頑頑便更加有趣了。』湯姆惻惻地說。

『哼，我準知道她如果曉得你歡喜同她頑，她該榮幸萬分了；但是她可浪費不起，而且她也不贊成胡調，所以你可把眼睛放亮些，別干涉她自道兒，也別常常去找人家去，要知人家是做事的人，』芳麗諷刺地答道，她近來諷刺弄成習慣了。

『你現在簡直變成一個道地的老姑娘了，動不動就拿人耍耍，尖刻的的像隻檸檬可是酸味卻超過兩倍，』湯姆答，高傲地從上面望了她兩眼。

『別吵，孩子們；你們知道我經不起你們的辯論的。毛頭，拿條披肩來，再遞一個腰枕墊在我背後。』

毛頭得意地拿了東西來，向挨駡的哥哥姊姊望了一眼，大家都住了口，似乎已經釋然。這是悶人的十一月天氣，大家喫罷飯，因爲沒有太陽，祇好坐在爐旁向火，正自無聊，忽然之間，雲鬆撥而青天見，大家不約而同的驚呀，『怎麽，帕利』只見門限上站着一位明眸皓齒的女郎，那滿面春風眞是十一月間少見的。

『你小東西，甚麽時候到的呀？怎麽也不給個信兒？』芳麗嬌口嗔着早深情地抱着在左右兩片花似的頰上吻了兩下，其餘的人都圍着等機會。

『我昨天就來啦，那麽把我那間鳥巢也收拾收拾；可是我又急於要見你們，所以就跑來問『你們好嗎？』』帕利答的，音調輕揚悅耳，眞叫人聽聽都開心。

「帕利小姐總是帶着太陽來的，」蕭先生說着，卽把手伸給她，因爲她仍然是他的寵兒。可是帕利不曾握手，卻將兩臂繞着他的頸子，予他輕柔的一吻，又低低安慰了多少，因爲那上次別後祖母已經作古，所以她急於要來看他蒼老多少。

所以湯姆起始也想學他父親樣子，但帕利的態度有點異樣，他只好和帕利握一下手，說，「我看見你高興之至，帕利，」向那遮陽帽底下的一張小溫馨的面孔望了一下，又和自己說，「比從前再要美嗨！」

其實帕利的臉不僅比從前美而已，不過湯姆尚未瞧出罷了。一雙藍色眸子，清晰而堅定，一顆紅脣既甜蜜而又爽直，白色的小下巴，不因小凹處而減其穩定，而鬆髮之下的前額，平平的與髮際顯然成弧形，至於其他的部位顏色，無一不是形成一面頰的美麗。帕利已是一個妙齡女郎哪。然而她不比昔日的小圓帽和粗布外套更入時些，她祇穿一身灰色衣裳，儼然一位青年貴格教徒，除了胸前髮際各撤一枝弧形劍針外別無飾品。縱說如此，愈簡單的服裝愈襯出帕利的美出自天然，無論誰見她，自然不會注意到她的外表如何，卻分明感到她那自小卽得天獨厚的健康體格，活力幽嫻，安靜，非別人可望其項背的。如今的年頭兒想找個身心健全的人很難了，只要經醫生檢驗一下，怕十分之九都是病夫，而帕利卻在不知覺間已把握到眞正的美了。

『你再來我們家眞眞好極了，』毛頭坐在帕利的脚下握着她的冷手道，此時芳麗和蕭先生分坐帕利兩旁，湯姆便倚着他的母親的椅背，以便自由觀賞。

『你如何過你的生活呢？幾時開始呢？你的巢又在甚麽地方呢？現在來一樣一樣講出來，』滿了好奇心的芳麗迫不及待地追問道。

『我想我的生活一定不錯哩，因爲我現在一開學已有十二個學生哪，他們都能付一筆很可觀的學費哩，這個禮拜五我代他們上第一課。』

『你不怕嗎？』芳麗問。

『不怕；我幹嗎怕呢？』帕利堅決地問。

『罷啦，我也不知道；總之，一件新事情在起頭總不免有點棘手吧，』芳麗慢吞吞地說，在她想一個人謀求生活獨立簡直是可怕的苦工。

「自然人一定會很迷不假，但我漸漸會習慣的；我一定會歡喜運動，每日和新學生新地方接觸一定會發生興趣。再有，能獨立是一件可樂的事情，假使我眞能賺點錢接濟月爾，那就好極了。」帕利言至此，容光煥發，一似前途祇充滿了快樂而非工作一般，再有，她所以工作的動機是如是其高尚優美，便顯得她微小的希望和計劃亦高貴起來，而且呈現在他人面前時似乎極有興味。

「誰代你介紹學生的呢？」蕭太太問，暫時忘記她的神經病。

帕利見問便將名單一個個讀出來，讀到幾位人名時，那班聽的人都似乎很驚異，帕利心裏暗暗得意。

「我的乖乖，你怎麼拉到戴，魏兩家大人家哪？」蕭太太驚異得坐的挺直。

「因爲戴太太和媽媽是親眷，你知道。」

「你一直沒提過！」

「戴家出外好些年了，我早就把他們忘記哪。可是這次我在家打算做事時，就想到非要幾家體面人家撐撐不可，所以我就寫封信去問戴太太可否幫我一個忙。誰知她居然趕到我們家來望望我們，以後她好極了，眞的就代我介紹了這些學生哪。』

蕭太太聽完向椅上一倒，似乎有點說不出的滋味，蕭先生便問，『帕利，你打那兒學的這些處世的智慧呀？』

『先生，我打這兒學的，』帕利答，微微一笑。『我以前常想受人之助或甚麼的是不對，而且也不値得去求的，但後來我懂事些，我覺在可能範圍之內，只管是誠實高尙的，旣然人家肯幫忙，我又何樂而不爲呢？』

『你怎麼不讓我們在開始幫你的忙呢？我們一定很樂意代你盡力的，我敢保，』蕭太太道，她與戴太太向來是以緩急助人出名的，如今讓戴太太一人佔了頭功去，心下很不高興。

『我知您一定會肯的呀，可是我已經麻煩攪擾得你們多哪，所以我也不願意再拿我的小計劃來煩你們了。除此，我也不知道你們肯不肯介紹我當先生，雖說你們平時也歡喜這 坦 率 的 帕利。』

『我的貧呀，自然我願意呀，而且我們想請你立刻收毛頭哩。她有一付好嗓子，就找不到好先生呀，我們眞着急得了不得。』

帕利嘶角傳出一絲微笑，當郎致謝介紹與她的新學生，不由地想起從前簫太太曾經說過她的『甜蜜歌曲』是不適宜於靑年女郎們用的，而今居然拜爲老師，豈不大奇？

『你的房在那兒呢？』毛頭問。

『我的老朋友密爾小姐請我住在她家，我便答應哪。媽媽不大贊成我到個陌生人家寄宿，所以密爾小姐纔騰出一間房給我的。你知道她租房子是不借宿的，但她卻特別優待我，供一頓中飯，早飯晚飯便歸我完全負責。我很喜這辦法，無多困難，我的生活又簡單；早晚飯只要牛奶麵包，加些蘋果乾甚麽的就行哪。』

『你房裏應用的傢具可全有嗎？讓我們借些給你好嗎，親愛的？一隻安樂椅，或者一隻榻留着人累了去休息休息，總是要的呀，』簫太太道，顯然她對於這件事發生了不尋常的興味。

『多謝多謝，可是我不需要這些東西，因爲我從家裏把甚麽舒服東西都搬來哪。哦，勞啊，你眞該看看我如何坐在一大牛車的東西上拉進城。』帕利笑，大家也笑。帕利又接下去『眞的，我一直希望你碰見我坐在我的小沙發上，讓我看你那付害怕的嘴臉。你看我一週圍都是些盆子罐子甚麼的，一邊掛的鳥籠子，一邊又懸的魚籃，小貓兒的頭在籃子洞裏仲仲縮縮的，再另外一邊呢，是笑迷迷的老黃先生的，穿的藍外套巴着前面一桶蘋果，那天天氣非常之好，我坐車眞眞開心極了，因我們有不少冒險的勸。」

「哦，再說，再說，全說出來，」大家把帕利進城的怪模樣笑過一陣之後，毛頭又求着。

「好啦，第一下我們就將我的長春藤忘哪，小貓妹又趕着送來。以後我們又走，沒走多遠，只聽後面狂呼，我們又不得不停下，只見月爾由山上衝下來，一手揮着一個枕頭，另一手提着一塊差不多壓扁了的點心。你看我們笑罷，他氣喘力竭地解說枕頭是我們老隣居杜太太送給我頭痛歪着用的，點心是她給我做人家第一天喫的。她送到我們家時我已經走了，她可急的了不得，月爾看她那麽失望纔允許追上送給我們。枕頭還容易安置，可是那塊點心倒怎麽辦，我相信車子上沒一處不是裝得結結實實而且無一處是安靜的。我先把牠放在我兜裏繼而是地板上；再而放在書上；再而從箱子上一直滑到大路上；最後纔到了我的搖椅子裏。這塊點心說也不凡，雖然牠跳上跳下，然而不曾破壞一點兒，到喫中飯時，我們只好儘先把牠銷進五臟廟裏去免得再麻煩不淸。再後呢，我的小貓兒脫絆而逃了，我只好下車，越牆跳溪地去追牠，黃先生便坐在那兒搖擺着瞧着我賽跑。總算小貓捉到了，又走。可是下到一個小坡時，一書架的書都倒在我的頭上。等到上山坡時，又把我一把椅從後邊掉下去了。一聲高呼嚇得我們趕快停下來，只見椅子在大路上拚命地搖，坐在路旁的一個小男孩大聲罵我們。我同你們說那眞是再滑稽沒有的。」

帕利如此滔滔敍述，固然一部分是想着她的經歷親切有味，同時也因瞧着她的那些朋友們的不快表情，尤其黃先生，方藉此代他們解憂的；果然她這一段敍畢之後，黃先生倚着椅背大笑，帕利便覺得十分滿足了，心下又感謝那塊點心居然叫他開心。

『哦，帕利，你講的這些事情，實在有趣！』毛頭嘆着，揉眼睛。

『我眞巴望那天碰見你，我一定給三呼一叫，因爲那實在是個一等的西洋景，』湯姆道。

『不見得罷，你看見我來一定會閃到角上去，或者筆直地朝前面望，假裝十分瞧不見坐在行李車上的少女的。』

帕利像從前一樣地望着他的臉笑着說，湯姆也無話分辯只假怒道，——

「帕利，你眞不好。」

「總之，那是眞的。毛頭，你那天來看我的寶貝，我的小貓，小鳥快快樂樂地在一塊兒過像姊姊弟弟似的，」帕利轉過身來和毛頭說，而毛頭似乎把每個字都吞下去了。

「儘說那些東西幹嗎，」湯自言自語地，想帕利應該多同他談心纔對。

「帕利的話是有意思的，她的弟弟們是敬重姊姊的，」芳麗冷峻地說。

「並且帕利也敬重她的弟弟哩，你可不要忘記，小姐，」湯姆答。

「喂，我可告訴過你們月爾已經進了大學嗎？」帕利連忙另換題目以遏止將興的風雲。

「希望他能滿意，」湯姆說，放出一種飽經世故各事已不在乎的神情。

「我想他會滿意，因爲他這麽愛讀書，又不肯放過機會的。我祇盼望他不致太累弄出病來就好了，像好些別的男孩子似的，」純樸的帕利對於像月爾這般求知慾極盛的大學生表示如此的非敬信仰，卻叫我們這位富有經驗的湯姆嗤之以鼻，發出一聲高貴憐恤的笑，似乎說何乃見聞不

劇至此

『猜他也不致於累出病來吧。我看他一定會不怎樣用功。』湯姆眼睛一霎，又是從小惡作劇前打主意時的老味兒了。

『我有點不放心請你領導他吧，如果我聽見的那各種謠言是真的話，』帕利說着，似乎心裏想些甚麼，立刻湯姆的臉陰暗了，像隻貓頭鷹。

『敗人名譽的人真卑鄙；我穩重得像一架鐘，是級上的榮譽，是少年的模範，可不是嗎，母親？』

湯姆輕輕撫着她的瘦頰，好似她最堅固的朋友；因爲只要他稍爲斂一斂那野蠻的行動，蕭太太便把他捧到天上去，而湯姆呢，自祖母謝世後，便以這位軟弱的媽媽作爲替身了。

『是的，親愛的，只有你我能問，』蕭太太滿了如此的熱情和信任望着他說，帕利方對湯姆釋然地一聲，還是到後的第一次。

何以湯姆當時不安而轉成嚴肅，帕利不能了解，但她卻喜歡看湯姆輕輕撫着他媽媽的頰，自己立在高椅子背後，頭靠在椅背上，她想也許是湯姆覺到母親的軟弱也加以憐恤，同時覺悟自己應當愛那久受折磨的母親。

『你能在這兒過一冬我樂極了，我們又可以大樂哪，我又能和你同出同進的哪，』芳麗開始道，她一歡喜把帕利的計劃也忘了。

帕利堅決地搖頭。『說起來好像很好聽，可是事實上卻辦不到，芳，你知道我是來做事，不是祇要來生利，不是消遣；至於宴會，對我提也不用提。』

『你總不能整天兒做事不顧一點兒呀，』芳麗喊起來，很失望。

『我意思說祇做我分內事，不能做正題以外的事情上去。我起來遲，就不能上課不是嗎？再有我的那區區進款能談到衣裳車馬，以及其他一個進出社交場中的少女所必有小消遣嗎？我不能做兩樣人，而且我也不打算做，可是我自己一人也能尋點小趣，就如聽聽音樂會呀，聽聽演講呀，常常看見你呀，而且每星期月爾也出來與我在一塊，我說這一切已經夠我快樂的了。』

『假使你不赴我的宴會我永不得饒恕你，』芳麗說，湯姆心裏暗笑帕利的思想簡單，和弟弟見見而便稱做快樂了。

『甚麽小小宴會，穿件把黑綢也能將就的那我未嘗不肯來，可是那些大宴會，你想也不用想，我謝謝你。』

帕利言語時的一付堅決表情眞好看；她自知衣裳缺少，所以除了黑綢衣所能應付的場所之外一槪謝絕。芳麗不再言語，她知道帕利到時候會軟的，她心裏又打算送她一件漂亮衣服作爲誕禮物，那麽，她的藉口便不成立了。

『我說，帕利，你不能教教我們男孩子的音樂嗎？有些人叫我奏琴，可是我情願跟你學，不情願跟那孫老黃克地羅學，』湯姆另闢題材，他覺得以上的談話太無興味。

『我，可以；你們男孩子誰是眞誠地想學，而且規規矩矩的，我可以收你們；但我要另外收費的，』帕利答，眼睛調皮地一霎，雖然面孔很嚴肅，音調也是愉快而認眞的。

『甚麽，帕利，湯姆不是小孩子哪，他今年念歲哪，他常說叫我凡事敬他三分哩。除此，他已經訂婚哪，所以他態度也有點兒不同哪，』毛頭忽然插上這麽幾句話，她把她哥哥是敬如天神的。

『這小女孩是誰呢？』帕利完全當作一個笑話。

『是霎克斯呀，你竟不知道嗎？』毛頭答，一似此事和國家大事一般重要似的。

『不知道呀！是真的嗎，芳麗？』帕利一臉佈滿了驚奇轉身向芳麗，湯姆便擺出一付嚴肅而不在乎的神氣。

『我末一封信忘記告訴你了；剛剛成功，我們也不大歡喜，』芳麗說，她意下很盼望比弟弟先定婚纔好。

『這對婚姻很好，我極其滿意，』蕭太太道，剛從小睡中驚醒。

『帕利簡直是不信的樣子。難道我沒有「生存最快活的男人」的樣子嗎？』湯姆見帕利釘在他臉上的一雙眸子裏的憐恤眼光起了不平。

『不，我想你沒有，』她徐徐道。

『那麼究竟一個男人應當像個甚麼惡鬼呢？』湯姆見如此驚人的消息，帕利竟該不動心，實在有點忿忿然了。

『要等他已經學會如何多多地去愛一個別人勝過愛自己，』帕利答着，斗然飛紅上頰，聲音也柔軟多了，眼睛從湯姆身上轉開去，這位正是從頭尖的棕色鬈髮到脚上的貴族靴活脫脫的一位花花公子。

「湯姆可該死心了；我同意你，帕利；我從不歡喜雪克斯，我只盼望這是男女孩的一時幻想不久就消滅就好了，」蕭先生在四圍笑語聲中設待繼續攻讀不是一件易事，故而加上一句淡淡熱鬧。

蕭湯姆覺得別人對他的婚約採取這般不敬的態度，非常忿忿便裝一種高貴的冷淡神情，繼而見不發生效力，便會意地點一點頭正想起身在屋內徘徊一下，只聽他母親叫道：

「你上那兒去，寶寶？」他靈機一動，衝口答道：

「自然去看雪克斯去。」

「再會，帕利，」湯姆斯先生說着便走出了，希望以巧妙的音調改變自熱切的不耐以至突降的冷落，至少也會使一個人兒感到他看雪克斯猶如他生命中的明星，而看待帕利僅如一自恃的小兒罷了。

如果他要聽見帕利的笑和芳麗的言語他準會氣得冒出火來；幸虧他逃了這一個，走開去，希望他的婦人兒雪克斯能叫他忘記帕利回答他問題時的那一付嘴臉。

『親愛的，那孩子眞是你從未見過的魔怪，』芳妮見前門一關卽對帕利道。『貝妮跟雪克斯兩人都釘他一個；結果狡滑的成功了；因爲，你看他好一派神氣十足的味兒，其實他心歡的像個小嬰孩。你看雪克斯已經解過兩次約了，第三次又是人家踢了，也不是眞心愛她的。她的事倒張揚得多利害——我敢說，眞是太不堪了。不過我很看得出她自己也非常覺得的，她不出來，漸漸瘦，漸漸蒼白了，終日愁眉苦臉的，也的確很痛苦。我又可憐她了，常把她接到這兒來頑，湯姆見她受委曲便常常同情她安慰她，這是湯姆的好處我不能不說。好啦，她表演失戀倒是好手哩，讓湯姆陪她娛樂她呀，慢慢弄得那孩子像害了失心瘋似的，有一天居然當着他哭（爲一頂帽子不夠時髦了）他想或許她又想着到班先生傷心了，爲逗她高興，那呆鵝竟向她求婚哪。那還不是她巴巴不得的；她馬上把他弄到手也立刻改了樣子。自從訂婚之後，她又像從前一般快樂了，又百無禁忌的向人調情，氣得湯姆總是七竅生煙。我相信他沒有甚麼愛她，但他無論好歹總要跟着她，不致於像班先生那樣的無情義。』

『可憐的湯姆』帕利僅僅說了這一句，當她們二人擠在沙發角上芳麗把這故事輕輕滋進她耳朵以後。

『我唯一的安慰呢，便是雪克斯在春天以前，一定又要解約；她時常如此的，春天解約，夏天再找一個。這縱然與湯姆無大損失，然而我覺得像湯姆這麽一個大人給人家白白利用了不也難堪嗎，我不情願誰拿他耍。』

『除了你誰又敢拿他耍？』帕利道，笑了一笑。

『好啦，那是不錯；有時他受我一點小罪，但我仍然很喜歡他。我對外面的些人們眞厭倦了，他們眞正討厭，只要湯姆好性子的時候，他眞不錯也很可愛。』

『這很叫我高興，』帕利道，連忙將這幾句話記到腦中去。

『眞的，當祖母病劇時他眞眞二十四分孝順。連我都不知道他裏面有這麽多的輕柔和溫。祖母一死他眞是心傷哀痛，縱然他未曾多說甚麽，但我們看他有許多時候沉默寡言，我試着去安慰他，我們確也曾有過好幾次密談，似乎增加認識不少。那時眞好，但不久便完了，好時候總不跟着我們的。現在我們又恢復從前老樣子哪，大家各不相讓。』

芳麗嘆一次又呵欠一下，繼而又是平日毫不振作的神氣，一似帕利來的一點與齊已經消滅了。

『跟我走去看我滑稽的小屋去罷。現在天已亮多哪，空氣一定會與你們好處。來，你們兩個一齊來，我們大家像從前一樣地樂一下，』帕利說着，西邊的落日正如火燒般地通紅，歡迎她們出來。她們當時同意了，不一時已經活潑地走到帕利的新家在一條僻靜的小巷裏，那兒夏日有大樹冬日有暖陽。

『進我的客廳

上山山折折的樓梯，』

帕利唱着，一面跨着老式的樓梯趕前一步將後面的房門閉了，裏面是一派歡迎人的爐火紅光。

『這些是我的寶貝，毛頭，』她又說，停在門限上，打着手勢叫她們輕輕向裏面看。

地氈上，大模大樣睡着一個灰色貓，近旁是隻肥胖的金絲鳥，一隻脚立着，似乎想心事，一見客人來牠睜圓小亮眼睛，婉囀鳴了一聲好似報告同伴客到，隨卽向帕利的肩頭飛來，唱極其愉樂的音調歡迎他的女主人回家。

『讓我來介紹我的家庭，』帕利說；『這個最鬧人的東西，叫做尼哥底媽；這位傾劝最足的貓叫阿七，她的享樂生活都在熱灰之中的。現在你們把外衣脫了，讓我來敬客，因爲我請你們喫茶，車子八點鐘來接。你們上樓的當兒我已經和你們母親安排好了。』

『我要看一切的東西，』毛頭取下帽子，手烤火時說道。

『可以可以；我想我的家庭你們一定叫你們高興吧。』

於是帕利將她的王國給她們看，三位都快活之極。一架大鋼琴已經佔去不少地方，以致牀鋪竟無處安放；但帕利卻驕傲地將一張花布套的睡榻指給她們看，原來這榻只將背放下，升起坐位，裏面便是枕頭毛毯哪。『你們看多便當。日裏又不礙事。兩三個學生同時來都不要緊，』帕利解釋着。

褐色的地氈之上又放了一塊粗呢，小搖椅以及針綫棹都擱在一個窗下，另一窗則繞以長春滕而那一角便是開宴的所在。書架之下是一張沙發，牆上有幾張畫兒，而一瓶秋菓秋草，也就給低低的火爐架增妍不少。其實那是一間很卑微的小房間，但帕利卻竭力使牠變得款款中式，可人心意，再加上爲鳴貓跳，爐火熊熊更加顯得像個快樂家庭。

『多好呀！』毛頭驚嘆着，從帕利堆東西的大櫃裏出現。『這麼小巧的茶罐茶盤，二人合坐的小沙發，還有一大些好喫的東西。帕利，一定要弄烤麵包給我喫，也讓我用新叉來烤；上廚房眞有意思吶。』

芳麗並無她妹妹的熱心，因爲她眼內所看到的似乎都是貧苦的痕跡；但帕利是如此的喜樂，如此滿意她的一切，如此充滿着快樂的希望和計劃，以致她的朋友也不好下甚麼批評或提議甚麼改良，只坐着又談又笑讓她們預備茶。

『這是鄉下晚飯莫嫌菲薄啊小姐們』，帕利道，匆匆忙碌。『這兒是眞正的乳酪，黃麵包，家製小餅，自己家取的蜂蜜。媽媽代我預備這麼多東西，幸虧請一次客，不然哪天喫得完呀。把奶油塗在麵包上，毛頭，把那小蓋蓋上。小鍋水滾時告訴我一聲，你留神別踩了尼哥底嫣。』

『你那天總要變成一位極善治家的賢妻，』芳處見帕利擺好桌子，又整潔又迅速禁不住嘖嘖稱羡。

『是的，這是一種好練習唄，』帕利笑着篩滿她的小茶壺，又退到茶盤後而去活像一個家主婆，大家都笑了。

『這是我從未參加過的宴會』當杯盤靜寂，晚餐開始時毛頭道，一嘴的蛋糕。『我真盼望我也有這麼好的一間房，裏面有一貓一雀，各不相犯，也有一隻可愛的小茶罐，隨便讓我愛弄多少烤麵包就弄多少。』

聽了毛頭可憐巴巴的願望大家都出聲笑了，馮小姐也拔着一杯冷靜的茶笑，小尼哥也坐在糖碗上高唱一隻大樂的歌。

『我到不大關心烤麵包和茶罐，可是你這一點快樂精神卻是我嫉妒的，帕利，』一陣笑過後芳處說。『現在我對任何人任何事都感着厭倦，有時好像我簡直會死於無聊。你從來不覺得如此嗎？』

『自然有時候有事情叫我困惱，但我馬上就會拿一把掃帚一把拂塵去打掃房間，或是去拚命洗衣裳，或者去走路，再不然努力去做一樁事，這麼一來我就常覺得煩惱會隨工作而去，再不然，我也能因此有相當的勇氣擔當痛苦而不致發出來。』帕利答着，用力切着麵包。

『你知道我不能做這些事情呀；你說也沒用，我相信那仍然無補於我的煩惱的，』芳麗，喂蹲在棹上的貓說着，貓眼睛骨碌碌瞅着奶油盤。

『一點兒貧窮可以幫助你，芳；只要叫你忙得不得閒，你便知工作是好事情了；而你只要一次學得，以後便再也不會抱怨無聊了，』帕利答着，這是她二十年的經驗之談。

『哦，天，我很窮；我祇盼望甚麼人能發明些富人的消遣就好了。我已經厭死那些宴會，胡鬧了，赛衣裳，比好看，一年一年儘是那一套，就像籠子裏松鼠一樣。』

芳麗的語調既悲且苦，她的臉也是既傷痛又無聊，帕利的銳感中便覺得她朋友心裏定有種很嚴重的心事。可是還未到時候，不能明白說出，但帕利已決定準備以同情萬一的時候贈與她，因她別無所有；她的態度是如此愉快和藹，似乎有魔術似的，芳麗居然慢慢又快活起來，談了一會，告辭回去，大家吻着小女主人時，感激不盡地道，——

「帕利，親愛的，我一定要常來，你給我們的好處多極了。」

第九章　教訓

帕利就事的前數星期很不容易，因爲她那天生的羞答答的性情，尙未與年齡而俱去，所以驟然與許多陌生人週旋，產生不少意外的麻煩。但她的目標增加她不少勇氣，把第一道難關闖過時，不久一切的學生都非常愛她了。但新鮮頭不久過去，縱然她想着是爲工作而工作，然而每日纔來倒去那一套也未免膩煩。再加月兩一星期祇能出來一次和她見面，而她得空的當兒卻正是芳麗最忙的時間，至於所謂的小娛樂更是稀少，而且祇增加她的不快，所以這小人兒感到寂寞了。即使那小小家庭亦復生趣若失，要知道帕利原是熱鬧中人，忽然冷淸淸的獨飲獨酌卻眞感到淒涼。一貓一鳥雖然竭力討主人歡喜，使主人高興，但牠們自己亦復似乎思慕着鄉村的自由以及家庭的樂趣。可憐的小貓從窗戶口向外望望那些城中的瘦小貓掩在院子的一角時，覺得尋找同類的社會是失敗了，可憐巴巴地退到毯上自捲起睡了。至於小鳥呢，獨自在木上搖動着唱着，也無人和，只有大膽的麻雀，尖銳地打了一聲問詢，似乎駡牠作他人奴隸不假那，把小茶罐也慢慢失掉向日的光澤，帕利這纔決定獨自過日子不是好頑的，她無數光明的希望都與茶罐般地消失了光澤。

如果誰要幹一件犧牲事件，一次完成倒反容易些，就怕零零落落地每日受罪，要犧牲自己的願望，嗜好以及快樂等，尤其一個正是青春活潑美麗快樂的人兒定要感到雙倍的痛苦。一日的功課，高深學理的演講，寂寞爐旁的閱讀，無聽衆欣賞的音樂，只有倦貓縮翅鳥伴着的種種夜晚的消遣，眞眞談不到喜樂二字，所以不管她曾下多麼大的決心，有時候帕利確有娛樂的慾望，每逢九時她自解自慰地道：『不錯，比較聰明的好辦法還是去上床，準備來日的事工，』便醒着躺在床上，聽車馬來往，幻想裏面的快樂，小姐們正去赴甚麼宴會，歌舞劇，戲劇等等，直至杜太太所贈的歡枕都似乎裝滿刺針，因爲這枕的用場祇是在帕利心傷時接受她的淚珠。

再有一件事也是給帕利前進的途上橫下了一道欄，便是她發現獨食其力的人便爲人所不齒，卽共和如美國亦復不免，這眞是婦女前進的障礙。就如她從前在芳麗家作客，固然她窮，但跟着芳麗出入，人家也都不分畛域地一例歡迎，有時當她是孩子，有時當她成人，可是現在各樣事情都變了樣兒哪；和善的人們倘給你一點顏色，不關心的早把你忘到九霄雲外去，就說芳麗能，那麼對她一股熱情兒也不免覺得這位音樂教師不比從前『密司蘇的朋友』的時代可以任意帶着參加各種場合的宴會了。

有些姑娘還和藹可親地點頭招呼，卻從不邀請；有些人僅動一動眼毛，並無寒暄，便揚長而去，至於大多數人呢，只當沒看見她，沒事人般地挨肩擦過，眼睛內那有你這些冷落蔑視的痛苦，帕利便訴也訴不了這般深切，她想家裏人誰不工作，誰又不因此受尊敬？她雖試裝不介意，然而女孩兒又是善感易觸的，眞的帕利兩番三次想放棄一切計劃，跑回家去不受這閒氣。

芳麗每逢家裏舉行茶會甚麼的總不忘記帕利；但帕利參加幾次以後便再也不肯去，除非最不正式的完全家庭中的樂聚。她不久又承認，即使她所認爲最好的黑綢衣也不足以赴芳麗最小的宴會，再加，接受人家在談服裝時飄來的幾瞥有意義的目光，和傳來幾聲『總是那一套』小黑老鴉等的嘲笑，帕利恨得把那一度珍惜的禮服摺疊好便咽道，『我祇穿給月爾看，他歡喜這件衣，衣裳不會改變他愛我的心。』

我怕帕利甜蜜愉快的天性不免爲這些困難斵喪了好些；但幸而，在最後的損害臨到以前，她已經從個意外的環境裏得到一種眞正的助力，使靑年人知道如何擔負一些小煩惱，就是指示他們別人如何經歷更重大的痛苦，又給予他們一種更高尙快樂的概念，是從優美的古式求得的，可以使你心甜，腦淸，手忙。

無論誰都有一段不順意的日子，就如小密斯蒙特，所以帕利起始想自己還比她好些。這以下的一件事對於她的一生有影響的，所以我們拿牠記下來。事情起頭是個早晨；原來那架小爐，死也不肯燃，直至用盡無數的引火物。她又罵可憐的小貓弄翻咖啡；一頓飯是以匆匆忙忙的姿態代替安閒而和溫的態度喫下去。各事都不吉利，最後一慌迷，帽帶也給擦斷兩根。因爲遲哪，當然又忘了攜琴書，又趕回來取，不幸又跌在泥水汪裏，這絕望悲苦，眞達到最高峯。

那般倒霉的一個早晨——帕利自己覺得是在發脾氣了，而且每架鋼琴也似乎不入調了。學生似乎異常的笨，而且有兩個還申言她們的母親要立刻到南方去。這確是一個打擊，還剛算起頭，自然帕利也沒臉接受人家一季的全費，雖說她早已將那筆錢支配好了用途。

疲倦而失望地拖着沉重的脚步回家午飯，可憐的帕利又受另一種打擊，較失去學生還要痛心。當她匆匆一手挾着一本龐大琴書而另一手一包饅頭向前走時，卻看見來了湯姆與雩克斯一對。她注視着他們且走且笑，又飛揚，又愉快，又漂亮，似乎陽光幸運都在他們一邊，而自己的一邊祇是陰暗北風和泥濘。滿心渴慕一付友情的臉蛋和溫暖的寒暄，她橫跨一步至少想對他們點點頭笑一下。雩克斯第一個瞧見她，卻立時注視遠處的地平線。湯姆明顯地是沒看見她，因爲他的一雙眼睛正釘住一匹昂然而行的駿馬。可是帕利當是湯姆已經看見她，所以按住心頭的怦怦走近去，她覺得無論如何湯姆總不致於對她改變，否則她的痛苦之杯便眞會滿了。

他們大家向前走，雩克斯依然眺望遠景，湯姆瞻賞駿馬，帕利紅着臉，目光懇切，手內滿滿的一抱東西。等到最可怕的一刹那，三人成平行線時，無一人言語或行禮——那麼一切都完了，帕利依然走她的路，臉似乎被人摑了一掌似的火辣起來。她握緊了紙包和自己『：我她不信那是湯姆幹的事；一定都是那狠婆娘雩克斯的鬼罷啦，如果你竟是這麼一位勢利小人見我爲麵包工作，手中攜了東西便羞與爲伍，我下次便不再驚動你得啦。』說着她已淸淚盈眶，脣吻微顫了，又說道：『他怎麼好意思當着她如此呢？』

其實湯姆並非存心裝呆，他是真的未看見，從前他碰着帕利總是點頭的；不過他一直是度着獨馬單鎗的生活，而現在卻是雙雙蹤影逍遙過市，不免心有所注，又加帕利一向看不上雩克斯，所以裂痕弄得很深了。在她淚乾臉霽之前，忽然一位紳士向她脫帽，行禮笑道：『帕利小姐，早安。幸會幸會。』陡然又換了態度聲調道，『請原諒——可有甚麼事讓我效勞嗎？』

那時候正糟糕，說也不好，不說也不好，可是不說也不行呀，帕利一五一十地說了實話，而且說得很委婉，末了她又道：『其實真是蠢不過，但因此而斷絕許多老朋友確叫我痛心。可是我敢說從此一定會慣些哪。』

司先生回頭一望認出那一對，很不以為然地轉過身來。帕利正在尋找手帕，司先生一聲不則地接過她手中的琴譜和紙包，就這一點仁意予以帕利無限的感動。她連忙拭乾淚笑道：『我現在沒事啦；謝謝你，別叫我的包子累着你。』

『沒事沒事，而且這本書還提醒我要向你講的話。你可能騰出些時候教教我的姪女兒！她媽媽要她就起頭學請我向你問一聲。」

「她眞有此意嗎？」帕利望着他似乎懷疑他這舉動完全出於仁愛的一激。司先生笑了，從口袋裏取出一張條子，送上去，呵責地望了一眼道：「看看有事實證明在此，下次永遠不可再懷疑我。」

帕利立刻謝了罪，讀那小女孩母親寫的條子。那條子是打算如果帕利不在家時留下的。這還用說，帕利馬上答應收這新學生又向介紹人感激地望了一眼。司先生見使命業已完成，高興地把談鋒婉轉地轉到音樂上面去。帕利見談到自己得意的題材，將甚麼愁苦暫且全忘了，而且興高彩烈地高談闊論起來。走到她門口時，她向司先生接回自己的東西，天眞地說道：「眞謝謝你叫我忘記一切愁笨的小煩惱。」

「我還要再說一句話；雖說他的態度不容我代他辯護，但我不信湯姆眞看見你而故意不理。雪克斯女士我不敢保，但湯姆不是這種人，縱然他一派豪華公子習氣，但他究竟是個好心眼兒。」

司先生說完這句話時，帕利熱烈地伸出手道，「眞謝謝你說那句話。」這青年人握着灰色手套中的小手搖了幾下，又鞠了深深一躬，確像是對杜太太行禮的那般誠敬，然後告別而去。帕利一上樓見了貓白特先生便道：「你眞眞是個正人君子，這麼好代湯姆解釋。無論如何我也得這麼想着，絕對，看我不拿出全付本事來教曼麗！」

白特跟着唸經，小尼哥高興地唱着，那天帕利食慾亢進，超過她的預料之外。但她心的深處，依然有一點隱隱作痛。下午的功課也便心焦氣躁地拖過去。等回來已是日落黃昏，當她燭光中獨食麵包牛奶時，大滴的淚珠兀自淒濕了小饅頭，便是家中的蜂蜜也似乎發苦了。

過一會她忽然開口道：「這可不行，又恐又惡，不許想了。我還是來實行老方法，予他人一些小仁愛罷。可是現在做甚麼好呢？哦，有了！芳今天晚上要去赴宴會；我跑去幫她化裝去；她歡喜我幫忙，我也歡喜看好看的東西。不錯，我再拿兩三球瑞香去，那眞香甜極哪。」

帕利略爲收拾一下，捧着小小一束花，向齋家走去，決定不管雪克斯的蔑視，工作的緊重，且知足爲樂。

到那兒一看，芳娓正在理髮匠的手下被擺布哩。理髮匠盡其所能地蹂躪她的頭髮，捲起滿頭的小鬈兒送了一頭；我縱然愼重不敢妄讚一詞，但從現在的式樣下批評，一個人可以預言六年以後看到這種頭要害怕的。

芳麗見了帕利喜歡非常，可是在那蓬鬆黃色的小寶塔下，幾乎不敢開眼睛，只說道：『帕利，你多好，我就是盼望你來代我整理那些花兒。這瑞香可以分些香味給我的山茶花，你想着帶來眞是個小親親。那是我的衣裳，你以爲如何？』

『自然是照例地美極啦；可是你怎麽穿進去呀？』帕利端詳那擱在床上的深紅色白花邊的一件衣答道，滿了女孩兒的興趣。

『這件衣眞是巧奪天工，可是一定稱身極啦，你待會兒看。雲克斯以爲我要穿藍的，所以她自己穿綠的，她同貝麗說那會把我映醜了，因爲我們總是在一塊的。你說她不是會體貼人嗎？幸而貝麗跑來告訴我得早，所以我連忙趕製這件紅的，那麽我那位未來的好妹妹的小心眼兒就使不成啦。』

帕利忙忙地挑這花球那朵的，答道：『我猜她一定唸過菊瑟芬的小史。你記得她嫉妒一個比她美的女客人，因爲她穿一身藍衣裳便將她安置在一座綠沙發上坐，自己卻穿一套光閃奪目的白衣，可不是把那藍衣掩映得粉黛無色？」

「霹克斯繼不看書哩；祇有你裝着不少的聰明小故事。我就將這些記着待會兒用。這就好了嗎？不錯很中式，帕利看不是嗎？」說着芳立起身來，鑒賞那位法國理髮大師長期的工作。

「你知道我是不大考究頭的，所以我以爲你的頭髮還是照老樣子好。但這不過是我的小建議，其實沒有我說的話。」

「自然你說的不錯。看，孩子，我已經將頭髮捲曲，潑得像一個活癡子，現在祇有想法來彌補這損失呀。你看，我插一朵花在這兒，」芳麗說着拈起一朵紅山茶插在髮邊髮網內，又折一枝瑞香插在後頭上。

帕利一見她朋友憔悴的面孔，加上這麼一朵花，禁不住大叫道：「哦芳，難看極了，快別這樣！」

「沒法子呀，這是時髦呀，就應當這樣，」口裏答着早又在寶塔的中段兒又插上一枝花。

帕利無可奈何嘆了一聲，便不再出主意；可是當芳麗從頭到腳都化裝完畢之後，她依然忠實地讚美她，可是她的面部卻擺不得假，芳麗忽然說：——『帕利，你心裏有甚麽意見儘管說能，我從你眼睛裏看出有點不合適的地方哩。』

『我不過想起祖母從前講的一句話，她說，時髦將嫻雅帶走了，』帕利緩緩答着，瞅着她朋友衣服的腰際，那兒是一根腰帶，又一點花邊，還有一付肩帶。

芳麗好好脾氣地笑了一笑，拍着她的頸鍊說道：『我假使有你這麽一付好肩胛我也不管甚麽時髦不時髦了。現在，你也別講道哪，好好地代我將外衣穿上，跟着我走，因爲我答應湯姆和雪克斯早點兒到那兒去的。』

當他們馬車開了時，帕利說道：『我覺得就好似我自己去一樣。』

『誰不巴望你肯去呢？只要你不這般固執也就好了。我纏你，求你，又供給你任何我所有的，只要你破一破那討厭的誓言，你跟我們一塊兒享樂多好呀。』

『多謝多謝；可是我不，所以別麻煩你那顆仁愛的心我很好着哩，』帕利堅決地答。

可是蹄聲馬影消逝之後，她發現自己是站在快樂之流的漩渦中，見車馬來往，一瞥一瞥的閃色，姿態，笑臉，穿梭價地滑過視線，再有音樂的縹緲，共同的愉快之感，帕利方覺得並不『很好着』哩，所以在昏悶的黃昏裏獨自乘車返那淒涼小屋時，禁不住哭得像個小孩懊惱拒絕他的糊桿兒一樣。

『我眞眞壞到極點，可是我也管不了自己呀，』她躱在馬車角裏哽咽自語道，『那音樂弄得我飄飄然啦，我如果穿上芳那件藍色薄紗的可不是與別人一樣美。我也可以有許多伴侶哪，縱然與我性情不投。哦，只要能同司先生或湯姆舞一次也好！不行，湯姆一定不會和我舞哪，哼，就是他請求我也不答應他哪。哦哦哦哦！我巴望，像馬小姐那樣好，那樣老，那樣快活就好啦！』

於是帕利繼續傷心着，打算一到家便上床儘量一個人哭睡着去，像許多女孩兒似的。但帕利並沒有機會延長她的悲哀，當她像個世界上最薄命的女子上樓時，忽然瞧見馬小姐神彩照人地在做針線，禁不住停下來寒暄一兩句。

『請坐，請坐，親愛的，我眞高興看見你，可是要請你莫見怪，我放不下針線因爲我要趕着今晚製好，』短小飛揚的婦人招呼着，又引了一根線，快針縫過去，好似同人家打賭誰做得快似的。

『那麽讓我幫幫你罷；我又惱又燥，也許做做針線會好些，』帕利答着坐了下來覺得心頭平定些，『能啦，我縱然不能夠快樂，學有用總許辦得到罷。』

『那就眞勞你駕啦，親愛的；是的，你縫底邊我就裝袖子，那就要快多啦。』

帕利默然地套上頂針，但當馬小姐將白法蘭絨布攤在膝上時，她驚呼道『怎麽，這像一件壽衣呀；究竟是不是一件呀？』

『哦，多謝上帝，不是的，但如果我們沒趕上救那小人兒，怕就要是啦，』馬小姐叫着，面孔斗然一亮，不管鬢邊鬆髮已灰，齒豁，鼻歪，竟似美麗不少。

『你可能將這件事的始末告訴我嗎？你不知道我倒有多喜歡聽你的工作和冒險故事哩，』帕利央求着，準備尋點事做做聽聽好忘記自己。

『噢，親愛的，這不過是極普通的事情，卻是極悽慘的一幕。我願意講給你聽，因爲你或許可以助我一臂之力，昨天晚上我守着福瑪利。她是害的癆病，快要死了，你知道。』馬小姐起始開述她的故事，活潑敏捷的手如飛地穿插。老而慈祥的臉耀着光彩，似每一針裏面都縫有她的祝福。『瑪利非常軟弱。但到午夜她也睡着了，我也便不敢聲響唯恐弄醒她，誰知道忽然范太太——她是房東——跑來又一臉驚愕地打着手勢叫我出去。她說，「小倩兒自殺了，我不知道怎麼辦，」說了就領我朝三層樓閣上走。」

「倩兒是誰呢？」帕利放下針線出神地問。

「我祇知道她，蒼白臉兒，羞答答地這們個女孩兒，出出進進，向來少與我們搭話的。范太太說她是窮苦忙碌誠實的小東西，一個人懃懃懇懇做工，不跟一班人厮混。范太太說，「她有個把禮拜精神頹唐面容憔悴，我疑惑病了，也曾問過她。可是她只羞答答地道謝，自說很好，我也只好罷了。但今天她一天沒離房，我晚上上床遲，不免常記着就去看她一下。誰和我一進去，看見的是這個。」范太太說完就把閣樓的門一開，我就看見一片從未見過的慘狀。」

「哦，是甚麼呢？」帕利出神得面孔也白了。

「空空的一間房，冷得像牛棚，床上是一個白而帶死色的臉，我看着那麼瘦，那麼忍耐，那麼年青，心幾乎痛碎了。棹子上是半瓶鴉片藥酒，一隻舊皮筴子，還有一封信。親愛的，你唸唸那封信，可是別把小倩兒想得忒惡哪。」

帕利接過馬小姐給她的一張小條子，唸道。——

范太太妝鑒，——請求你宥恕我最後一次的痲煩，因爲我實在是日暮途窮，別無生路。我工作的區區薪金連生活都維持不了；而醫生卻說我非長期休息不能痊癒。我最恨作他人的贅扰，所以我如今別離此世再不連累任何人。我將一切所有悉數變賣作爲償還對你的欠債。請求你讓我自便，別驚動人來看我。我想這不是罪大惡極的事，因爲世界似乎沒有地方安插我這薄命人，我不怕死，與其苟延殘喘，還不如死了乾淨。致意於小寶寶，那麼再會了，再會了。

皮倩兒

「哦，馬小姐，多麼淒慘可怕！」帕利一眼的淚，幾乎唸不下去。

「還沒有事實的更淒慘可怕哩，倒叫人心裏多疼，看那纔十七歲的孩子，裹着一身乾乾淨淨的睡衣躺在那兒等死神接引，因爲「似乎世界上沒有地方安插她。」可是，謝天謝地，我們幸而趕上把她救了；她第一句話就是「哦，你們幹嗎又把我弄回來呢？」我便服侍她一整天，聽她的慘史，又試着開導她，告訴她世界是大的而且歡迎她的。她前幾年把母親死了，便一直獨自在人海裏掙扎。她是一種溫柔，老實，謙卑的人，自己無力向前奮鬪，所以結果讓人遺忘不注意了。她甚麽低賤的工作都試過，依然不能生活，所以她失業了，病了，害怕了，以爲世界上無處存身，只好求超脫而脫離苦海。親愛的，這對你你不過是一隻新奇而可怕的故事，但我想如果讓你見見這位小姑娘，幫助幫助她，是與你無損的，她飽經萬難千苦是你不曾夢過的。』

『眞的，我一定要去看她；儘我的力幫她的忙！她現在在那兒？』帕利深深地感動了，故事雖簡單，卻傷心萬分。

馬小姐指着自己的小臥室門道，『就在那兒。她今天稍爲好些，所以我把她帶來家放在床上。可憐的小人兒！她醒來時把自己看了半天，方纔嘆了一聲大氣，兩隻瘦而細的小手抱着我的手道，「哦，我覺得又重新入世做人一樣。請你幫我的忙，我一定努力做好。」所以我就告訴她，她現在是我的女兒了，可以安心睡在那兒，只要我有家一日，那準也就是她的家』

馬小姐一面慈容藹然地敍說，一面向那溫暖而安靜的小房裏驕傲地望了一眼，帕利便當她是天仙般地雙手摟着她的頸子在皺了紋的頰上吻了一下，因爲從這位純樸的老婦人的影容裏她竟到拯救世界的大慈愛。

『你倒有多好親愛的馬小姐呀，告訴我要我做什麼，讓我幫你的忙，我是準備一切供你呼使，』帕利虛懷若谷地說，她覺得自己的煩惱比起人家這差點就成千古恨的大悲劇眞斯得渺小恐笨可笑，所以從心裏自覺慚愧，而且極願消弭於無形。

馬小姐停下來，拍着她對面的嫩紅雙頰，笑着說，——

『帕利，既然如此，我就請求你去同我的小女兒講幾句友情的話。你的這付樣子便與她有益；而且你又天生的會安慰人。』

『眞的嗎？』帕利聽說又感激又高興。

『是的寶寶，你有天賦的同情心，而且又有表示而不使人難受的高等藝術。我不願讓別的女孩兒們看我的小倩，因爲她們祇會觸忌她叫她傷心；可是你知道該如何；你去將這包也帶去；現在做好了，實在多謝你那一雙快手。』

帕利將溫暖的長袍向臂上一搭，心裏覺得有種說不出的樂勁兒，這是去給一個活鮮活跳的小姑娘穿而不是裝斂一個夭折的女郎。她輕輕推開房門，走進陰暗而開着燈的屋子，枕上的臉蛋以乎有種無形的力量促她向前走去，因為那滿面的愁雲陰影，簡直動人悽愴，引人愛憐。起先她以為她睡熟了，停着不敢動，忽然一雙凹進的黑眼睛睜開望着她；先一驚視，繼而見了立在面前瘦骨稜稜的臉，不由歡喜的鬆和下來，再便是雙目裏滿了一種謙虛詢問的表情似乎請求原諒她適才欲發而止的造次行動，又可憐自己的命運一般。帕利一見便了解了這眉語眼語，也報以無言之言，祇上前俯身在那苦孩子的臉上吻了一下，自己的眼睛內已是滿了淚珠，脣吻也因說不出的同情而顫抖着。倩兒用兩隻手摟了她的頸項，也只流淚，同是天涯淪落人，相逢何必曾相識？

『甚麽人都是這般仁愛，』她嗚咽道，『我太壞了，我其實不配。』

『哦，自然你配；別想那些事，只好好躺着，我們大家都歡喜你。過去的生活對你這小小人兒原是太難了些，可是現在我們要幫着你開始一個新而易的生活，』帕利安慰着，完全忘記自己了，只想着這是與她一般需要振作的姑娘。

倩兒拭去眼淚依然蕩着新發現的朋友道，『你也住在這兒嗎？』

帕利一笑答道，『是的，馬小姐讓一間樓上的小房間給我住，我有一貓一鳥，還有鋼琴，瓶花，過得像皇后一樣。如果你明天能夠起來請你上樓來頑。我常常感到寂寞，這兒沒有少年人陪我頑。』

『你做針線嗎？』倩兒問。

『不，因為我是個音樂教師，整天東跑西跑的去教課。』

『那倒有多美，再加你身體又這麼強健，能到處去上課，你該有多樂呀，』倩兒慨歎了一聲，以尊敬讚揚的目光向握在她瘦弱掌中的一隻豐腴而堅強的手望着。

這句話便在帕利聽着也是好聽的，她斗然覺得自己是如此豐富如此滿意，與剛剛因不能赴宴會而啼哭的帕利竟完全判若兩人。這念頭在她心裏猶如電光一閃，她自己的生活，和判若得擬的躺在對面的苦人兒的生活，使她感到對於這祇剩奄奄一息的同胞，未能盡力而助。這一剎那抵過九年面壁，抵過萬千督勵的書籍，因為今日她與痛苦正式見面，而且見了人生黑暗的背面，所以像冬天的風一般吹散一切虛榮心和享樂的願望，只留下勇往直前的壯氣。坐在床邊上靜靜聽倩兒的哀史，是那麼新鮮而感動的，幾乎每一個字都印在心版上而永不會忘記。

『現在你應當睡覺了。別哭啦，也別想甚麽的，祇好好休息。那就叫瑪小姐樂意啦。我把門開着彈一段曲子給你聽，管保你歡喜。去哪，再會。』帕利又給她一吻，便起身摸到自己的黑房裏面輕輕彈起最柔和的調子來，不久樓底下的一雙倦眼已慢慢闔上，小倩兒似乎一身都沉浮於快樂之出的海裏，前面晨曦中的前途正含笑招手。

帕利本一肚皮定規好，傷心痛哭上床的；結果等鑽進被窩時，枕頭似乎異常的和軟，房間也似乎特別可愛，壁爐的火光映得各物生趣盎然，最可人意的還是一枝黃色玫瑰，吹佈一房甜蜜的似乎道晚安的香氣。她不再覺命途多舛，只覺深蒙厚賦，受之有愧。她從前祇聽說某處某人的痛苦艱難，卻與其他的女孩一般莫明其妙內中的眞實性；而今方親眼瞧見了，體會到了，明瞭了，從那分鐘起她更深一步認識人生。廣大的世界有如許多的事工待人服務，而她自己僅做那麽一點兒。她現在應從何處着手呢？她忽然憶起倩兒的話，『又強健又美，能各處教音樂。』不錯，她可以在那方面努力；想到這，帕利誠懇地祈求上天賜給她前進的勇氣，和柔和的心腸，叫她的一生像甜蜜的歌曲，終止時與人有益，逝去時人間長憶。

至於小倩兒呢？恰巧她最後的思想也是暗暗禱祝，『上天保佑那樓上可愛的和善的姑娘，叫她有求必應。』我想這兩種禱祝雖微渺不足道，但都直達上蒼，因爲這在後來都應驗了的。

第十章　弟兄姊妹

帕利最樂的日子便算星期日了，因爲月爾從不失約來與她過這一天的。她在星期日不但不多睡一會兒反而較平日起身更早些，各處張羅着好招待她的客人，因爲月爾向例來與她一同喫早飯，然後享受這長長的一天。月爾心目中當他這位老姊簡直是世界上最優美的女子，但帕利呢，卻知道不久的將來他會尋到比自己再好再美的人，但在他未尋着以先，她仍然感激他的尊視並試着保持他的理想。所以無論她本人或房間，她總收拾得整潔美觀，恬然有迎人之意，而且當他一臉鮮紅，激活輕快的走進來時，她總笑臉奔着迎出去，話着母性的寒暄，他照例帶着從近處麵包店購的麵包以及小罐頭的豌豆。

他們極喜歡鄉村式的早餐，因而沒有甚麼事能叫帕利更快活得比她見那大孩子喫得杯盤光光坐在桌對面望着她笑的時候。再有一件樂事便是讓他幫着收拾桌子像從前在家裏一樣，一路忙着還夾着格格哈哈的笑聲，叫馬小姐在底下聽着都高興，因爲房間祇有那麼巴掌大，月爾這麼高大的漢子似乎滿屋都被他塡滿了，所以帕利呀白特呀。不是碰了他的膀子便是踩了他的腿。事畢以後，他們總是欣賞盆花啊，再便是和鳥頑一會兒，繼而便彈彈琴唱唱呀，然後赴教堂禮拜，回來與馬小姐午飯，馬小姐簡直把月爾看作「好極了的少年。」如果下午是個晴天呢，他們便過橋到鄉村去散步。而且走很長的一個，再不然便沿着城裏的大街走，那時的大街是滿了禮拜日的幽靜。多數的人碰着他們，不過當作一個粗巴巴的大男孩架着一個衣飾樸質容光煥發的年靑女人在走罷了；但少數愛管張家長李家短的人呢，便覺得這一對有點特別，見他們走過還要笑笑，測不透這是一對愛人呢，還是鄉下表兄妹進城觀光。

如果天氣陰雨呢，他們便守在家裏看書寫信，閒談各人的瑣事，又互相敦促勉勵；因爲月爾雖說只比帕利小三歲，但他自以爲是大學一年級生自然而然就採取了老成持重的態度了。黃昏時他舒適慵散地躺在沙發上，帕利在旁邊唱他喜愛的調子，那種情景眞可說得上盡了天倫骨肉之愛。到了九點鐘，帕利便包好一包乾淨衣服，補綴得好好的，交給他，然後吻他道晚安，又送他過橋，口裹絮絮叨叨不知交代多少言語，又囑咐再三上床時一定得將脚弄得暖和而乾淨。對於這一切，月爾祇笑着答應，其實並不見得聽；不過他喜歡這一日安靜甜蜜的光陰，給他休息了，恢復了，便快活地又回去下勁幹另一星期的工作。他自小相信骨肉的愛影響於個人彌切，所以他們家的弟兄姊妹無不相親相愛，逾於常人的。

除了帕利月爾之外，還有一個人也極喜歡在禮拜日享受這般低微的快樂的，這便是薾家的毛頭小姐。她常自動地請求來作客，帕利因爲薾家與她有不少恩惠，自然很情願報知己之感，所以他們散步時總攏薾家去約她出來，如果天氣不佳還叫月爾去接，坐馬車來，免得她在家裹心焦。湯姆及芳麗有時誹笑毛頭，她亦不管，因爲她確是寂寞，而且那小房子裹自有一種東西是大屋內所無的。

毛頭今年已是十二芳齡；是個略略蒼白的漂亮小姐，有銳利智慧的眸子，還有一個忙極了的小心眼，終天思七想八，誰也想不到她有那麽多思想。這十二歲正是大不大小不小的年紀，所以人們不知怎麽對付她，只好隨她一個人尋些希奇古怪的樂趣，自己單獨的過着；她亦不進學校，因爲進學校，肩膀俊俊就長圓哪，蕭太太是不能『讓她把身段弄糟的』那還不如了毛頭的心意哪；以後只要她父親一提起送她進學校，或是請家庭教師來家教，那她便立刻頭痛也來了，背也疼了，再不然眼睛歡弱了，蕭先生也只好笑笑讓她的假期無限止的延下去。似乎沒有什麼人將漂亮婆鼻頭的小毛頭特別放在心上；父親整日價忙不過來，母親既病而又神經，芳麗自己的事還管不了，湯姆也像其餘的少年人一樣，看小妹妹的誕生，祇是供哥哥們開開心，做做小事而已，小妹妹原是無大了不起的。可是毛頭卻滿心滿意地讚揚她的大哥甘心情願的做他的奴隸，只要他說一聲『謝謝你，小鷄婆，』或是不扯她鼻子，不捻她耳朵，那她就喜出望外以爲做的工作得了最高的代價。如果做了甚麽事或者犧牲甚麽而沒有以上的回報呢，她便跑到芳麗去訴，『就好像人家是洋娃娃或狗沒有一些情感似的。』湯姆永遠不知道毛頭常坐着呆巴巴地望着他，心下十分盼望有個把人撫愛撫愛她，恰像從前湯姆做野孩子無人理的時代，有時湯姆當着人喊她『小活猴，』她的小心裏也是很傷痛得像湯姆從前被人家喊『紅蘿蔔』的時候一樣。

有一天，是禮拜日的午後，外面正在落雪，湯姆欲在沙發上看一本書，已經是第四遍了；一頭看，一頭還在吸煙，就像個大煙囪放煙一樣。毛頭憑窗而立，在很急切地瞧外面的雪花，後來迸出一聲長嘆。

湯姆見她嘆氣，伸個懶腰，將背向旁邊一甩，險些撞破，問道，「別那樣行不行，小雞婆，否則你那口大氣眞會把我吹走。又是甚麼事呀。」

毛頭愁眉苦臉地答道，「我怕帕利的家去不成了。」

「自然你去不成呀，外面的雪落得好大，父親的馬車不到晚上不得有空。你究竟爲何這麼心心念念地戀着帕利的家？」

「我歡喜啊；我們在那兒好頑極啦，月爾也在那兒，我們在爐火前做小餅子，他們還唱詩，眞快樂極了。」

「哦，又唱又做點心一定有趣極啦。來，快全講給我聽。」

「我不，待會兒你會笑我。」

「我賭咒不笑你，如果我忍得住的話；但是我奇怪死了，不知你在那兒幹的甚麼事。你不是頂歡喜聽祕密嗎，你現在有祕密了。一定得告訴我。我決定守口如瓶。』

『並不是甚麼祕密，而且區區小事你還不在心上哩。你再要個軟墊嗎？』她見湯姆推落枕頭時又加一句。

『這就行了；不過何以女人們都愛將一些流蘇縫呀及綫邊呀，都點綴到沙發的軟墊上去作擺撥惹人的用處，眞是我大惑不解的事。』

『有件事是帕利星期日晚上做的，就是讓月爾將頭枕在她大腿上，還用手撫抹他的前額。她說他一禮拜苦很了，這樣是讓他休息的。如果你不喜歡枕頭，我也能讓你枕我的大腿，因爲你的樣子似乎比月爾更詌的發狠哩。』毛頭略爲猶疑地說着，點頭她願意作個有用而可人意的人。

『也罷，你願意試試我也不在乎，我實在困極了。』湯姆笑了一笑，想起前夜的狂歡兀自有味。

毛頭很滿意地作了人造枕，湯姆也承認那絲圍裙是較毛毛的軟墊高明得多。

毛頭隨將小手在那腦袋上輕輕敲着，心想頭都被過份的拉丁文希臘文弄出熱度來啦，憐恤地問道，『你歡喜嗎？』

『不壞不壞，你頑你的，』湯姆閉上眼睛高興的答着，這般靜靜的躺着使毛頭很喜歡自己嘗試的成功，最後她又輕輕問道，——

『湯姆，你睡着了嗎？』

『快了。』

『在你還未睡着之前，可能告訴我「公開訓斥」是甚麼意思嗎？』

『甚麼？你問甚麼？』湯姆張大了眼睛問。

『我聽月爾講起甚麼公開的祕密的，當時我就想問的，後來不知怎麼一岔給忘了。』

『他怎麼說的呢？』

『我記不淸了；好像說甚麼人不去赴公所會，就給他一個「祕密」的，要是做很多壞事情呢，就送個「公開。」我沒聽見說的是誰，反正與我無干；我祇要曉得這些「公開」「祕密」的意義。』

湯姆發額道，『那就是說月爾講學校的故事囉，是嗎？』

『沒有，他沒，帕利已經是知道的，所以問他的。』

「月嫻是個害蟲。」湯姆吼了一聲又復將眼睛閉上，對於這位月嫻他委實亦想不出別樣話好說。

「他是害蟲亦不要緊；我歡喜他極啦，帕利也是的。」

「那他得法哪，」湯姆嘲笑着。

「唷，你別鼻子哼哼的，瞧不起他，他總不錯吧，待我有禮貌，」毛頭氣得大叫起來，湯姆由不得好笑。

「他待帕利總是那麼好的，代她加外衣，喊她「親愛的，」道晚安時還吻她，也不當作難爲情，我就想一個像那樣的哥哥就好了，眞的我想！」毛頭說着想起不能去，又愁苦起來了。

「乖乖！小雞婆幹嗎抖擻羽毛在我身上亂啄呀？那是帕利撫慰她弟弟的樣子嗎？」湯姆還是笑。

「哦，我忘了！我不應該哭的；可是我實在想去呀。」毛頭忍住淚又重新輕敲湯姆的頭。

如今湯姆的馬和雪車都在馬房裏，打算晚上溜了回大學去的，所以他也不搭毛頭的帳。無論如何躺着總舒服得多。他安詳地說道，——

「把這好男孩子的事實再講點給我聽，有趣極了。」

「不，我不講了，我講白特彈鋼琴的事講給你聽罷，」毛頭不願多提傷心事換了題目。「你看只要帕利的小棒向裴琴鏈上一指，小白特貓就在小櫈上隨着她指的方向一跳，後來就成功了調子，你看着眞有意思極哪。小尼哥呢站在架子上高聲唱似乎嗓子都會掙破似的。」

「噢，」是個要睡覺的聲音。

毛頭覺得談話的題材不如預料的有趣，又換一個。

「帕利想你比司先生再漂亮。」

「非常多謝。」

「我問她你們兩人中間誰的臉最體面，她說你的最美，他的最好。」

毛頭剛說完忽覺後面厲聲問道，「他常上她那兒去嗎？」回頭一望，只見大椅上坐着芳妮在。

「我從來沒看見他去過；有一天他送幾本書來還，被月爾嘲弄得甚麼似的。」

『她怎麽呢？』芳妮問。

『哦，她把他一陣亂搖。』

『那纔可觀哩！』湯姆說着似乎他要遊逛其時的瞧着就好了，可是芳妮的臉卻一點點嚴厲起來，嚇得湯姆的小狗，本打算迎上前去的，卻夾了尾巴躲在桌下蹦了。

『那麽沒有所謂「花月良宵」了？』湯姆唱着，又醒過來。

『自然沒有呀。帕利甚麽人也不嫁；等月爾做牧師的時候她去代他管家務，我聽她這麽說的，』毛頭一本正經地當件大事說。

『帕利怎麽是這一等命運！』湯姆慨嘆着。

『她歡喜這樣哩，我也贊成；聽他們計劃這計劃那纔眞有意思呐。』

湯姆見毛頭想將來想得出神，一分鐘不曾開口，又問道『再有新聞報告嗎，活猻？』

『他又告訴我一隻好笑的故事是亞炸教授的事。你從來也沒說過，大概你不知道。有個壞學生不知放種甚麽炸藥在椅子底下，課上了一半時候，忽然轟一聲，把那人嚇得要死，男孩子都跑出去提了水來滅火。最叫月爾笑的是有個人救火反將自己褲子燒壞了，他跑去問——是教職員是校長呀？』

『都成，』湯姆忍住笑迸出一句。

『好啦，他去問他們要條新褲子，他們眞給了他一筆錢可以做一套很好的褲子，可是他呀，卻買了一條便宜貨，非常難看的長條子，每逢上那班特別課時總穿上。其餘的錢呢他去請了一頓客。你說可糟糕嗎？』

『要命』湯姆立刻大笑，笑得芳麗摀起耳朵，小狗也不住的狂吠。

『你知道那壞男孩子嗎？』天眞的毛頭問。

『有一面之交，』湯姆透不過氣的說，在他大學的衣櫃裏正有這樣的褲掛在那兒。

芳麗卻作煩道，『別吵這麼大聲音，我的頭疼得要命。』

『女孩子總是頭疼，也不知是甚麼講究？』湯姆從大叫一轉而爲冷笑。

『我也不懂你們男孩子在這些不高尙的事情裏尋到甚麼快樂，』芳麗顯然地發脾氣了。

「我又何嘗懂你們的神祕？從這星期到那星期打扮，裝飾，閒談，那又有甚麼道理在內？」湯姆答。

這一番舌戰之後，大家停了一會，最後還是芳麗覺得空坐無聊，和柔的問道，「雪克斯近況何如？」

「和從前一樣甜蜜，」湯姆沒聲好氣的答。

「又像平常那樣地駡你嗎？」

「剛剛還駡來着。」

「爲甚麼事呢？」

「好罷，我把理訴給你聽，看究竟誰人有理：她自己不願意與我跳舞，又不許我同別人跳。我就說，一個人帶了女孩子去赴宴會，這女孩總應當和他至少舞一次，尤其是已經訂婚的。你聽她說甚麼，她說就因爲那緣故她偏不同我跳；我氣得要命，臨了，到末一次舞時，我不管她，自找貝麗樂了一陣子，她今天馬上還敬我一個狠的，一個人從禮拜堂先回家。」

『既然是你自己情願去和那種女子訂婚，我不知道你還奢望甚麽。喂，她今天戴巴黎帽子嗎？』芳麗的聲音突然高興起來。

『她戴一種藍藍的東西，上面有個討厭的風鳥，每次她一回頭總拂着我的臉，不知是不是巴黎帽。』

『男人看見美麗的東西永遠也不知道。那眞是美極了。』

『男人們看見一個閨秀便知道認識，而雪克斯卻永遠不像；我雖然說不出她有甚麽不好，但那些濃裝豔抹我就看不上眼。看你要比她時髦兩倍，然而你也不見得過於惹眼呀。』

芳麗被這不尋常的恭維打動了，將椅向前拿一拿答道——

『不是我自己吹，我很知道如何裝飾我自己。雪克斯就永遠莫明其妙；她只喜歡大紅大綠的鮮豔色氣，走在人面前就像七色的彩虹一般。』

『你就不能提醒提醒她嗎？叫她別戴那藍手套，她知道我見着也恨的。』

『湯姆，爲你的緣故，我已經盡力而爲啦，但她那固執性情兒，肯聽你說嗎？比藍手套再刺眼的東西我勸她別用，她還不聽哩。』

『毛弟，去代我把雪茄盒拿來，不知在那兒，你去找一找。』湯姆將毛頭支使出去，見門已經關上，隨即起身鄭重地低聲問芳麗道：

『芳，雪克斯可搽胭脂嗎？』

『不止搽胭脂還畫眉毛哩，』芳答着不好意思的一笑。

『來來，你知道我的意思，我有權力過問，而且你也得吐實，』湯姆嚴肅地說，他至今方知道訂婚不是個輕省的擔子。

『你怎麽會疑心到這一層的呢？』

『你看，在我們兩人之間，』湯姆略爲忸怩地開始道，但竭力裝作若無其事地接下去，『她從不讓我吻她的雙頰，頂多在嘴唇上讓我不能滿意地沾一沾。那一天我從花瓶裏折一支向日葵插衣襟，無意濺了一滴水在她臉上；我伸手去代她搽，她一手把我推開，自跑到鏡旁一個人慢慢弄了半天，回來時這邊頰比那邊紅些。當時我沒有說甚麽，可是我懷疑哪。你說究竟她搽了嗎？』

『她是擦了；可是你千萬可別對她說，她要知道我告訴你要氣死了。』

『那我不管；我不歡喜這種樣子，也不願意看見，』湯姆決定地說。

『你也沒有辦法哩。有一半的女子都是胭脂粉並用的，別的還有塗黑眼睫毛呀，用各種方法叫眸子發光呀。克萊拉還想拿砒素改製她的臉哩，她媽媽阻止了，』芳麗道。

『我知道你們女子是一班美麗而又欺騙的東西，可是總而言之，我是不歡喜看你們把臉擦得像唱戲的一樣，』湯姆憎嫌的說。

『我是沒幹過那種事，我們不需要，只有霽克斯總是；你既然選中她，也只好安命啰。』

『還沒到那一步哩，』湯姆怨着又躺下去。

毛頭回來，大家都不響了，湯姆只問道，『我說，芳，帕利可會到幹那事的一日嗎？』

『不，她最不贊成了。也許等她臉上沒血色顯得蒼老時會改變主張也說不定。』

『我亦這麼想，』湯姆答。

毛頭見他們隱約其辭地問答，自己又不懂，嚴重地插口道，『帕利說的，背後談人家的祕密是最不合道理的事。』

『喂，我求你，別提帕利行不行，我要死了，』芳麗刻薄地喊着。

『哈囉！』湯姆由不得坐直了瞧。『我當你們還是刎頸之交，還是如膠似漆的相愛呀。』

『好罷，我自然很喜歡帕利，但毛頭永永遠遠的歌頌讚揚我卻聽膩煩啦。請你別再重複了，行不行，留聲機？』

毛頭和湯姆附耳道，『我的天，她可不是發脾氣了嗎？』

『就像兩根棍子似的；隨她去。門鈴響了，看看是誰來了，活猻。』

毛頭跑到扶梯邊向下張望，立刻飛回來。

『是月爾來接我啦！我還不能去嗎？雪也不頂大哪，我再多穿點衣裳，等爸爸回來你們再去接我。』

『我不管你的事』芳麗正在氣頭上。

毛頭也不等正式的允許一陣風似地逕自去準備了。月爾因為一身的雪不肯上來，芳麗也高與他不來，因爲二人見面，月爾總是羞赧不安，也無話可說，所以湯姆下去招待他告訴他毛頭就到。他們二人原是極好的朋友，不過兩人的生活判若霄壤，月爾是所謂的『書蟲，』湯姆是逍遥鳥，再說得明白點，一個是苦讀上進的學生，一個是年少風流的公子。其實湯姆很示恩於月爾，然而月爾不喜歡他更表示出自己之所以進各種湯姆有份的課外活動，並不因爲與湯姆有特別關係。所以蕭與馬各行其道，月爾便終日鑽在書堆裏，除了圖書館，體育的活動，以及一切範圍內可能的經濟娛樂他盡力參加外，其餘的誘引一概謝絕；老實說，這初入世的小夥子，還不知道如今的年頭兒大學是祇爲享樂而不爲讀書哩。

當毛頭下來滿意地挽着月爾的手走出之後，湯姆望着他們的後影直到看不見方回屋子，來回踱着噓着，心裏還在思想，後來竟在他父親的圈椅上睡着了，因爲他實在無事可做。如此直到晚茶送來時方醒，照例他母親是從不下樓用茶的，芳麗因爲頭痛自關在房裏，只有他一人享受這寂寞的樂趣。

『哼，這倒也有意思，』他聽鐘敲八下時自語着，手裏的第四根煙也完了。『雷克斯瘋了，芳麗使性子，我祇有自己樂吧。何不上帕利那兒去，叫月爾和我一塊乘車出去，也省得他走呀，可憐的人。再把毛頭接回來那準叫她樂哪，這位老太爺甚麼時候回來是沒準兒的呀。」

湯姆如此想着果眞安安閒閒的去了，將馬寄在一家鄰人的馬廐裏，他决定進去拜訪一下，看究竟叫毛頭如此高興的是甚麼。

他輕輕跨上樓梯，早聽得上面陣陣愉快的低語自語道，『帕利正高興吧。』湯姆不禁好笑，帕利毎逢遇到得意的事總談說得那般高興的。他覺得這種純樸的談話和多數女子花言巧語的技術顯然不能相比，但他心裏確是喜歡前者勝於後者。但青年男子往往面上誹笑一班機敏的女子而私心卻敬佩有加，同時面上所誹一班無足重輕的女子心中卻蔑視不喜，何以故呢，因爲誠貞，智慧，和女性的尊嚴等等美德已不入時，落伍了。

門是半掩着的，湯姆停在甬道內卻不進去，先將裏面窺視一下。景象並不華貴，只是小巧舒適，像個快樂家庭。爐火熊熊光耀一室，火旁的小櫈上坐着毛頭抱着白特正目不轉睛地望着爐上特別烤給她的蘋果。月爾欹在軟榻上，似乎想着什麼似的，眼睛望着帕利，帕利一談話便撫摸着那所詞「黄毛夥計」的飽滿前額，撫得那麽好，湯姆便想毛頭的成績簡直不及格。他們顯然地造成一種類乎宮殿內的華貴氣象，看帕利講話的那股神勁兒。

「總之，無論如何，月爾，你不要花很高的代價去建築和維持一座偉大的禮拜堂而沒有相當的貢獻。我歡喜簡單儀式的禮拜堂，只為用而不為擺樣子，在那兒只有大家虔誠的公所，講經，那兒只有各人自己奉獻的音樂，而沒有像我們現在所盛行的給人聽的歌劇。我不在乎儀式，禮拜堂是如何空洞，寒冷，沒有彈簧椅子，但那裏面總有真的敬虔，真誠也只有在那種生活裏總表示出來。我不願意一種宗教是跟禮拜日穿的衣裳一樣，今天脫下來便甩過一邊，要等下禮拜日再穿起來；我願意一種宗教是在人日常的生活裏，可以看見的而且可以感覺得到的，所以我盼望你能作個真正的好牧師，拿教訓和模範去教人如何追求，如何保守。」

「我盼望能副你所望，帕利，可是你知道他們家裏人說，如果那個男孩子不能做別樣事，他們便叫他去作牧師。我有時候想我真是一無所長，所以就是作牧師我都不敢嘗試，」月爾笑着道，似乎他縱然二十四分謙虛，但在這一刻依然有相當的信仰。

『我記得有一次不知誰向父親說了一句甚麽話，他答道，「我極快樂將我最好最聰明的兒子貢獻去服務上帝。」』

『他眞那麽說了嗎？』月爾的臉立刻紅得像玫瑰一樣，看他雖然滿面帶怒氣，但他也像個善感的女孩兒一樣，一聽見親愛的人誇讚便不知怎麽好了。

『是的，』帕利道，無意中已增加她弟弟不少勇氣和希望。『是的，他還說，「我讓我的孩兒們跟着在他們裏面的導引，我亦祇要他們能盡力應用他們天賦的聰明才智作誠實有用的人。」』

『那我們敢不如命！奈特遠在西方努力我便在這兒苦幹。如果父親給我們相當的機會，至少我們能如他的心願。』

『你無論做甚麽，總少不了如你心願，』湯姆聽到高興處，忍不住大叫着排門而入，忘記是在偸聽了。

可把帕利嚇了一跳，這位少上門的客人忽然自天而降，又喜又驚，飛身相迎。

『我是來接毛頭的，』像個嚴父般地宣布着，由不得叫我們那位少女睜圓了眼睛。

『不等蘋果弄好我是不能走的；而且，現在還沒到九點吶，月爾會送我回去的。我情願和他走。』

『別怕，我帶你們二位都坐我的雪車走好不好。暴風雨雖然過去，但路上仍然行不得也哥哥，你同去好嗎，老哥？』湯姆說着向月爾點一點頭。

『那他還有不願意的嗎，多謝極哪。我還說叫他住在這兒一晚的哩；瑪小姐常能鋪排一個拐角兒給流浪的人兒歇宿，可是他一定要走啊，說明天早晨要趕早工哩，』帕利代答着，見湯姆大衣也脫下了，是個等毛頭蘋果熟了的模樣，喜的了不得。她知道蘋果還有一會兒烤哩。帕利將這位貴客安置在最好的一把椅子上，隨卽坐下瞅着他，說不盡的地主之情。她作爲端嚴地說道，——

『你輕易不移貴步，所以一旦來了我們倒反不知怎麼好哪。』

『好能，你知道我們男人們忙極哪，簡直沒有時間自己尋樂了』，湯姆答。

『哼』月爾大聲道。

『給你喫顆藥，』湯姆道。

於是二人大笑，帕利自然懂得他們的笑話，也加入道，——

『這兒有幾粒花生，湯姆；能尋樂時就樂吧。』

『現在我要說那種敬禮精美極哪！』湯姆果然還未失卻昔日的豪情，仍舊坐下起勁地剝着花生喫，要知在今日喫花生要算寒傖哪。

『你還記得我第一次到你家去，從火車站走的時候，你要喫花生，假說馬車夫是啞子，嚇得我要死的那回事嗎？』帕利問。

『自然我記得，還有我們滑雪車那回，』湯姆笑着答。

『是啊，還有自行車的事；我看見你那兒還有疤哩。』

『我還記得醫生替我縫的時候，你也站在旁邊；那眞勇敢極了，帕利。』

『其實我害怕極哪，可是因爲你有次說我是弱者，我要顯出勇敢所以竭力鎭靜着。』

『眞的嗎。那我眞醜死了。帕利，我從前總對你很粗野，而你總是好脾氣隨着我做。』

『我自己也沒有辦法，』帕利笑着道。『我的確想你可惡得很，但我似乎還是歡喜你。』

『她在家一向就是這樣的，她弄慣了，』月爾道，拂着帕利耳後的鬈髮。

『你們男孩子中誰也沒有湯姆極得我利害，也許就因爲這纔叫我特別覺得有味，你們知道新奇的事也有趣在其中哩。』

毛頭聽了半日忽然插言道，『帕利，你記得嗎，湯姆慫你祖母常駡他，他還說他要做個頂頂尖兒的人哩，然而結果並不是的，』毛小姐的態度很大人氣。

『親愛的老祖母；她在我身上確曾盡了她的心，然而我依舊是個壞坯子，』湯姆搖一搖頭，做一付苦臉。

『我總以爲她還在那間房裏，我總不能當牠是空的，不知甚麼道理，』帕利輕聲道。

『父親不讓一樣東西移動，還照老樣子擺着，有時湯姆進去坐一會兒，那會叫他覺得好過些，他說的，』毛頭最會將一些人家不願宣佈的小事當衆講出來。就像此言一出，湯姆現在惱樣，發作道：

『你還是快點弄你那蘋果，要知道那不是一時三刻可以弄好的哩，等不及，你只好不喫，活猻。』

『芳怎麽樣？』帕利連忙打岔。

『她嗎？這一嚮時不大好；說是胃弱，常發脾氣。』

『她不但發脾氣，也眞有病哩，因爲我看見她有一天哭來着，她說沒人關心她，還是不如死的好，』毛頭仔細地翻過蘋果，補充道。

帕利便接言道，『我們眞應當想法兒叫她快樂。假若我不是這麽忙，我眞情願貢獻我自己，她待我的好處太多了。』

『我盼望你能夠也好了。我簡直摸不透她的心理，她就像個晴雨表似的，我總測不準她。論起我最恨這樣被她看得像傻瓜似的，但我實實在在不知道該怎麽辦，』湯姆道，就在他說這幾句話時，室內的景況很引起他一種反感。因爲椅子少，所以帕利和月爾合坐了一張，以便圍着火。帕利溫柔款款的倚着月爾，而月爾強有力的手臂便圍着帕利的腰，眞叫人看了快樂，那樣子就是明白的說一個大弟弟和一個小姊姊知道如何相親相護。這眞是一張可喜的圖畫，尤其在不知覺間尤其可喜，所以湯姆心中不但感動而且想着；『可憐的芳，沒有甚麼人愛她；也許這就是她的需要能。我也來試試看，她平常當我像陌路人似的。如果她稍爲安靜和柔像帕利一樣也就容易辦了，』心裏轉着念頭，一路喫着花生，覺得弟兄之愛表現於外也不是甚麼難事。

『我告訴湯姆那個蘇教授的笑話，他說和那個壞蛋有一面之交，我纔放下一條心來，因爲你同月爾笑得那樣，活像是湯姆自己幹的事哩。』

毛頭這孩子很有點獨行其是的古怪勁兒，突如其來的想說甚麼就說甚麼，不管在甚麼時間甚麼地方或是甚麼人。就像剛纔這幾句話一說出來，大家一陣狂笑，接着帕利嘲笑着道。

『那實在是件傷心事，我相信那位惡作劇的少年現在一定深深的懊悔了。』

『不錯，從上次以後我看他就一直懊惱得委靡下去了，』月爾擠着眼睛瞅着湯姆說，別看月爾平日是書蟲，但偶然說起笑話來卻也不減於老湯姆。

『他經過一番折磨總懊惱得甚麼似的，我很懂得，因爲他究竟骨子裏不是一個頂壞的壞人，不過他的性情稍爲太好動了一些，所以他便不像別人似的那麼喜歡吃苦了，我知道。』

『哼，如果他再不小心，怕要開除哩，』帕利警戒着道。

湯姆哭喪着臉答，『他開除也不是意外事，他是這麼一隻倒霉的狗。』

『可是我希望他應該記得，如果開除成了事實，將要叫他的好友們失望到何種地步。他本應該叫他們因爲他的成功而驕傲而快樂；而且他實在不是那種不可救藥的人像他做出來的事那般沒腦子呀，』帕利用這麼一付友誼的態度望着湯姆說着，確叫他心裏深深的感動了，自然而上不便表示出來。

『謝謝你，帕利；他眞該百折不回的改造一下了，可是我還有我的疑心。喂，老哥，讓我開步能，爲小雞婆已經是太遲了，』

趁月爾到櫃內取長靴，毛頭用心把蘋果朝籃子內裝的空兒，帕利用低聲和湯姆道——

『眞眞多謝你，待月爾這麼好。』

『這那兒話，我一點兒事也沒做呀；而且他高傲極了，也從不讓我幫他的忙呀，』湯姆答。

「但是你確做了，各式小事情上；就像今天晚上也是一例。你當我不知道他剛穿的那套衣服若不是你的裁縫做不知要費多少錢嗎？他還是個小孩，不懂世故人情；但我卻知道你幫忙驕傲人的方法，就是不給他們知道，然而我眞眞感謝，感謝不盡。」

「哦，帕利，這麼說不像話了。你對於大學裏的裁縫甚麼的知道些甚麼呀？」湯姆的樣子，似乎他犯法的勾當也給她發現一般。

「我不大知道，也就因爲那緣故我方格外感激你與月爾的好處，我不管人家把你講得如何如何，但我總確信你不會給他苦頭喫，祇爲我的緣故叫他向上。你知道我已經失去一個兄弟，現在月爾便算代了他來的位置。」

帕利說時，淚已經在眼眶內打滾。湯姆見了不由的心裏發下大誓，決定水裏火裏照顧月爾，

「爲帕利的緣故叫他向上；」但仔細一想，自己又是多麼不配負這使命呀。

「我總盡力，」他熱誠地說着，握着帕利伸過來的手，叫帕利放心，這是以他名譽擔保的允許，那麼這鄉下孩子便可脫離各種誘引了。

『你們看！我要送些蘋果給媽媽喫丸藥哩；這恰是她喜歡的東西，她一定高興我們想着她，』毛頭理着東西捉着那包禮拜物快意地說。

湯姆贊許地點一點頭道，『你心眞好，還記着可憐的媽媽。』

『你看，上次你孝敬她的葡萄不是叫她喜得甚麼似的嗎？所以我也試試看，送她些東西，也許她會同我說「謝謝你，寶寶，」你想她可會說嗎？』毛頭附耳問道，臉上現出一種常有的間詢態度。

『那她還不準說；』給毛頭意外的驚異，這次湯姆竟不誹笑她的計畫。

『親愛的，再見了；好好保重你自己，過橋時千萬將閭山圍着嘴，不然明天喉嚨又啞得像隻老公雞，』帕利交代着吻着她的兄弟，而兄弟僅眼睛瞧也不瞧地回一個，他想『女孩子總囉嗦哩。』

於是三位都鑽進了街車，剩下帕利一個立在門口點頭相送。

毛頭一路嫌坐車的時間太短促了，聽說下禮拜六補個長的方纔高興；走到門口湯姆進去和母親告別，隱隱將毛頭的禮物還提了一提，蕭太太楞了一會子，竟下意識地模仿了帕利的口吻道，『親愛的，再會了；好好保重自己。』

湯姆一笑，剛想上前捏那小鼻子，但一轉念竟上前吻了一吻，那種破天荒的表情幾乎把毛頭的大氣也給驚異和高興跑了去。

二人回大學的一路上很沉靜，因爲月爾很聽話的將圍巾捣了嘴，湯姆便浸在深思裏。

他是不輕易有反應的，祇偶然碰着強有力的刺激纔會，到那時候他總是默靜的誠懇的。無論誰可以教訓他一點鐘，但功效不及那小小一次閒談，因爲，縱然閒談裏沒有所謂智慧的言論，但裏面有委婉的建議，誰都知道婉勸強於道德的高論。無論是帕利是月爾都不幹這類事，所以顯得可人意。沒有男孩子喜歡被人當面教訓的，但誰卻抵抗不了那種機敏辯才的教訓的影響。縱然湯姆再沒腦子，但這種用心他卻迅速的了解了，當然他也沒壞到一笑了之的程度。月爾和帕利那種單純的相親相愛又叫他想起自己的失職，而不能忘。話起當年事，叫他恨不得時光倒流，從頭再重新做個較好的人。提起祖母叫他回憶從前待他的好處，想起帕利一心信賴自己能照顧她最愛的兄弟，不由得一股雄心決願做到人們所期望的一切。

第十一章　縫針與舌頭

『親愛的帕利，——針線團於今日午後四時聚會。這是你發起的，所以你一定要來幫我的忙。我就倚仗你哪。　　你永遠的芳』

這是倩妮到後的數星期的一個向午馬小姐進來遞給帕利的一張條子，隨又問道，『是壞消息嗎？』

帕利道明緣由又說道，『我自當去幫芳麗的忙，但我實在不能說是心裏高興去。那些姑娘們有談有笑，我是插不上一句，而且她們的那種談話壓根兒也引不起我的興趣。我是個局外人，她們不過因爲芳麗的緣故纔和我勾搭勾搭；所以人家在那大談大笑，我祇躲在角落裏冷淸淸的做針線。』

『我要說那不是個好機會替倩妮講講話嗎？她二十四分願意做工，那些年輕的小姐們那兒不是做衣裳呀。倩妮是一手好針線，而且很想代人做，好賺幾個錢呀。我也不願意讓她以爲是捺着人了心惡不快活，能有幾件出得起工錢的針線兒給她是再好沒有呀。雖說我也能代她到我朋友們那兒去想法子，可是我一點工夫也勻不出，除非等把那批窮人送走。他們在這兒一無辦法，說要到西方就可以有法兒想了，所以我就募捐想打發他們去，一等我代他們各人弄好件把衣裳就叫他們去。這就是我幫忙人叫他們自助的法子，』馬小姐說着提着剪刀又用力地裁下一件紅色法蘭絨的襯衫。

『我很愫，也願意出力相助，可是我不知道從那兒開頭，』帕利覺得多最的工作似乎太重了。

『我們人誰都不能盡揀喜歡做的做，祇可盡力把來到自己手邊的事做好，那就幫忙不少哪。就從倩妮開始罷，，親愛的；把她的事講給那班小姐聽，如果我說的不錯，你包能發現她們都肯幫忙，因爲多半不是富人心硬，祇是她們視而不見，聽而不聞，不注意不想到窮人罷了，惻隱之心人皆有之，難道富人不是人嗎？』

『老實講罷，我實在怕被她們笑，若是我將這些事當件正經事的講給她們聽，哼，她們不嘲笑你纔怪，』帕利急了，不得不將眞心話掏出來了。

『你信不信「這些事」是眞實的？試問你誠不誠心幫助她們，敬重她們，因為她們自食其力？』

『是，我是呀。』

『那麼就是了，親愛的，你就不能為個好緣故擔待些嘲笑嗎？你昨天還說來着，將甚麼救助女同胞的責任當作終身的主義哩。我聽你說心裏眞舒服得緊，我知道不久的將來，你一定會做到的。不過帕利呀，一種主義不能擔受人家的熱嘲冷諷，也就枉擔了主義的名兒哪。』

『如果在主義的正確意識裏，自然我就忍着些也不算回事，但是被那些懂也不懂的人去誤解我纔不甘心哩；只要他們對任何事情略為有點了解的意識，或者心地稍為仁慈些，我也就滿足了。現在他們全喊我作舊式女子，雖然不是好名詞，但我也讓他們去叫罷，總比激烈的女革命黨好些，』帕利說着，在她的記憶裏，猶有許多嘲笑，冷落和譏諷的片片，固然當場已經原宥對方，卻一時不能忘記。

『你要知道，這種憐窮助弱的思想，即稱作基督的博愛的纔眞眞是極舊式的哩，親愛的。說起牠的開始已在一千八百餘年前了，也祇有那一班誠切模仿那好楷範的人，纔知道如何從生活中求得快樂的眞諦。我不是一個「激烈的女革命黨」』馬小姐向帕利笑了一笑；『但我相信婦女與婦女之間，可以互相幫極大的忙，只要她們願意停止那種怕「人言」的心，而祇一心想到如何去謀自己同胞姊妹的幸福，去求得並享受上帝予以我們的權利。其實方法很多，可是她們不知道用。我不是要你去正式演講，演講不是每人都可以有的資質，我祇希望各小姐或太太們都認定自己的職任，在需要的時候稍爲犧牲一點時間和感覺，因爲有這麼多的事要人去做呀，而且我敢講，誰也不能比我們自己做的再好，如果我們仔細想一想的話。』

『我願意試試！』帕利被這一篇話打動了，不由勇毅的說。本來叫個怕羞而又感覺敏銳的女郎去講人情募捐等，委實不是一件易事，那仁慈的老小姐又何嘗不知道，雖說她臉已老皺了紋，頭髮已變成灰色，但那顆心卻不會老呀，那些個少年時的難關還未忘懷哩。不過，她知道帕利有種天賦感化別人的本領，便因爲她有那坦白正直的性情兒，她要答應救人便會救到底。這老太太看清了這一點，便用請將不如激將的方法，指示她一個作人的途徑。

帕利不知道這一切，但她得到這麽一種朋友卻可算是幸運，這種朋友知道甚麽是可以進步她優美的人生的，也能予以她一種最甜蜜美好人生的例子，比一切言詞更有效有力。

帕利把這件事轉到心裏去思想當她穿衣裳的時候，小倩兒假裝小婢爲她奔走着，做夢也不曾料到她的新朋友將要代她幹些甚麽事。

當那穿好黑綢衣的小身體在房內走來走去時倩妮又驚又喜地問『小姐，又要開茶會了嗎？』她把帕利簡直看作美人。

『唔，不是，我想也許有個演說哩，』帕利答着還笑，因爲倩妮可感激的服役和富於感情的雙目，叫她因剛纔馬小姐教訓裏所引起的志願更堅固了一層。

約摸兩小時後，她走進蕭家的客室裏，看見坐中一羣打扮得花枝招展的女郎們，各人都帶有精緻奪目的針線包，縫筐等，正在起勁地做針線哩，更加起勁地在講話，舌頭的轉動比針快得多，一些雪白的手，有的在上袖底，有的縫背縫，再有的下全力鑽鈕扣洞。

她一進去，芳妮早一臉溫馨地迎接着請她坐，說道，『你眞眞好，來這麽早。這兒有個好位置哩，在貝麗和金小姐的中間，還有一件好衣服留給你做的，你要嫌不好，再重選一件也成。」

『哦，多謝你，我祇要一件本色棉布的短衫就行，因爲那似乎比夏衣需要得早些，』帕利答着早迅速地退到她的一小角上，因爲此時至少已有六付眼鏡推上去特爲朝她看，而她可受不了那被人看的滋味。

金小姐是位莊嚴冷臉的青年女郎，生就一隻貴族的鼻子，悲而敬之地見過禮後便繼續她的針線，於是手指上的兩隻金剛鑽戒指便大出了風頭。貝麗是個藏不住東西的性情兒，點頭見面之後便挪近椅子輕輕談起湯姆和雲克斯最近吵嘴的事。帕利一面懃懃懇懇地縫，一面出神的聽，偶然還溜過眼睛去忻賞一下金小姐那一身累累墜墜的新裝，她婉約多姿地坐在那兒像仿塑像，玲瓏地轉動着手指，平均每分鐘能縫兩大針。

貝麗的故事說了一半的時候，忽有一段更有味的談話引起她耳朶的注意，所以她隔着桌子和那邊談起來了，留下帕利自由自在地靜聽忻賞前後左右一班好心眼兒的女郎們的智慧聰明的談話。雖然大家七嘴八言地亂成一團，但混亂中帕利仍然能理出一些頭緒來，也叫她對於所謂上等人家的生活更深一層的認識。有個漂亮的小東西在講不知甚麽人在上次跳舞會裏喝了太多的酒，以致人家叫兩個僕人把他抬回家。又有個人報告皮先生家喜事的禮物大半都是租來的。又有一組在談雖然白太太穿件一千塊金洋的大衣，但她兒子床上祇有一床被。再有第四組談某某人。

『小姐們！小姐們！你們眞應該少嚼些舌頭多做點針線吧，否則我們這一團未免要出醜了。你們可知道我們纔進去的針線較任何組爲少，而費太太說她不懂何以我們十五個年青姑娘祇做那一點兒針線嗎？

『我們的談話一點不比那些太太們多，我祇盼望你要能聽見她們上談的話就好了。她們做的多因爲她們帶回家叫女工幫着做呀，做好了便吹是她們做的多，哼，』貝麗一語搬破太太們的祕密。

『你的話倒叫我想起媽媽說的話來了，她說希望我們能做多少就做多少，因爲現在正是嚴冬時節窮人又遭刼哪。你們誰可願意帶一兩樣東西回家無聊的時候做做嗎？』芳很神氣地說着，她是這針線團的團長哩。

『天，不成！我的一點閒功夫補手套修理衣裳還不夠哩，』貝麗答。

『我想我們一個禮拜聚一次會已是儘夠的了，我們還有別的約會吶。窮人總是許多天難過，他們從沒有滿足的一天，』金小姐接口道，手裏正鎖一件紅色棉布圍裙的洞，她那鎖的工作不但是錯了地方而且經不了一次洗濯便會壞的，但她卻神氣活現的在一針一針的鎖，手上的鑽石便一閃一閃的發光。

此時霏克斯又一本正經地發言道，『誰也不好意思再請我加多工作，如果他們記得我在夏天以前應該趕製多少東西。我已經請了三個女工在加緊的趕，但還差一個，可是人人全是這般忙，工價又要得嚇死人，我眞弄得沒了辦法，我怕不得已時也許要我自己填空哩。』

帕利在旁邊聽着，不由心裏一動，『這是倩兒的好機會，』但一轉念又實在沒有勇氣當這麼多人高聲發言，於是心下又決定等會背着人再和霏克斯說。

『工價固然很高，但是你忘記現在的生活程度比從前高了多少。媽媽從不准我們剋扣女工的工資，寧可說我們在別樣事情上經濟些，她們的工資總得付得很好，』這是一位明眸的安靜女郎戴萊波講的，她在年青的朋友中間總被稱爲『古怪，』因爲她雖是百萬富翁的女兒，穿着卻極其簡樸。

『你們聽啊，那位姑娘談經濟學哩！對不起，我相信她是你的親眷罷，』貝麗放低了聲音道。

『遠得很；不過我很驕傲她能說出這樣的話來，因爲她所謂的經濟，不是說一處精出渣來而別處卻恣意揮霍。我說若是每人都學戴家的樣子，我敢講勞工們不致於變成餓殍，而傭人們也不致於困難到這步田地。這間房子裏除了我，我要算萊波的服裝最樸實，然而誰也明顯地看出她是個眞正的名門閨秀，』帕利溫暖地答。

貝麗連忙接口道，『還有你一個！』她一向很愛帕利，雖然祇是一種粗率的愛。

『別響，雪克斯說話哪。』

『如果他們將錢花得正當呢，我倒也不在乎哪，但是你不知道他們那些人，自以爲不低於那個，穿着的那般講究，簡直叫你分不淸誰是主人誰是傭人。就拿我們女廚子說罷，她的一頂遮陽帽就完全與我一樣，（質料固然賤些，但戴起來是一樣的呀，）她還故意在我面前戴着晃來晃去，可把我氣壞了。我不許她如此，自然她立刻走了，可是讓爸爸氣得罷不亦樂乎，發了一頓脾氣之外，還取消允今年給的駝毛圍巾。」

「眞是太可恥了，」金小姐一等雲克斯換氣的空兒便搶着說，「傭人自當是傭人的裝扮，像他們在外國全是果然如此，我們也要省好些煩惱哪，」金小姐剛從外國遊歷回來，而且還帶回一個法國女僕，所以這麼說。

帕利正傾心聽她這位隔座的高鄰滔滔談述時，忽然貝麗向她附耳道，「老金嘴裏說得天花亂墜，但是不實行一點兒哩。她都將最好的舊衣裳賞給她的女婢；不是還弄出笑話來的嗎？那天，貝西將她主人不要的紫色絲絨外套搖搖擺擺地穿上大街，有一位克爾先生見了她以爲是小姐哩，便婢子當夫人地深深鞠了一躬。因爲這位先生的眼睛，近視得像隻夜蝙蝠，所以一看見了那套衣裳，便迅忙脫下禮帽行個最漂亮的敬禮。貝西將這笑話說給金小姐聽又格格好笑時，金小姐幾乎瘋得要動手打她，因爲老金很敬愛那位先生哩。貝西打扮起來實在不亞於老金的時髦，而且還要美麗幾分，她自己也知道的，實在叫人有點難堪。」

帕利禁不住好笑，但一聽雪克斯帶怒發話時，又立刻歛起笑容，雪克斯道，——

「罷了，叫化子的事我也聽厭了；我相信他們大半都是流氓假如我們大家不理他們，他們亦也能過得好好的。這一些慈善甚麼的，統共祇惹麻煩能了。那天能讓我平平安安過日子也就好了。」

「太多的慈善原是不可能！」忘記一切羞澀，帕利突然迸出一句。

「哦，眞的嗎！好啦，我卻不能違心贊同，」雪克斯戴上眼鏡，向帕利肅然一瞥。

我幾乎不好意思說帕利簡直就不能接觸着雪克斯而不連帶發生一種生氣或挑戰的情感。她雖強自解勸，可是不成啊，尤其當雪克斯擺起一付神氣架子時，帕利眞十分想賞她兩記耳光。那付眼鏡也是格外惹人生氣的東西，因爲雪克斯根本就不曾患近視，祇不過假裝着，藉此滿足她那愛時髦的心理。適纔她那高貴的一瞥，加上一句似恭敬而實譏刺的話，可激上了帕利的火，她斗然雙紅上頰，眸子一亮答道，——

「我不信我們在座的能喜歡享受那種自私的平安日子，而讓一些幼小的兒童飢寒交迫，讓不班不比我們大的女孩子因爲貧困逼得她們除了犯罪與死而別無選擇的餘地而去自殺。」一

斗然一陣沉默佈滿時間與空間，因爲，縱然帕利未曾抬高聲調，但自然語氣中流露出一種憤怒的情緒，後那班最愛嬉笑的姑娘們自然感覺輕微的激刺而生出同情；因爲卽是最摩登生活也尙未能十分泯滅女人的心靈，除非太長期的自私享樂生活，也許會。雪克斯第一個自覺慚愧；但她對帕利也自然而然有一種反對的情緒；而且常以挑戰激惱來滿足自己。這其中還有個祕密的理由，帕利不知道，便是因爲湯姆常將她高昇爲典型女郎而叫他的未婚妻模仿，這眞是這位年青的小姐所不能忍受而恨得她牙癢癢的。

「報紙上的大半的故事無非宣傳作用罷了，相信的人纔傻瓜哩，除非誰願意自尋煩惱。我就不，說到平安日子罷，我也不像過平安日子的人，第一湯姆就夠我照應的，」雪克斯說着還冷然一笑。

帕利的縫針斗然折斷，可是她亦不管，靜然地一瞥，甚致尖刻的雪克斯也噤住了，她道——

『無論如何我總不能不相信我耳所聽目所見的罷。你養尊處優地過着天堂似的生活，如何幻想得出你週遭的痛苦呀，但只要你能夠有機會望一眼，準會叫你的心痛，好像看了也叫我痛的一樣。』

『你也有心痛病嗎？有些人說我有。但你長得這麼好，我簡直不能相信哩。』

這一下雪克斯可刻薄得超乎衆人想像之外；帕利一聽這幾句話頓時臉色灰白。貝麗一見，便迸忙解圍道，——

『從沒有人譴責你沒痛人的心。我同帕利還算小，沒老到又硬又冷不憫恤人的程度，我們還是呆巴巴的常憐恤苦惱人，尤其蕭湯姆更是的，』貝麗喘不及氣地說。

這是一句雙關的俏話，因爲雪克斯是個定終身的大女郎，湯姆卻一直被人家看作的犧牲品。雪克斯立刻紅了臉，但她尚未及光火時，戴黃漠早又接口道，——

『說到憐貧恤苦的事，我倒常常想不透何以看到書上所描寫的苦事情反而能一把鼻涕一把眼淚的，而輪到你眼面前的事，我們反無動於中還要當作一件丟人的事，眞使我不解。』

『我以爲那是寫書的一種技巧，使我們喜歡而同情貧苦的人。但是我不能同意說眞實的事件便不動人。我想只要我們知道如何正確地去看去感覺一件事，結果一定好得多，』帕利安靜地說着，把坐椅從金小姐的北極圈內推出，移向溫和的羨漢前挨着坐了。

『可是我們如何纔能學得到呢？我以爲我們現在所做的已經盡了我們所能的。我們又沒有多少能力，卽或有我們也不知道如何用；而且我們也不該跑到那些髒地方去亂找需要援助的人呀。人家說的，「坐馬車出去做好事」固然在英國辦得到，然而這兒卻不行，』芳妮到此時方開口，最近她常想到一些在她以外的人，對於別人的事情也日漸地發生興趣。

『也許我們不能做很多的事；但是仍然有許多未成的事，很自然地落在我們頭上。我知道有一家，』帕利談着，加快針地縫，『那兒不論那個傭人進去，總變成女主人和小姐們興趣的對象。女主人訓練那些女人們一些好的習慣，書籍是放在他們看得見拿得到的地方，有時主人還爲他們計劃一些有意義的娛樂，不久他們便不再感覺自己僅是爲一點小工資而拚命做事的小人，而是家庭中的一份子，是被人愛護而且敬重着的，而且愛護和敬重的程度是依他們的忠實成正比例。

這位太太感覺到對他們有一種責任，便做出來，就好像她希望他們也做到責任一樣，我想那正是我們應取的態度。』

帕利敘完這一段話，幾對利害的眸子早發現黃漢的面孔很紅，而且嘴角上還牽着微笑，分明告訴人帕利是指着誰說的。

霏克斯卻不服氣地問道，『難道這家的女傭人都變成了聖人嗎？』

『自然不，變成聖人談何容易，少有人辦得到罷；不過那兒的傭人無論如何總要好些，不管他們是喜歡是不喜歡。其實我不應當提到這一點，不過我藉此說明我們女孩子可以做的一種工作。我們全抱怨傭人可惡，就好像我們都是家主婦一樣，但我們卻從不嘗試以升高主僕間的感情來彌補這椿缺陷。說到這兒，我還記起一件事，』帕利更高興了。『我們有多少人在買甚麼化妝品，娛樂的東西呀，都不怕花錢，唯其付到了工錢，尤其縫工，便嚙得要命，錙銖必較。果與我們就不能少買點不必需的東西而把他們稍爲付的寬裕些嗎？』

貝麗一聽不由想起上次如何的扣一個代她縫製極精緻的女工的工價，爲的是要省下一筆錢另購新衣的裝飾，良心斗然發現，喊道，『我一定願意！』

雪克斯接口道，『貝旎得了道德的羊兒瘋了，可惜不到一星期便要還原的。』

『你等着瞧罷，』貝旎心下決定這次準要爭口氣奮鬬到底，好塞住『那陰毒小淫婦』的口。這漂亮的名詞是她甜甜蜜蜜叫她老同學的稱呼。

『現在我們要看貝旎乘新駿馬騰驤而去哪。我一定不奇怪如果聽說她到監獄去傳道，或是拾個污穢的孤兒作義子，或是在女權運動會裏通過甚麽議案，』雪克斯諷着，她永不能饒恕她那張可愛的臉，又有那麽一頭的好頭髮。

貝旎一本正經地答道，『罷啦，我也許比那個更糟；我又想，與其像別人似地讓人登報甚麽的，還不如求自己的開心。』

『我提議我們休息一下，讓帕利彈鋼琴給我們聽。帕利，你可肯嗎？那一定與我們有益，她們全希望聽你彈，讓我代表請求你的。』

『那麽，固所願也；』說着帕利便走到琴旁坐下，是這麽可愛的態度，以致一班呵責的眼光都落到雲克斯身上，她這次也無須再用眼鏡幫忙了。

帕利從不太傷心或太惱到不能歌唱，這對於她像呼吸一般容易，而且像是她表現情感最自然的工具。她先無目的的抹着琴鍵好似斟酌唱甚麼好的樣子；繼而傳出了旣甜蜜而又傷心的調子，她唱起『哀嘆的橋樑』來。帕利也不懂何以選中了這一隻，就好似是天性使然似的，雖然歌曲古舊，然而直入聽者心的深處，而且帕利又唱的較任何次爲優美，因爲倩兒的回憶予她以任何藝術所不能給的哀感情緒。的確大家都受了影響，音樂原是最美麗的妖魔，少有人能抵抗牠的魔力的。這些姑娘們眞的爲音樂中的哀訴而深深感動；帕利也是忘記一切地彈着唱着，及至她一曲終了，轉過身來瞧時，一班和柔的眼光，告訴她那時那刻，一切愚蠢的區別見解，不正經的信仰都暫時因了一個女人的憐心而消失了。第一是貝麗公開的拿一條粗毛巾擦眼淚道，『那隻曲子總叫我要哭，又感覺到我實在不配過這麼舒服的生活。』

『幸虧這樣的情形還少，』另一個不肴報的少女道。

『我盼望你的話對，可惜事實不然，因爲剛剛三星期以前我還看見一個比我們任何人還幼小的女孩因爲病餓交迫而自殺，』帕利道。

貝麗熱切地叫道，『講給我們聽。』

感發那一曲歌已經先開了慈善之門，帕利方有勇氣將這故事講述出來，結果，姑娘們都放下工作來聽，等故事完結時，除了熱心的貝麗不用說之外，別人的眼也潤濕了。雪克斯的氣焰低落了；金小姐又拈起圍裙縫時，似乎手上多一種比鑽石還光明的東西；黃淡滿面熱誠佩服地起立向帕利面前一站；而芳麗也好似斗然心血來潮似的探出一張五元鈔票向盤內一擲，隨即傳過來口裏套着帕利的話道，——

『姑娘們，我知道你們一定喜歡幫助小倩兒重新開始一種較好的生活。』

此後眞是一幕可愛的景像，這些姑娘那麼迅速地探出自己的漂亮錢袋，又那多麼慷慨地竭力捐助，而當貝麗褪下自己的金針猶放在盤子裏說出那一套話時又迸出多麼叫人高興的贊揚！貝麗道，

『把這個拿去罷，我身邊是從沒有錢的，至少我身邊是存不住的，但我這次可不能讓盤子從

我面前空空過去。』

最後芳麗集合了一切錢物交給帕利，她用這麼一付快樂感激的表情，雙手捧住，眞讓人幾乎恨所捐太少了。她略爲結巴着道，

『我不能一謝就了事，固然這可以與倩兒絕大的援助，可是剛纔捐助的一段經過，更雙倍地與她有益，因爲這就能證明她不是沒朋友的人，而且可以讓她感覺世界上尙有她的地方。請你們讓她以工作來償還這筆錢；她不請求賑濟，她只求工作，不過我們最小的仁慈，最好的慈善是讓她兩樣全有。』

雪克斯像行好事般地說道，『我能給針綫讓她做，她要多少有多少，她要是需要個家呢，也可以就在我們家做。』

『多謝您，她倒不要個家；馬小姐已經分了一半給她，而且還當她是女兒哩，』說到這一層，帕利不免有驕傲的滿意。

貝麗叫道，『多可愛的一個老人兒！』

蕙漪附耳道，『我想見識見識她。可以嗎？』

『哦，當然哪；無論誰要我介紹她我都高興。她是一個安靜慈祥的老小姐，但是她卻行了一大堆的好事，也給你指明甚麼是最智慧的慈善。』

貝麗又道，『請將她說給我們聽。我確實願意盡我的責任，可是這麼一團糟，我實在不知從那兒下手。』

於是，談話很自然地轉到那不應因爲忙幼小而不關懷的偉大事工上面去。她們的臉愈來愈誠切，手指的轉動也愈來愈迅速，因爲這些年靑而銳敏的心，已爲這眞實故事中的新事實，新思想，新計劃所打動了，帕利因自己從馬小姐所學習到的不自私的敎訓，所以更能敍述得生動感人。小姐們開始感覺到這比閒談更外有意義，固然，無疑地一部分是因爲新奇；但最後的熱誠是眞實的，是與她們有益的。雖有好些人不到一星期已經全然忘記，但蕙漪，貝麗，和芳麗卻始終是倩兒的朋友，極慈仁地幫助她，使可憐的小人兒眞以爲是重新投胎又進入一個新世界一樣。論起成績自然當歸功於帕利，可是帕利卻因此更認識人生的眞意義，追本窮源她還要感謝馬小姐哩。

第十二章　禁果

一日早晨帕利起身推窗時，陽光與冷氣一齊向身上襲來，不由血液加快流動起來，她的眼睛也閃灼着青春健康和活潑飛揚的朝氣，禁不住自己和自己道，『我悶死了！我要點兒趣呀。我實在應當出去到甚麽地方好好暢遊一下；再株守在這兒實在是不可能了。現在我做甚麽呢？』她無聊地撒着麵包屑喂每天來喫的鴿子；而當她注視着那些發光的頭子，小小的紅爪時，不由運用着腦子要想出一個不尋常的娛樂，委實近來她的心靈來拘束了，簡直到蹦躍管不住的情形。

『我聽歌劇去，』她斗然向鴿子說。『我知道很貴，可是實在好得了不得，而且音樂又是我的嗜好。是的，我要購兩張極便宜的劵，送個條子給月爾——可憐的人兒也同我一樣沒處玩，——我們可以坐在角上好好享受一下，像藍查理(Charles Lamb)和他的妹妹一樣。』

說完之後帕利砰一聲將窗關上，嚇得那些和柔的小鴿友們拍拍飛起，對她又唱又談，似乎帕們保守安靜也是不可能的事。她提早去上第一課，好勻出工夫去購票。當她將五元鈔票遞向她的錢袋時，心下暗祝票價不要太貴，因為她感覺那時已經無力抵抗那要去的慾望。但結果卻省卻一番交戰，因為到戲院時，購劵處已經擠得水洩不通，而轉過來一排排的失望眼光明告訴她是絕望的了。

「好罷，我也不在乎；我再到別處去，反正我總得玩一下就是，」她堅決地說着，失望似乎更開她的胃口。可是戲票既然購不到，她只好轉回工作去，讓錢在口袋裏咬人，讓無數海闊天空的計劃在腦子內迴旋。中午時她亦不回家午飯，卻跑到館子裏喫了一客冰淇淋，她竭力要叫自己感覺愉快。可是結果卻說不上成功；將畫片鋪子跑了一遭之後，她到瀟家去給毛頭上課，心裏想到生活的臉必得壓抑一切的慾望仍然做個可憐的小音樂教員，覺得萬分委曲。

幸虧這種難挑的感覺並未延長太久，因芳麗一見面便問，——

「你能去嗎？」

「那兒？」

「你沒收到我的條子嗎？」

「我沒有回家喫飯。」

「湯姆請我們去聽歌劇，再——」芳已無法說下去，因爲帕利早樂得大叫起來又拍着手掌。「去？自然我願意去哪；今天我簡直想去的要死，早上買票又買不到，一直把我氣到現在；現在——哦，好極了！」帕利簡直是喜極而跳，這意外的喜樂委實迷糊了她。

「好啦，你先來喫茶，我們一齊裝飾，然後我們同湯姆寫寫意意地去，今天湯姆的脾氣好得了不得」。

帕利卻又有她的心事，想去賺一副城市裏時行的漂亮手套，所以答道，「我還要跑回家拿點東西哩。」

「哦，你用我的得啦，我那件白色外套，你可以穿，再有別樣小東西你要甚麼拿甚麼。湯姆跟小姐們去外，歡喜她們穿得講究，纔配得過他哪，你知道，」芳麗說罷自去小睡去了。

可是帕利決定不要借人家的帽子，卻想去買一頂新的，因爲在如此興奮的狀態下，赴這麼難得的機會，似乎任何奢侈品都不會顯得太浪費。我怕毛頭的那一課她也沒有平時上的認眞，因爲帕利的腦子裏混滿了這多的帽子，手套，外衣，扇子等，所以祇讓毛頭隨她的小意思亂撫一陣將時間磨過去罷了。等鐘點一到，帕利一溜煙跑出去，不但賒了帽子，手套，還有面紗，一朵淺紅色玫瑰絹花，那是早幾個星期在一家店鋪的窗上懸着就誘惑着她的；於是挾了一包東西回家仔細裝扮起來了。

「我簡直像發瘋般地亂花錢了，但是一瘋就管不了呀，我情願喫一禮拜麪包白開水把空子補起來。我應當打扮好看些，因爲湯姆很少請我出去，而難得她還回想到我，我不能隨隨便便的。我也願意同別的女孩子一樣呀，就這一次下不爲例，讓我暢暢意意地樂一下，不管甚麼對呀錯的。好，現在再拿根紅緞帶一結，那麼再將最好的高領弄好便成哪，」她自言自語地，忙忙的又打開妝奩取出緞帶，那股子高興眞叫人想到少女聽歌劇實在是件大事情。

做書的有點私人意見便是我們窮女孩平時太拘束太苦悶，一旦有個機會給你見見世面，你會快樂得手足無所措。像帕利便是個好例子，看她包好帽子，洗好澡好最精緻的衣服，上皮鞋油，修補扇子，最後穿上一件小巧的黑綢衣，又將一些小的飾品釧在紙上，然後向爾家出發，一路似乎難以保持步伐的安詳當她的心在腔子裏亂跳的時候。

帕利進客室時正逢毛頭在奏布希米人的舞蹈曲，她不由得依着節拍跳着舞步進來，剛巧湯姆也坐在那兒，一見如此，又不由地上去托着她的腰，二人很起勁地舞了一場，直至毛頭完了一曲放手方止。

『哦，好極了！湯姆，眞多謝你今天晚上請我。我眞開心極了，』停舞時帕利大喫着，帽子已經落到頸後去了，頭髮也似在大風裏吹的一樣。

湯姆見她快活也覺高興，遂謝道，『你賞光我高興之極。我自已也是常想我們家裏能有個宴會聚聚就好了。』

『霽克斯生病了嗎？』帕利問。

『上紐約去住一星期。』

『噢，怪不得，貓兒走了，老鼠放肆。』

「對極了；來我們再跳一次。」

他們還未及開始，卻見一隻小狗口裏啣着一個紙包斗地向屋外便跑，帕利已拍起手來大嚷道，——

「我的帽子！哦，我的帽子呀！」

湯姆莫明其妙地四面張望道，「哪兒？甚麼？那個？」

「狗啣去了。搶下來，搶下來！」

「好，」湯姆三脚兩步地追出去了。

斯力樸，那隻小狗，明顯地像頑到了最有趣的遊戲一樣，以為賽跑有意思極了，搖着嘴裏包子當作老鼠似的，拼命地從這間房跑到那間房，無論主人跟在後面是叱喝是哄騙都不停止。帕利也是跟在後面，滿心焦急，毛頭便大笑，情形亂到一團糟，辭太太竟打發人下來詢問是否有人發半角瘋了。直至最後聽得一聲哀號，隨即報告賊捉到了，然後湯姆一手扯了斯力樸的頭毛，一手提着帕利心愛的帽子出現了。

「小壞東西正要撕壞帽子哩，我追着牠的時候。我怕牠已經喫了你一隻手套，因爲我尋不着，而這隻也被牠咬得不成形了，」湯姆說着將斯力棲兀自握住不放的破手套拾下來。

帕利嘆一聲道，「這樣反好。我本來不應當買新手套什麼的，祇想今天晚上特別美一下的，誰知又遭了天罰，還是美不成。」

湯姆問，「還有別的東西嗎？」

「僅有一副袖頭和一副領頭；大概已經進了煤灰箱，」帕利絕望萬分地說。

「剛纔我奔跑時看見飯堂裏有點白色東西，也許是的，毛頭去拿得來，讓我們來補償損失，」湯姆說着將小囚犯向鞋子房一關，牠倒捲起身體自管睡了。

不久毛頭已經取了失落的寶物回來宣佈道『一點兒沒壞。』

「就是我的帽子也沒壞，我真高興到極點，」帕利也正在檢查她那頂帽子，用那麼大的戒心和不安，叫湯姆都看得發起怔來。

「我也是，因爲今天的確是個不平凡的時髦小事情，」湯姆同意地說。帕利也許知道湯姆很愛淺紅玫瑰花。

帕利猶疑道，『我怕顏色太艷了罷？』

『一點也不有幾分像新娘似的。一定好看；戴上去讓我看。』

『頭髮散成這樣我決不能戴。你別朝我望等我整理好再說，請你也別告訴人我的行動。我想今天晚上眞有點發瘋了，』帕利說着，集攏她的寶貝準備到芳那兒去。

『帕利，發瘋最美麗，再來一次，』湯姆看她披頭散髮的神情更外動人，望着她笑着走的背影答着。又悄悄和毛頭道，『去將那姑娘裝扮起來，她有種瘋狂憤怒的美。』

帕利走在前面已經聽見了，心裏好笑卻決定照他的話實行，『反正只有今天一晚，』她自語着；從扶梯向下望，見一陣鬨，一陣跑將湯姆的正經氣去了好些，不禁高興。

朋友兩個先在樓上品了『幾杯茶，』然後方各人佔據了一把鏡子，開始修飾。那晚帕利打扮的那股子熱誠眞是好看。她先將平日盤緊的辮髮完全打散，讓一些金黃色的鬈絡兒任意出現，尤其額前鬢邊的幾綹分外惹眼。裝領頭袖頭也是吸引她全神的工作；還有照樣貼在酒渦旁邊的眞眞一小塊符藥也費了她不少心血，委實那塊小東西增加無限風流，帕利要不是藉口劃破一塊皮，她也不敢貼吧。最後穿上白色週遭有飾物的外套，眞所謂又風流又嫻雅，帕利不免對着穿衣鏡進進退退走了無數趟以練習近日波斯頓流行的行走姿態，胳臂向後肩膀向前，一欠腰一滑步，倘而還輕輕一蹤。到最末了戴帽子時，帕利又一次嚇得不敢喘氣，直到帽子平平安安上了頭方才放心，而紅玫瑰也在一雙手之間伏伏帖帖地傍着光滑的鬢邊。至此大功告成時，帕利實在無力拒絕芳情頭借給她的金手釧和中間有小鏡子的扇子。

「如果我覺得打扮得太利害我可以將這些盛在口袋裏，」帕利敲着手釧說道，但一經將扇搖了幾搖之後，她感覺到放下簡直是不可能，釧扇輝映的光太迷人了。

芳麗還借一付三個鈕子的手套給她戴，可十分稱了她的心；而當湯姆迎着喊「這是神入非賞的奇景怎麼，帕利，你美極了！」時，她眞感覺她的「趣」是的確開始了。

「帕利可不像個可愛的新娘嗎？」毛頭園着兩個姑娘走，心下思量等自己長大去聽歌劇時是穿藍衣還是白衣。

『那還說，括括叫的一個！讓我向你致賀詞——太太，』湯姆頑皮地上前行個結婚式的鞠躬，又向芳飛惡作劇地望了一眼。

帕利一聽不由臉紅過玫瑰，發話道，『滾過去！你怎麼敢？』

『如果我們是要聽歌劇的話呢，現在該是動身的時候了，馬車已經等了好一會子，』芳冷冷地發着言，用極不平常的高貴態度走出屋子。

下樓梯時湯姆附着帕利的耳邊問道，『帕利，你不喜歡嗎？』

『喜歡極了。』

『你揀個兩點：』

『我這麼喜歡音樂。如何管得住呢？』

『我談的是老同。』

『那我便不。』

『你最好試試他。』

『讓我想想再說。』

『哦，帕利，你到甚麼地方去？』

『跌到街心裏去，』說着她一滑眞像要跌的模樣，湯姆連忙中止笑托着她進了馬車，裏邊芳麗早高高坐好。

『這纔闊哩！』帕利心下自語道，竟好似『玻璃鞋女郎』第一次乘車赴跳舞會的光景，不過帕利的心目中有兩個王子，而當時的玻璃鞋女郎一個也無。芳麗坐在那兒並無多談話的表示，而湯姆則一路絮絮叨叨講一些可笑的話，帕利恨得說不再聽他了，便轉過頭去哼起歌劇上的調子。縱然如此她仍然聽進每個字，氣得帕利決定一有機會便要懲治他一下。

他們的坐位是在一座包廂裏，剛還沒有坐定，便已發現後面坐的兩位貴客，一位是司先生，一位是芳麗的老朋友蔡蘭克。

帕利免不得和他們一一招呼，轉過身來見湯姆掛着一面孔笑意，便和他附耳道，『你這鬼東西；你存心的。』

「我賭咒沒存心。這是吸引定律，你看不出嗎？」

「只要芳喜歡，我反正不在乎。」

「我想她隨和了。」

果然不錯，她正以極愉快的態度和慕蘭克有談有笑的，而司先生呢卻滿臉狐疑的神氣上下打量帕利，似乎不明瞭何以一個灰色蟒蝽忽然這般快變成白蝴蝶。人要衣裝，尤其女人要衣裝是件人人俱曉的事實；便是最機敏的人罷，也不能不承認穿一件漂亮的衣衫，換個文雅的髮式，或是一頂能襯映出面部無數美點的帽子會與人多少快樂。曾經聽一位大人物說過，她那最愛的妻子第一次吸引他注意的是她一身白洋紗衣，襯着椅後的藍色圍巾。先是衣裳牽住他的眼睛，不得不賞鑑，繼而注意到穿衣的人，幾句智慧的談話，便發生了好感，終而過一些時，女人的甜蜜溫柔獲得了他的心。我懷疑也不見得是如何出色的一件衣，不過恰恰投了對方所好罷了。聰明人自然深知這一層，但無論誰仍然不免爲第一次印像所影響，實在是無可奈何的事。帕利縱說不上極其聰明，但週圍的人明顯今晚看得她較平日更嫵媚動人她是覺得的，像湯姆的崇拜，司先生的興趣，慕蘭克由衷的稱讚，都使她感覺到自己已由低微的小音樂教師而升爲都市名妙了。

平時帕利很輕蔑這類事的，但今夜卻有點異樣，不曾大氣哼一聲——事實上且是很喜歡的模樣，無忌憚地讓金手鐲在一切男人的眼光下閃晃，似乎覺得讓他們看出自己美是一件好事。可是，她依然忘記一件事，便是她固有的喜樂心情，忘記一切地在全神欣賞作成一種人人喜歡看的畫圖。那音樂，那光輝，那服裝，那隊隊增加她無限興奮，結果平日做夢也想不到的話都說了做了。她不曾有意獻媚；但她卻自然媚人，一半也因爲湯姆不住的在旁邊引逗，加之司先生用種新奇的眼光望着她，因而一發不可止了。帕利的媚態完全是一種最新式的模仿，即喀克斯若牌公司也分辨不出；但帕利一出場的成績已經很好，便因爲她已知道其中款竅；她像是剛發現一份禮物似的在學習着使用，雖知道用起來很危險，然而實有一部分的美，在事實上，所以她仍不放棄。

湯姆開始很莫明其妙，帕利這突然的轉變，繼而才大悟，最後決定她定是採納了他的意見，願意下嫁司先生了。至於司本人呢，他是個溫柔的性情兒，從就沒想到這一點；祇不過想小帕利已經由少女而成長到美麗可人意的婦人了。他是從帕利第一次進城時便認識了的，一直就喜歡着這孩子，今年冬天帕利的計劃成功他也代她歡喜過的而且還盡了他所能盡的忙；然而他卻從未想到會與她發生戀愛甚麼的，直到今天晚上。現在他開始想從前對這小朋友所取的態度未免疏忽了些；不知道她竟是這麼一個飛揚活潑可愛的姑娘，而命運卻不許她常樂常美，常享受，又是多麼不平的事她是準能作人家第一等的好妻子，而且像他妹妹說的好，現在已是該安排的時候了。他瞧着前面的小白色背影，這些念頭便在心裏轉來轉去，感覺得音樂也像施了魔術一般的，而且每個人也像較平日都多一種說不出的喜樂似的。論起歌劇，他也聽過不少次數，然而就好像從沒有這次的好；也許，便因爲從沒有這麼一付漂亮年青的臉蛋如此挨近地靠着他，而且那面孔上時時因音樂而產生的哀樂因劇中羅曼斯所感動的變化，又叫他移不開眼光去。帕利並不知道是因爲這些緣故，他總傴僂着身子和她談話的，又用着這麼一種叫她不懂卻叫她很喜歡的表情。

「帕利，別瞅你的眼睛；今晚你眼睛裏似乎滿了哀感似的。我喜歡看哩，」湯姆無聊地瞪着將她的眼望了半天說着，似乎要知道她的睫毛長曲到甚麼程度。

「我其實不願意像是受感動似的；但是音樂表現故事比做作好這麼多，我實在忍不住總是看了，』帕利答着，暗祝那一滴很巧妙被擦去的淚珠，不致爲湯姆看見。

『現在我還是喜歡戲劇了；音樂好，不錯；我知道；但是有一樁討厭的就是將人們的祕密用那麼高的聲音宣佈出來。』

『那因爲你羅曼斯的氣味太少。我倒不嫌討厭，而且還希望去安慰安慰那心碎的女郎哩，』當幕在一幕極哀感動人的佈景下綏綏落下時，帕利答着。

『那個甚麼人呀，眞是個笨東西，那女人愛他，他都看不出；我想在我們眞正生活中，我們沒有人是那種傻瓜，』湯姆有好些事，懂是不頂懂，卻有固定的意見，發表時總是很認眞的。

一絲怪異的笑掠過帕利的嘴角，隨卽藏起目鏡遮着眼睛答道。

『我看你有時候就是傻瓜；不過女人現在都學着戴假面具，也許那就是緣故吧。』

『我不同意這個年頭，面具確是小而珍貴的東西哩，我還希望多點兒哩，』湯姆想起許多妙齡女郎以乞憐的目光哀懇他不要讓他們的青春空空掛誤。

『我不那麼希望，可是事實上卻多出所能想像的哩。』

司先生聽帕利那付愁苦的音調，不由笑問道，「你又能懂些甚麽破碎的心憔悴欲絕的人呢？」

帕利向他一瞥，酒渦兒一轉，不由又容光煥發地笑答道，——

「我懂的不多；然而我的時候也到了。」

湯姆道，「我簡直不能想像你垂着後面的頭髮在人世漂泊着哀傷你那狠心腸不愛你的愛人，將要是如何一種景像。」

「我本人也想不出；反正我不致於像你所說的。」

「不，帕利小姐決不會顯在臉上，一定依然笑，做出小說上的行徑；本着憐愛去服事那沒有心肝出天花的愛人，或是甚麽別種傳染病，然後像天使般地死去，讓他綿綿無盡期地含恨而終。」

司先生講完這幾句諷刺的言語，很叫帕利生氣，她最恨人家當她富於情感，於是她向司先生冷然一瞥，堅決的口吻道。

「這也不是我的行徑。我不願意早早死去，如果不可能呢，我也得幹得好點。失望不見得會將女人變成蠢物。』

湯姆見她如此認眞，不由好笑道，『失望也不見得會將女人變成老處女呀，若她是又好又漂亮的話；你代我記住，無論如何不要惹一個笨男人。』

司先生又加一句道，『我也不相信帕利小姐對這一層有極輕微的可能性。』

『克萊拉出場啦。她嫁後到如今我不過纔見過她一次。她倒有多美呀！』帕利說着又架着眼鏡看戲，心想談話漸趨於個人了，不便再談下去。

『你看這是個另一種醫治單戀方法的女郎。不家說她愛貝麗的哥哥；可是他不接受，卻遠走到印地安去弄壞了自己的身體，所以克萊拉嫁給一個比她長二十歲的丈夫，而婚後所得的安慰是裝扮成城中最豪貴服裝的婦人。』

『那就是代價，』湯姆一段長耳語完畢後，帕利答。

『甚麽是代價？』

『眼睛的倦容。』

湯姆從鏡中照了一回道，『我看不見。』

『根本沒盼望你能看見。』

司先生插嘴道，『我懂你的意思了；這種年頭，萬千女人都有那種倦容。』

湯姆忍不住問道，『老先生，她甚麼事倦呢？』

『她自己，』帕利答。

湯姆叫道，『你唸法國小說了，我知道的；那裏邊的女英雄們就是這種行徑。』

『我一本也沒唸過，少年人；我明顯是你自己唸過的，卻來冤人，我看你免開尊口罷。』

『我唸是唸，不過補充法文罷了，我卻不喜歡。請問你小姐，何以變得這麼聰明呀？』

『先生，道全憑觀察。我喜歡注視人家的臉，我很少見過一個成長的婦女有二十四分快樂的。』

『帕利，你說的對極了。我想你也不會說出再對討的話了。不過，我知道尚有一個人是例外，就在這兒。』

『那兒？』帕利發生了大興趣地問。

『你直向你前面望，便可看見了。』

果然帕利向前望了，但望了半日，止有湯姆擧着的扇上小鏡中的自己的反影，還有湯姆張望的笑容。

『難道我的様子快活嗎？那我眞快活，』帕利不禁又仔細對鏡自賞。

兩位少年人都不免想這是女性的虛榮，對她様直的表示不禁微笑；帕利對鏡的意思是找比美麗再深刻的東西，幸喜未曾尋到。

『帕利，鏡中人影好看嗎？』

『我的帽子很正，這就是我所關心的。你可見過×××的像片嗎？』帕利迅速的問。

『沒有呀。』

『好罷，在這兒。可是廢登化了，』她轉過扇子，鏡子恰巧照着他。

司先生從後面見了這套無意識的事，忍不住也插上來問道，『你的美術展覽室內再有照片嗎？」

「再有一個。」

「你叫牠甚麽？」

「紳士的像；」說着小鏡子立刻又映出一個喜樂的面孔。

「多謝您；我高興我尚未羞辱我的名，」司先生說，瞅着那一雙快樂的藍眼睛，而那兩隻亮晶晶的眸子正默默地表示對他予她的種種女人不能忘的小恩惠的謝意。

湯姆撫着自己的黃色羊皮手套，贊成的神氣附耳道，「好極了，帕利，你簡直進步得很快。」

「佧嚓！啊喲，倒有多熱啊！」帕利低喝着又向他一皺眉，可把他樂得心都跳起來。

「出去喫客冰淇淋去時候還多吶。」

「芳正在興頭上，我不好意思鬧她，」帕利答道，心想她的朋友也與她一般起勁哩——誰知大謬不然，芳那樣高興不過是裝的罷了，她雖竭力想參加他們這一組，然而因爲有一人不曾示意，她便寧死也不願自動過來。所以她儘管面上高聲談笑，而肚子裏卻着實又失望又懊惱，又不懂帕利何以會變得這麼快樂這麼自私。

你要看帕利的那付架子實在好笑，就好像她是另外一人而自己不過是做戲一樣。她慨慨地欹倚着，一若眞是過份的熱使得她嬌柔無力似的，讓司先生代她揮扇，又從身上花球中抽出一朵來賞給他作爲慰勞——這一切都予湯姆極大的興趣，只有後來偕將他當作一個好朋友時有點不高興。

當幕再開時，湯姆又和帕利耳語道，『帕利，再進一步，求最後的勝利，我預先祝賀你。』『這不過是趣的一部分，所以你別笑，你個不長進的孩子，』她也耳語着，那種緊調卻是司先生永遠聽不到的。

湯姆不頂喜歡她對待他們兩個的不同態度，尤其『孩子』二字很喪失他的尊嚴，因爲他今年已是二十一歲，帕利理應對他客氣些。說也怪，司先生肚子裏也正在難受，巴不得處在湯姆的地位纔好——又年靑又漂亮，又有一位熟識到可以隨便呵責的女友像他和帕利一般，這時帕利又已經專心注到音樂上面去，剩他們二人不住的看看她想想自己的事，究竟音樂聽了多少沒有人終久，劇終人散，大家等着出來的時候，帕利聽芳和湯姆耳語，——

「你想雪克斯對你這樣要說甚麼呢？」

「你是甚麼意思呢？」

「怎麼，就是你今天晚上的行徑呀。」

「不知道，我也不管這不過是帕利罷了。」

「我就說那個，她最見不得帕。」

「你若不小心，怕你要樂極生悲了。帕利現在懂人事了。」

「好罷，她見不得我見得；我不懂何以我不能像雪克斯一樣尋快樂。」

「我纔喜歡哩，司先生也喜歡」

「我說是爲你好。」

「別爲我擔心事；我那一位的教訓已經聽夠了，實在不能再聽了。帕利，來。」

她挾着他伸給她的手膀，然而她心事卻又酸又痛，因爲那句『不過是帕利，』重重傷了她的心。『好像我不是人，沒有情感知覺似的，祇是爲人們作工或開心似的！芳與湯姆都弄錯了，我要給他們看帕利是眞的懂人事了，』她氣氣地想着。『爲甚麼我不該和其餘人一樣地尋樂子；除此，那不過是湯姆，』她想着寧克斯，不由苦笑一下，肚子裏又加上這兩句。

湯姆俯下身來望着她的臉問道，『帕利，你累了嗎？』

『是的，因爲我們不是人。』

『嗅，你怎麼不是人你是帕利呀，而且你再發狠也不會比現在還好呀？』湯姆温暖地說着他原是愛帕利，尤其這一刹那不平凡的時刻。

她聽說方抬起頭來道，『無論如何，你這麼說我很喜歡；被人愛原是可樂的事，』臉又亮了。

『我一直就喜歡你；你不知道嗎，從那第一次見面就起始的。』

『可是你卻可恥地一直欺負我取笑我，還說哩。』

『從前的確是，但現在我可不敢了。』

帕利不會回答，湯姆又加倍懇切地問道，『帕利，對不對？』

她很不自然地答，『又是一種方法罷了，湯姆。』

『好啦，我下次再也不犯了。』

『你要犯的；你就管不了自己。』帕利的眼睛望着前面和芳麗一路走的司先生。

湯姆笑了一笑，藉着人擠的機會將她又拉緊些極其柔溫地說道，——

『難道她不喜歡因談愛人的事而生小氣嗎？如果我幫她的忙，下次包就不會了。可憐的小東西，當眞她碰歪了她一頂帽子她就發脾氣嗎？』

帕利忍不住噗哧笑出來，此後，不管是多麼擁擠，她倒很開心地走着這一段從園裏到門外的短短路程，因爲湯姆招呼得這樣好，以致走完時她意覺悵然若失哩。

回家以前他們還去喫了一頓小館子，帕利又唱了一曲滑稽的歌劇，把他們笑得不亦樂乎，因爲她又樂起來了，而且她決定在重進那枯燥的生活以前，一定要享受到那所謂『趣』的最後一滴。

最後互道晚安時，帕利道，『我今天真的暢快極了，眞眞多謝不盡。』

『湯姆握着她的手幫她拉着手套說道，『我也是啊；我們明天再去，好不好？』

帕利搖頭道，『不要罷，請你也隔些日子；太多的享樂會弄壞我的。』

『我不信。晚安「甜蜜的馬小姐，」像老司叫你的。祝你睡得像個安琪兒，不要夢到——我忘了，不許再取笑的，』湯姆行個戲劇式的別禮自去了。

帕利上床，醒着半日，末後快睡熟時方道，『好了，一切都過去了。』然而事實並未一切過去，帕利尋趣的代價還不止那手套，那帽子，因爲既然食了禁果於前，便得有相當煩惱的代價於後。其實她想尋點樂趣原是無害的事，可惜她縱容了能坑陷靑年女子的各種小誘惑，而且危害到別人的比自己還大。從那晚，芳妮對她的友誼冷了一截。湯姆希望霏克斯能如帕利一半滿人意也好，而司先生也起始建築了一些沒有根基的空中樓閣。

第十三章　陽面

『湯姆，我們打的賭你輸了。』

『什麼賭，我就不知道。』

『你不記得了嗎？帕利一做事的時候你說她不到三個月一定會厭倦而放棄的，我則說她不會。』

『難道她不是嗎？』

『一點兒也不呀。不過我想她有個時候是有點，不看她總是掛個大長臉來訴苦說是實在喫不消了。但後來，她總是愉快飛揚，像是很喜歡她的工作，再沒有從前的那付苦悶樣子哪。如今三個月是滿了，你賠東呀，湯姆。』

『謹遵台命。請問你要甚麼呢？』

『你賠雙手套得啦。我總用得着的。一同爸爸要錢罷，他總是愁眉苦臉的。』

芳麗又繼續練琴，其間有一分鐘的停頓，湯姆交挽着胳臂支着下巴坐在大椅內沉思。最後發言道，——『帕利就像沒有從前那麼肯來走動似的。』

『是的，她似乎很忙；新朋友一大堆，——老太太，鍼線女郎甚麼的。我雖然想她，但是我知道她做好事不久便會厭倦的，而厭倦時她自然會來的。』

『小姐事情不要拿得太穩了，』湯姆的聲音很奇突，不由芳麗轉過身來問道，——

『你何所指？』

『好罷，依我看，司定尼是帕利的新朋友之一。你不看見帕利有種不尋常的喜樂，不就是那緣故嗎？』

『胡說！』芳麗尖削地道。

『盼望你的話對，』湯姆也冷冷地回答。

『你怎麼想到這一層的呢？』芳麗背過身去問，藉此掩了自己的臉。

『是這麽樣的，我幾乎每次在同一條路上不是碰見司定尼便是帕利；女的態度像是發現了不尋常的寶物一般，男的便好似整個宇宙都飛快地帕利化了似的。我奇怪你何以看不出。』

『我早就看出了』。

這次又該是湯姆表示驚異了，因爲芳麗的音調那麽奇突。他向她釘着眼望有一分鐘之久，祇見一隻紅耳朵和低下的頭。一片疑雲籠著了湯姆的臉，他將下巴向膀彎裏一擱，絕望地噓了一聲，像是自語地說道，——

『可憐的芳！我們二人同有了困難。』

芳麗無聊賴地彈一二節之後，復問道，『你想那不是件好事情嗎？』

『是的，於老司好。』

『難道於帕利不好嗎？怎麽，他又有錢，又聰明，比你們這班一無所長的人好多了。一個女孩兒家除此還希望些甚麽呢？』

『不能說，但我總以爲他們二人不相匹。』

『湯姆，別作小人樣子。』

『多謝你罷，我看帕利不過哥哥看妹妹的關係罷了，難道還有甚麼別的念頭？她是頭等的女孩子，我以爲她應當嫁給一位傳道牧師，或是你的那班改革家，作一種甚麼光彩對。我以爲她不適合祇作個貴婦人甚麼的。』

『我也這麼想，我也盼望她能碰到機會。』芳麗明顯地想將話說得仁愛些。

『芳，你好極了！』湯姆也着意地將頭一點，似乎他懂她言外之意似的，隨又接下去道，『你聽着，我們沒有一點兒事情，除非一點小調情，但那實在不算一回事。』

『等着看罷。』芳又開始唱起歌來，剛巧湯姆的馬也回家了，所以他臨走時，用種不尋常的溫柔輕輕撫着芳的頭，說道，——

『那是對的，親愛的，常快樂。』其實這並不是表示同情的最嫻雅的表情，然而芳麗心裏卻很感激，雖然她口裏祇答，——『不要跌斷你的頸子，湯姆。』

湯姆走後，芳的歌也像忽然而起般地劃然而止，她坐着開始陷進沉思的狀態，臉上迅速地表示着不同的變化，似乎一會兒懷疑，一會兒又爲難的模樣。最後將琴書一總堆好一搭，絕望地一瞥，自語道，——『是的，我能，』過一分鐘又道，『今天是帕利的假期。我去看看她，如果她有甚麼事情，我總能探出來。』

說這句話時，芳麗禁不住微顫地雙手捧着臉；然後立起身來，面孔那麼灰白，竟像去摸索不可知的運命一般，收拾好什物，便飛快地走向帕利家去。

禮拜六早晨是帕利掃除的日子，所以芳到她家時，正見她頭上包了一條方手巾，結着大圍裙，在佈置那小巧整潔的屋子最後一角裡，她的一雙手，加上水，加上空氣，弄得那間房既光明又新鮮。

『剛巧趁門收拾就緒，貴客來到。我祇要剝去這身小傭人的號衣，就變成小女主人帕利哪。你這麼早來看我，實在好極了；寬衣罷。又是一頂新帽子嗎？你個花錢小鬼！你媽媽和毛弟好嗎？今天好極了，我們出去走不好嗎？』

帕利致完了一串歡迎詞之後，將芳安置到她旁邊的小沙發上坐下，又如此春風滿面地望着她笑，叫芳也不得不回着笑。

芳靡望着那一付水汪汪的眸子道，『我來看看你這些日子幹些甚麽來着。你也不來報告，我記掛着你，就這早趕來啦。』

帕利答道，『我一向忙極了；但我知道你不在乎聽我做的事，因爲都是你不大喜歡的。』

『你上課不見得用去你全部分時間。我猜你另外還有與功課一般忙的事情罷，小姐？』芳故意擺出一付嬉戲的板面孔，藉以掩飾心裏的急切。

帕利卻正經地答道，『不錯，我有。』

『是甚麽？戀愛嗎？』

帕利的雙頰倏然湧起兩朵紅雲，偏過頭去笑着道，——

『不，是友誼和佳美的工作。』

『哦，眞的嗎！不敢，請問誰人是你的老師呢？』

『我的老師不止一個哩；但馮小姐是我們的主任老師。』

『她又教你們做佳美的工作；又上你們友誼的課嗎？』

「哦，那般可愛的姑娘們|芳，我眞盼望你能認識她們。她們眞是又懂事，又勇毅，又仁愛，又快樂，我每逢看見她們都叫我得益處，」帕利滿面熱誠地說着。

「就是這一點嗎？」芳的面孔上傳出一種失望中挾着放心的奇怪表情。

「是的罷，我早告訴你，我的事不會叫你發生興趣的，可不是嗎，比起你那些可喜的經歷，我的事簡直平淡無奇。讓我們調換題目罷，」帕利也像鬆一口氣似的。

芳麗忽然瞥見鋼琴上一瓶紫羅蘭花兒，不禁猶問道，「啊喲，甚麼多情的人兒這麼早送這麼嬌豔的紫羅花來？」

「他曉得我喜歡，所以每星期送我一次。」帕利不由滿了喜樂和驕傲地轉向那邊望。

「無疑地一定是個極其敬愛你的人囉，」芳麗說着停下來嗅那香氣，又瞧瞧擱在旁邊的一張片子。

「現在你知道了，可是你可別取笑我。我從不向人說我們彼此相愛，因爲人家要說我們傻的。月附在我心中的地方實在抵不上建米；但他竭力討我的喜歡，所以爲這緣故我十分愛他。」

『月爾嗎？』芳麗的聲調那般尖銳，那般急然，使帕利一慌，不但此也，而且芳的臉在一分鐘內又紅又白，不知如何一來，她一閃手瓶子也給他弄翻了。

帕利連忙拿了抹布來擦鋼琴問道，『自然是月爾；你當我在說誰呀？』

『沒事，我想你正問甚麼人講不平凡的交情哩。我覺得負有責任的，你知道，因為我告訴你媽當心你的。花沒壞。我的腦袋痛得要命，今天早晨我幹些甚麼我都莫明其妙。』

芳麗說的很快，不自然地笑了一笑，又回到沙發上坐了，心下還猜不透帕利的話是眞是假。帕利見她留意片子，也有點猜到她的心思，所以取了片子回到她那兒，古怪地望着她道，——

『你以為是司定尼送的嗎？那你錯了，下次你有甚麼事問我，最好爽爽直直的問，不要繞個大灣子，我還喜歡些哩。』

『哦，親親，你別生氣行不行；我不過說笑話子罷了。因為湯姆傻頭傻腦地疑惑你們有甚麼事情，自然我也就發生了興趣啦。』

『湯姆！』帕利問，『他知道我的甚麼事，又關心我甚麼事？』

『她常常碰見你們兩個在路上，也許他自己是個多情種子所以爲你同司定尼也幻造一幕羅曼斯出來了。』

『我眞眞多謝他這麼關切我，可是心思都白費了，多謝你。』

芳的第二步詢問又僅予她朋友一陣慚羞，她未免自覺羞愧，自然心是放寬了，可是到這兒實在無話可答了，無可奈何，便祇好抽抽噎噎地哭起來，這一來倒又哭軟了帕利的心。

帕利心裏想，『原來這就是她這一冬所隱藏着的心病嗎？可憐的東西，我早點知道也好啊，』面子上卻竭力安慰她，替她抹，給她香水嗅，又陳說許多同情於頭痛的話，卻留神地避免提起那女人的另一種告人不得的心痛病。

『現在我好點子哪。我早就想大哭一場的，這一來該好了。不要緊的，帕利，我是又倦又有神經病，近來我舞跳得太多了，胃病也是叫我不能高興。』芳麗揉着眼睛笑起來。

『那自然的；你需要休息和撫慰，其實我應當代你特別好的卻罵了你，現在你說能要我替你做甚麼？』帕利一臉懊悔地問。

『和我談，談你自己的事。你不像別人似的有多少煩惱。帕利，這祕訣是甚麼呢？』芳舉起頭，溜着一雙潤濕的眼睛望着帕利，她正將一團淤滿香水的東西拍着她的頭。

帕利緩緩說道，『好罷，我觀看事物時都努力向光明的一邊去看；那對於你有意想不到的效力，怎麼，你眞意想不到一些似乎不可能的事會予你多少裨益和希望，如果你竭力而爲的話。』

芳失望地答道，『我不知道如何做呀。』

『你能學習呀；我也是學來的呀。我從前常常怨誹，生氣，不快活，簡直一件事也不如我的意。後來我不管，一直做下，日後也就容易了。馬小姐說的只要我到困難的頭，治起來就不難了』

芳態任性道，『無論甚麼事都是不順利叫人生氣的嗎。』

帕利倒有點不懂起來，問道，『倒底是些甚麼事叫你煩惱呢？』

『事情多着呢，』芳說了一句卻又不好意思接下去，因爲她實在羞於承認她的苦悶不過是得不到一件新的皮大衣，春天不能到巴黎去，以及得不到司先生的愛。她於是搜索枯腸，編了幾條聽得過去的理由，絕望地說道，——

『第一媽媽身體不好，湯姆和雪克斯整天吵嘴，毛頭一天比一天任性，爸爸又成天愁事業失敗。』

『事情固然不順，然而還未到絕望的地步。你哪兒就不能助一臂之力嗎？那一定大有功效。』

『不成啊；我沒有優馭人的本領，我祇知道甚麼事是應該做的。』

『好罷，你就別爲這些事難受；可能的話，還是保持着快樂的心情；你要是快活呢，也幫助別人快活些。』

『你的話倒和湯姆一式，「常快樂；」可是，天曉得，各事這麼蠢笨，這麼可厭，怎麼叫人樂得起來呢？』

『如果誰個女孩子應當做工的話，那便是你！』帕利叫道。『就因爲你太早做名媛了，所以在二十二歲的年紀將甚麼事都厭倦看穿了。我盼望你能找到點事情做做，保你會發現你眞正有多大的才幹和能力。』

『我知道有這麼多女孩兒和我一模一樣，厭死了應登生活，可是不知道用甚麼來代替。我心裘是想去旅行；可是爸爸說供給不起，所以我祇能拖在家裏活捱日子。」

「我眞眞可憐你們這班有錢的小姐，你們有許許多多的機會卻不知道使用。我相信若我處於你的地位也是如此，不過，以現在的情形而論，若我換個人有大量的金錢定會快樂而有用。」

「就是沒有錢，你已經是快樂而有用了。好，我也不再怨天尤人了。讓我們好好出去散步一下罷，你總不致於將我來哭得像三歲小孩的事告訴人罷？」

「決不！」帕利肯定的說着，戴上帽子。

芳麗道，「我其實應當到我的朋友家走走，看看他們，但現在我好像不願見任何人似的。心情太不好了，可不是嗎？」

「假設你換個樣子，今天來瞧瞧我的朋友看！縱然她們不華貴，不嫻雅，可是她們活潑，古怪，愉快。來，一定會叫你高興。」

芳似乎被帕利的幾句話擡高興致，叫道，「好極了。那是好極了的小老小姐，可不是嗎？」當她們出來時，芳見一張小桌子上，堆滿了工作，瑪小姐正在旁邊飛快地縫，灰色的捲髮都絲絲振動。

帕利答道，『我總叫她馬聖人的。告訴你，現在這兒又有一位有錢的太太知道怎麽從她的金錢裏求到快樂了。她本來也是非常的窮，直到五十歲方承受了一筆很夠舒服的家私，所以她知道如何使用這一所房子便是遺給她的，她不一個人住着享福，卻將一些窮而規矩而需要一個清潔可敬的家庭的人請來一同住着。我便是其中的一個，我也知道她予以我的恩惠的價値。我的底下住着兩位老寡婦，前面是幾位學生，可憐的秦太太和她跛足的小兒子佔了後樓，倩兒便在馬小姐隔壁的一間。我們各人都按照經濟的力量付點房租，那麽我們便感覺着不是倚賴人的，心裏也好過些；但是那位可愛的太太還予我們以萬千非錢能抵得的好處，而且在一個門庭之內她影響了我們不少。我有時很希望結婚，自己有個家庭多好。繼而一想，我還是希望像馬小姐一樣作個老處女。』

帕利一臉的認眞神氣和着重的音調，不由叫芳麗發笑，恰當此時，忽聽一聲快樂的招呼，隨即走出一位少女推着一輛嬰孩的小車，滿面笑容地四面望着。

芳麗不由輕語道，『那對眼睛倒有多美！』

『是的，那是小倩兒呀，』等走過她面前，和她點了一個頭又附一句『別累了，倩兒』之後，她又告訴芳妮道，『我們在這大家庭裏是互相幫忙的，每天早起，如果天氣好呢，倩尼自己出去散步便也帶着秦家的孩子。不但他們兩個孩子得了好處，就是小孩子的母親也藉此得了休息，而大家呢也就做到敦睦鄰舍的話了。這是馬小姐提議的，倩兒當然是無有不樂從的，至於別人呢，又都是喜歡她幫忙的。所以我們這兒簡直是好極了。』

『我從前就聽說過馬小姐的事。但我想她一定會厭倦的要死，看她成天的做帽子做襯衫甚麼的，永遠沒有止息，』因見到倩兒，芳想起馬小姐。

『可是她不一天到晚坐着哩。人不斷地帶着困難來找她，她也帶了各式的援助去找別人，從一塊肥皂一杯湯到葬死安生，她無不盡力幫忙。我有時也和她一塊兒去，告訴你，你去看窮苦人的生活，聽窮苦人的慘況，眞比甚麼戲劇還要動人心魄。』

『你怎麼能受得住那些可怕的景像，可痛的呼聲，惡劣的空氣，以及醫治不好的貧困呢？』

『可不全是可怕哩。裏面的確有可愛的東西存在，只要誰肯打開眼睛瞧的話。我看了總叫我感到滿足和感謝，表明我比他們富裕多多，而該不斷地準備着儘所能的去幫助這些可憐的人們。」

「我的好帕利！」芳麗不由將她朋友的膀子，緊緊一挾，幾乎不敢信單因爲這便叫帕利有那麼大的改變。

「你已經見過我的兩位朋友，馬小姐和倩妮，現在我還要給你多看幾個，」說着已經到了門口跨上幾步台階。「黎貝克是個了不起的姑娘，聰明極了，可是她不許我們說她是天才；我知道她總要有一天會出名的，她溫柔極了，又極認眞做她的工作。司麗涉是個天才的雕刻大家能刻極好極可人意的小浮圖。她和貝克，住在一塊，眞眞像姊妹般地互共甘苦。這間工作室就是她們的家——在那兒做事，在那兒喫飯，在那兒睡覺，甚麼都是兩人共着。她們在世上完全是孤獨者，但她們卻如飛鳥般的自由和快樂；她們是沒有東西能分開的眞正患難朋友。」

芳麗道，「讓她們中間任何的一個有了愛人，那他們的友誼便要壽終正寢了。」

「我也這麼想。但你且先看她們一下，怕你會改變意思了，」帕利答着，隨即舉手敲門，門上有兩張小巧的名片。

『請來！』跟着聲音，芳麗發現自己已在一間闊大而裝潢很奇突的屋子，光線是從上面來的，裏邊正盤踞着兩位女郎。一位在一角上的一架大粘土模型前立着。她很高，有強有力的面孔，機敏的眸子，短而山的頭髮，還有個極好的頭。雖然她說不上漂亮，而且半個身體還被滿了粘土的圍裙遮着，然而卻叫芳麗一怔。轉過眼去望，那邊光線最強的桌邊，坐着一位脆弱像的姑娘，瘦面孔，大眼睛，灰色頭髮，——是個幻想中凝神的小人兒正巧妙地運用着手裏的器具，在刻一方大木塊。

『貝克，麗沙，你們今天怎麼樣？這是我的朋友蕭芳麗女士。我們是出來溜躂溜躂的，所以儘管做你們的事，讓我們這些懶鬼，在旁邊瞧着，好稱讚你們。』

帕利介紹時，兩位姑娘，卻擡起頭來望，笑着點頭；麗沙端一把搖椅過來給芳坐着；貝克便很藝術地將新來客人上下打量了一番，那雙眸子似乎水晶似的把人家甚麼都看見了；於是她們還是繼續她們的工作，口裏卻和客人談起心來。

『帕利，我正想你來。請你將袖管捲起，給一隻膀子給我看；我這兒的筋肉弄不上來了，你的恰是我所需要的』貝克說着，擱着那模型的圓手臂，芳卻張大了眼睛發怔。

帕利果然擡起兩隻袖管，像是要洗衣服的模樣，問道，『工作到甚麼程度哪？』

『慢的很。全憑一時一時的靈感作主，我的一雙手便跟着起。你看這張面孔可好些個？』貝克隨手揭去一塊濕布，將像的頭現出來。

芳麗不由驚呼道，『多美啊！』興趣卻多起來了。

黎貝克斗然眼珠一亮，轉身問道，『你心目中當牠是個甚麼？』

『我不知道牠是一位聖人呢，或是文藝女神，是善神呢還是命運之神；但我祇以爲牠是個美麗的女人，比平常所見到的更大更可愛更嚴肅罷了，』芳麗慢吞吞地說，似乎竭力想尋出適宜的字句來表示她對那尊像的印像。

黎貝克光明的笑着，桅涉則四面瞧着，許可的神氣點着頭，帕利則已抬起手道，——

『芳，不錯！看不出你倒有這一派好的見解，我決佩服佩服。旣然你如此了解貝克的工作，想她一定許我，我要告訴你。不多時以前我們幾個人有一段很了不起的談話，是談到未來的女人應該是如何一種方式，貝克便說要創作一架未來的女人的模形給我們看看。多麼優美的頭顱，而那類小嘴卻是既堅定而又溫柔，一似她既能發表強有力的智慧言語，也能教育兒童，吻小嬰孩一般。我們至今還不能決定究竟放甚麼最好的象徵在她手裏。你以爲甚麼好？』

芳麗答道，『給她一根御杖罷她可作一位極好的皇后。』

『不好，皇后的玩藝兒已經太多了；多少女人被尊爲皇后也有很長的歷史了，但所給予她們的國家都是不值得一治的，』黎貝克答。

芳麗像疲倦似嘆了一口氣道，『現在不見得罷。』

『那麼放個男人的手在她手裏罷，幫她向前奮鬬，』帕利因爲自己逕命好，碰到好父兄，所以想到這點提議。但黎貝克卻堅決地說道，——

『不好，我理想中的婦女是完全獨立，自助自。』

『她是理智很強的嗎？』芳麗自覺用錯了字眼不由嘴角一曲。

『是，理智強，心強，身體強，靈魂也強，所以我纔將她製得比我們現在那班可憐巴巴，弱不禁風的婦女更大。健康和美麗是並行的。你想這麼闊大的肩膀還不能任勞任怨嗎，這種眼睛能不看的清楚嗎？這雙手不能做極好的工作嗎，這兩片嘴唇不能除媚笑閒談外作更大的事情嗎？』

芳麗未作答言，而麗莎的一角卻傳出聲音道，——『貝克，在她手裏放個嬰孩罷。』

『也不行，因為她要做比保姆更重要的事。』

『給她一個投票箱罷，』一個新的聲音叫着，她們連忙回過頭來瞧，只見沙發上高高據着一位樣子很古怪的婦人。

『凱特，多謝你的好提議。我在她的腳上還要放別樣象徵品；因為我再要安插些甚麼針呀，筆呀，調色板呀，摺帶呀，表示她各種的技能，而投票箱呢便表示她已經得到可以任意使用的權利。你說如何？』於是黎貝克伸出一隻黏着黏土的手，那位新客人便接着親切地握了數下。

『小姐們，大新聞——安娜上意大利去了！』凱特嚷着，將帽子一拖活像學校的男孩。

幾位女孩子立刻圍攏了來，驚呼道『哦，好極了！誰帶她去的呀？她承受了一筆遺產了嗎？仔細告訴我們。』

『不假，的確好極了；眞是一種最美的事，誰得着都要得無限的好處的，這麼慷慨，這麼相配。我來說給你們聽呀。你們知道安娜早就想去的；一直工作着想碰機會，而一直就沒有，然而這次忽然白爾頓小姐想着要請一位女孩子和她到意大利去住幾年。你們想罷安娜這一注好運道，要得多少好處，而且最好的是多美的方法呀。白爾頓小姐祇當她是個朋友，除了陪伴她，別的不要她一樣，那安娜還不是水裏火裏都情願跟着她去嗎？你們看，不是好極了嗎？』

你們看罷，這幾位姑娘同情她們朋友好運道的那股熱誠眞是好看。帕利在房內穿來穿去的舞着，麗沙和貝克便緊緊相抱，凱特也笑得眼內滿滿的水，卽使局外人芳麗見這種慈仁的舉動也忍不住發出快樂和驕傲的光輝。

『那是誰呀？』芳向又退回角上的帕利輕聲問着。

『怎麼，她是女著作家金凱特呀。你看我多沒規矩也不代你介紹哩！老金，這是你的一位崇拜者蕭芳麗，這是我最敬愛的朋友，』帕利嚷着捧過芳來，她正十分非敬地瞧着這位衣裳破敝的少年女子，一似她穿戴了甚麼絲絨，大毛似的；因爲凱特曾經寫了一本很成功的書，而且當時是很風行的。

『小姐們，是中飯的時候哪，我已經將我的一份帶來與你們一塊兒喫，我以爲像姊妹般地一塊喫要快樂得多。讓我們來聚餐，好好宴一下，』凱特說着，倒出一袋蜜橘和好些肥大的饅頭。

麗涉迅速地理清了桌面道，『我們有沙汀魚，餅乾，還有乳酪。』

『等一下，還有我的一份，』帕利喊着，理一理衣服就跑向外面近處的雜貨店去了。

『蕭小姐，你看我們這些樣式眞要嚇一跳罷，你當我們是野宴好了，也請你別告訴人我們這些可怕的樣子，』黎貝克正在一盆長春藤裏上上下下的揉一把花刀，那位凱特呢便將各樣食品分佈在許許多多奇異的盤子裏，還有一二個平的貝殼也盛上東西。

『讓我們末了兒喫咖啡；麗涉將罐子放好，擲去牛奶，』貝克吩咐着，又擺好一些杯子，有耳杯以及一些奇異的瓶罐等，聊當宴會中的飲具。

這時帕利也飛着趕回來，將她的一份鋪排下來道，——『這兒是乾果子，一盤果醬，還有些小餅子。芳是喜歡喫甜東西的，我們有客人的時候，我們要漂亮些，是不是？』

『好，各位小姐們請啊，你們自己動手。一點別要客氣呀；拿沙汀魚時提牠們的尾巴，然後用我的黃色斑布紙揩手，』凱特說着先就做個樣子，是那麼一付舒適的神氣，大家都不由快活地照樣而行了。

芳麗曾赴過無數佳美的筵席，然而從沒有一餐抵上這一間工作室內一頓可笑的野宴來的有味；因爲這一頓飯間，有令人忘懷一切的自由，各樣事物上都似乎附有藝術的香氣，而且席間還蓬勃着這麼股樂勁兒和優美願望，以致芳麗立刻有賓至如歸的感覺。喫的時候，別人談着，她就傾着耳朵聽，而這班年輕姑娘所討論的計劃，願望，成功和失敗等也竟如一曲羅曼司的那麼有趣和動聽。她像是進了一個新世界；她們這幾位姑娘像是另一種人種，與現代的那班祇知閒話，服裝，享樂，或厭倦的女子完全兩樣。不錯，她們還是年青少女活潑飛揚；但那光明的心情之下，伏有一個目標，似乎將來要光大女界的幸福，並給她一種決定的能力，一種支持的滿足，一種日常的激力，使她會達到某一種成功，是值得用她終身的忍耐，希望和努力去努力的。

芳麗正在靜靜地賞鑒這最誠切的情調，而開始對自己二十年來無目的生活感到不滿時，她想，『男子應當尊敬像這等的女子纔對，愛女人當然也是這一等，因爲不管她們是獨立，但她們纔是眞正的女性。我盼望我也有一種技能自謀生活就好了，如果那也能予以我像她們那麼多好處的話。原來是這種非方叫帕利的小社會引起司定尼的興趣，原來是這樣的人生方叫她人人喜歡。金錢爲我賺不了這類東西，我眞要啊。』

當這些念頭在芳彪的腦海裏滑過去時，她們在一種女人的熱切和直爽態度下，又已討論了不少題材。有美術，有道德，有政治，有社會，有書，有宗教，有家政，有服裝，還有經濟，看她們的心和舌頭那麼快的從這樣談到那樣似乎要從極乾燥極無味的裏面尋出樂趣似的。

『你的書怎麼樣哪？』帕利問道，那麼公開地吸着橘子，怕不會將那會名媛氣得作嘔！

『虛名過實使人慚怍。孩子們，要小心衆意，衆意有時是錯誤，是陷阱；祇過譽着叫人高興，尤其對女人更是衆意往往使人看不淸誤謬，過度地升高那些小事情，而且衆意是反覆無常的，及至你嚐了那迷醉的甜酒之後，牠會一交把你從半空摜下來，讓你像出了水的魚一般在一角乾喘氣，』爲了看重她的一篇演詞，凱特用削筆刀挑起一條沙汀魚，嘆一聲方喫了。

『我猜那不會傷害你的；因為你努力和等待不是一日的了，現在那該大大獎慰一下，』黎貝克說着又送上一大詞彙果醬，似乎對於她的奮鬥想竭力慰勞一般。

帕利忽然想起頂要知道的新聞，問道，『你和貝克的友誼何時要告一段落哪？』

『永遠不！奇知道不能說要一個不要那個，所以他攏總也不提分開我們的話。我的家裏永遠留有給貝克的地方，如果她要在我的地位上一定也是如此，』麗莎答着，一望她的朋友便報以一笑。

帕利便和芳耳語道，『愛人也分不開這一對朋友哩，你看。麗莎春天要結婚了，貝克跟去同住。』

『帕利，我帶有幾種劵給你們的。那些人總送這些東西給我，我其實也不大在乎，所以歡喜轉送給你們年青愛樂的小孩子。這是幾張雕像展覽會的門劵，可以送給貝克；這兒是音樂會的票便給你，我的小音樂姑娘；這兒還有一張學術演講的劵，那麼，我就自己留着。』

當凱特分配那些紅綠卡片與那班感激不盡的女孩子時，芳麗向她注視了好一會，心想可能有一天女人祇要賺一點點錢，成功個小事業而不要付這麼重的代價；因爲凱特看上去又病又乏又老得太早。隨後她的雙目又轉到那未成的塑像上面去，忽然說道，——「我盼望你將她雕成大理石，讓我們知道我們應該是如何。」

「我盼望能就好了！」立刻一種濃厚的慾望浮照在黎貝克的面孔上，當她一眼看着她那不合用的工作而自覺是多麼好的一架模型的時候。

約有一分鐘，五位年青女郎靜靜地坐着，仰視着美麗強壯的塑像，每人都渴望着她成功，而每人都已不自覺地貢獻了自己的力量與經驗，助以促成將來眞正血肉而非粘土的理想標準女人。

城市的大鐘敲一下，帕利斗然立起身來。

「我要走了，因爲我允許我的一個隣舍給她在兩點鐘上一課。」

芳道，「今天不是你的假期嗎？」

「錯是不錯，這是一點愛的服務，而且又不妨礙我的大事。那孩子有聰明，又愛音樂，又需要個人指撥她。我不能給她錢，但我能教她；所以我就這麼做，她卻是我最有希望的學生。互助是我們姊妹團中宗教的一部分，芳。』

凱特道，『帕利，我應當將你寫進一隻故事裏邊去。我書裏要一隻女英雄，你就正好。』

『我嗎天下也決沒有我這麼平常不羅曼諦克的小說中的主人翁罷！』帕利驚叫着。

『不管有沒有我已經將你裝進書裏邊去了；不過你歡喜增加多少羅曼斯你儘管加，那是你的事了。』

『羅曼斯要來的話我已經準備好了，不過這必得順乎自然纔對，強求是不成的，』帕利笑着不由臉也紅起來似乎那件可喜的事已經偸偸進入她的生命中，不管看起來是多麼無詩意。

芳麗看着她們道別的景況不由又發生大的興趣她們免去接吻那套肉麻的俗套只互相握手，又用眼睛彼此望着，叫人覺得比那些「套話」好多了。

『帕利，我很喜歡你的朋友。也許我要當她們有點粗豪，有點男人氣，或者太富於情感太自負。但我不得不承認她們是單純機敏的人兒，滿了才智和良好的德性。我讚美她們崇敬她們，如果可以，希望再去。』

「哦，芳，我快活極了！我就盼望你歡喜她們的，我知道她們會予你裨益的，眞的不問甚麼時候我要再帶你去，因爲你應付那試驗的成績遠過我所盼望的哩。」貝克也叮囑我叫帶你再去，老實告訴你她還少請年靑的摩登女郎哩。」

芳顫抖着道，「我實實在在想做好些，我想你和她們一定可告訴我如何去做。」

「我們要將貧窮和工作的陽面揭示給你看，」馬小姐說那是對任何人都有用的功課，」帕利答着，希望芳從今天可知道窮可敎富多少見識，而且女孩子中間可以做到多麽有益的互助朋友。

第十四章 好事多磨

是芳來拜訪的那個晚上，帕利在她的爐火前堅決而深思的神氣坐着。她將頭髮完全打散下來，裙子旋到後面去，兩隻腳擱在火爐邊上，又將小白特那隻貓，放在膝上躺着，這一切安排都表明女主人這時有件把很重要的事需要靜思和決定的。帕利雖不像書本上或戲臺上的女主角，大聲自言自語着，但是她和自己的談話，也有幾分像那個，——

「我怕這裏面是有點兒事情。我雖試着去想那不過是幻想，虛榮，但事實上是有點分別，我也不能強裝着不知道呀。我知道多數人以爲女人只要閉起眼睛來等着那最後的一刹那是對的，不管那結果有多少損害。但我可不能瞎着眼睛過呀，而且我以爲最誠實的事是應當在男人未對你十分發癡以前先告訴他你並不愛他纔對。我要這麼說呢，那些女孩子還要笑我，說我這是大不合道理的事情；但我看她們纔不應該呢，瞧不起那班窮而年青的男人罷，然而窮男人請她們去赴茶會她們依然趨之唯恐不暇，她們便不說了；要是一個好男子呢，便隨他一步一步進行着，不管女人愛不愛，說那是趣事的一部分。求婚的次數愈多，信用愈大。芳說霹克斯每逢從夏季旅行回來總問她，「你狗捕多少鳥兒哪？」好像男人就是鵪鶉似的。我們是多麽惡毒的動物！至少一部分是的。媽媽說一半是歸咎於現代的惡劣教育，但我看有些女子生就的愛尋事生非嗎，等到萬難不堪的時候她們也能去應付嗎。我怕我已經得點甜頭哪，如果我有機會也會與她們一樣壞罷。我嘗試過，也歡喜，這就是那晚「趣」的結果罷。」

這時帕利向後一倚，仰視着懸在火爐上的小鏡子，那是專門用以反映火光中的面孔的。現在這付鏡子裏帕利見到了一付眼波欲流的眸子，從一團蓬亂而光亮的黃髮下向外望，當那紅唇（一半驕傲一半羞赧）嫣然一笑的當兒，又見着自己用那纖纖素手理鬢髮時那種嬌滴滴的媚態，禁不住兩片腮頰子斗然一紅，酒渦也跟着深深一抑。約有一分鐘的光景，她目不轉睛的望着鏡中的可愛景像，當然腦中跳躍着無數女孩兒所幻想的羅曼斯和勝利；然後她將椅子猛一推，用一種可笑的半責備半贊成的口吻道，——「哦，白特，白特，我多傻呀！」

小貓像是通人性似的，為表示牠的情感，牠大聲唸起經來又嫻雅地搖一下尾巴，於是帕利又言歸正傳。

『假設那是真的，他真來向我求婚我也真答應他！啊喲，那要亂成甚麼樣子，看那些女孩子們知道了這件事後的那付臉一定有趣！她們全將他看作了不起哩，因為人家是難得討他喜歡的，而且無論誰只要得他一兩分顏色便要自命不凡了，不管她們願不願意嫁給他那又是一個問題。霍克斯聽說勾他好幾年了，但他受不住她！我總歡喜哩！我的心多狠啊。好能，不能怪我，她惹得我這樣的嗎！』帕利將自特的耳朵這麼一捻，以致那貓十分憤怒地彈出她的膝蓋。

『想着她可不行，我不想牠！』她自語着，讓嘴唇咧成一付嚴肅的態度，可不怎麼好看。『我將有多麼舒適的一種生活呀；足量的金錢，各式的友朋，各式的享樂，不做工哪，不再窮哪，也不再受人家白眼哪。我可以任所欲為在我的家庭裏——我將要多麼快活啊！』於是帕利暫時讓奢侈的將來在她的思想中盤旋。不用說那是一幀極光明的畫圖，但至終好像究竟有一點不對似的，因為她一嘆，搖着頭，悲哀的想道，『噢，可是我並不愛他呀，而且我怕永遠也不會愛他呀！不錯，他是好，是條慨，是聰明，當然也會仁慈的囉，但無論如何，我不能想像與他過一輩子；我簡直怕會對他發生厭倦，若到那時我怎麽辦呢？司帕利簡直不順耳，而司耳德師母更加和我一點不合。奇怪怎麽去叫他「耳德」—』帕利說這句話時眞眞是屏着氣說的，還向肩後張了一張唯恐有人聽見。『名字是個很美麗的名字不錯，但未免太好了一點，我可不敢像他姊妹們似地喊他「司弟。」我喜歡簡短而家庭化的名字像月爾，奈特，或者湯姆。不行不行，我無論如何不會喜歡他，試也沒用的！』好像一個突然的困難忽然捉住她似的，帕利最後忽然迸出一聲驚嘆，然後將頭埋在雙膝裏幾分鐘沒有動靜。

等她仰起頭時，她的臉上罩有一種人所未見過的表情，是痛苦與忍受的混合，又好似已認定了失敗毅然將懊喪的苦悶撇下一樣。

她重嘆一口氣道，『我不必再想我自己了，也不必再妄想塡補遺憾了。我要儘所能的幫勞的忙，也別作她幸福的障礙物。讓我來看，從哪兒着手呢？好我再不同他走路；我躱開他，另繞路走，避免碰頭的機會。我從不相信每逢他回家午飯，我去羅家上課的時候總那麽湊巧相遇。事實是我喜歡見他，也喜歡讓他瞧見，還要裝上一付神氣，我敢說，就像虛浮的呆鵝一樣。好罷，我從此再不如此了，也叫芳少煩惱一樣。可憐的，我怎麼知道這一向氣得她這麼利害。她雖說沒有從前待我好，但我還以爲是胃病作祟哩。哦，天啊！我盼望天下事都像這樣容易地解決就好了。』

現在那頭貓表示願意原諒和好，所以帕利又將牠抱上來說道，『白特，要是主人肯待你，你要知道她是發胃病呀，所以你不能記恨她，你要知道這是天下最難堪的病哩，親愛的。』

於是又回想到老題目上去，自語道，——

『假使他還不了解我的暗示，那麼我再來個強有力的，無論如何我總不能讓事情釀到最高點，雖然我那可惡的虛榮心強有力地誘惑着叫我爲興奮和信用的關係也去「捕一隻鳥」來。帕利，我爲你羞恥。你那好媽媽要聽見你用這些字眼將要說甚麼呢？我眞該寫信去告訴她這一切，不過那也是與事無補，祇不過讓她老人家多一層心思罷了。再有一層，芳的祕密我不該說，就是我自己的也羞於啓口呀。不，我還是讓媽媽過個平安日子罷，看我自己一人打出難關去。我想傻傻兒芳一定會和他弄到一塊兒去。他早就認識她，而且對她很有一番好影響。戀愛一定又有更大的成效；

如果祇因爲我作梗使她失去終身的機會那纔罪過哩。我猜她不免在恨我了，但我要告訴她那是不必的，我還要幫她的忙，因爲她實在予我許多不能忘的恩惠。這是一樁小巧而危險的工作，但我總能把握得住罷；無論如何我總試試看，實在人力不能勝天，也就抱怨我不得了。』

後來她躺在椅子上又想起甚麼，那麼絕望愁苦的一張臉，閉緊雙目，是不關我們的事了，但是我們不免想知道何以兩粒淚珠慢慢在她眶毛下打轉至終落在白特的皮大衣上。是毅然放棄的懺悔呢？是對朋友的同情呢？還是不可抑止的情感呢？

在下星期一，帕利便開始實行那『小巧而危險的工作。』她避免了每日上她學生家走的公園和毗連着的一條大街，卻另繞一條路穿了一條背街，於是躲開了司先生的面；至於司先生呢，那日是照常地，而且還特別早地從那條路回家午飯，但看上去非常失望的模樣，因爲他沒碰到那掩在大帽下光明的臉蛋。如此約有一星期的光景，即至蔚家，帕利也極其謹愼地不在拜訪的時間闖進去，所以她整整一禮拜不曾見司先生的蹤跡，當然司先生也未到馬小姐家去找。剛巧曼麗那一星期也不舒服，課也沒上，所以司叔叔最後的一點希望也給剝奪了，似乎他的特賜恩寵斗然給削去一般。

究竟帕利不是個完人，所以我敢代她宣佈，在那一星期內，雖然她實行避道而行的政策，但誘有的誘惑使她心動不祇一次，她開始覺得悵然若失。因爲一點可以調劑她枯澀生活的羅曼司沒有了。她實在喜歡司定尼先生，因爲他從她小時一直就待她又仁愛又友情，而且又有禮貌，是她所不能忘記的。縱然他的財產名譽地位無疑地會動她的心，但我想最吸引帕利的愛的還不完全是這些。是男人一種形容不出的氣息，是智而賢的母親的產品，女人一見便深深感覺到的。他這種特性尤其贏得帕利的歡心，因爲她不久便看出他不是對任何女人都顯露着的。他對待大多數女性，也像其他男性一樣祇不過態度近文雅些，而這種文雅也和他對任何女性所表示的尊重一般自然，毫無做作，但對帕利與芳麗呢，他卻表示一種家庭骨肉間的親切，是比任何智慧機智都感動女人的心的。

因爲司先生的母親和蕭太太是朋友的關係，所以司先生跟蕭家過從很密，因此和帕利也很熟，但他卻從不曾想與芳麗或帕利講戀愛甚麼的，因爲他要比她們兩人大七八歲的光景，而且一直又在她們面前擺着大人樣子。但近來他改變了，尤其對於帕利，而帕利也因此喜歡得幾乎羞於向自己承認。她知道他稱讚她有一技之長，敬重她的獨立精神，又喜歡她的人生，但再有比稱讚敬重再溫暖再叫她喜歡的東西有意無意在態度上表示着的時候，她禁不住想一生的大禮物已經日漸臨近她，而開始詢問着自己是否適配接受，而且對禮物的主人能否有相當的酬報？

起頭的時候她想她能夠；但不幸她的心卻不由人意，也不肯依從理智，順從甚至恩情，帕利自發對司先生有一種極親切的友誼，但不是一種眞正戀愛的愛。於是她又幻想或者爲家庭的緣故，將自己撇開，將這一注遥遥接受下來。但一轉念這種不着實的理想不能成立，因爲她不是摩登女郎，祇訓練着「配一個」的人生而不顧到結局的。帕利的信條很簡單：『如果我不愛他，那我便不應當嫁他，尤其我心目中還另有所愛的人，不管這邊的環境是如何惡劣。』如果她要像其他女郎一樣讀過一些法國小說，她準會以這種情形爲有趣而便嫁過去，然後再造成一些羅曼斯。但帕利的教育又是一種，她是老成持重的一派，她最後採取了多數女人所應用的態度，是『等着再看』一能。

但自芳麗的祕密被發現之後，帕利想若『等着看罷，』一定又叫她的朋友不快活了，所以這種政策應當亟速調換。因此帕利再不狐疑，再不讓那些叫少女神往的一切快樂的誘惑再動她的心。她每天仍然獨自從背街自來自去，讓心情上企望着那一見她便臉上發亮的面孔，和充滿陽光的公園。

禮拜六轉眸到了，帕利照常想到貝克和麗沙家走一趟，但打蕭家門前過的時候，雖明知正是會客時間，究竟忍不住要進去一遭，打算丟下一個包子給芳麗就走，假使碰巧芳麗獨自在家的時候便講一兩句話。但不幸一進甬道，桌上放着兩頂禮帽便把她噤住了，連忙問傭人道，『誰來的，克悌？』

『就是司定尼先生和小主人湯姆。帕利小姐，您不進去坐一會兒嗎？』

『今天不坐了，我這會兒着急哩；』就好似有十二個學生喧嚷着等她去彈歷的神氣，帕利如飛地跑出去。但一出了大門，她斗然自覺一陣空虛，兩眼倏地滿了眼淚，正無奈何，忽然湯姆的一隻大狗叫紐芬蘭的跟着她出來，她像見了甚麽似的上前抱了牠的長毛頸，望着牠那一雙黃而慈仁也似乎通人性的眼睛，輕聲說道，——

『親愛的，回去罷；你不必跟着我。哦，捨棄戀愛是多麼難的事情呀，尤其當你需要正股而理智卻搖頭不許的時候。』

你看她和狗說上這一套蠢笨的話；但從此你能看出帕利也是個兒女情長的姑娘，卻努力實行自己的責任。

『既然他好好地和芳麗在一塊，那我可以冒險走一次我所愛的路徑了。天氣這麼好，小嬰孩想必全會出來，看見他們總叫我開心的，』帕利心裏想着，腳下換了方向便轉到那寬闊的馬路上。無數的嬰孩們的確是在外面，個個像生龍活虎似的滿了活氣，那種愉快，小巧，甜蜜的樣子眞像雪落後河岸上臨風的點點的雪球，水仙花，和玉簪花似的。可是這些小人兒並不會與帕利以理想的快樂，縱然他們從小車裏向她微笑，當她挨身而過的時候他們也吮着自己的小肥手指聊當親吻，因爲帕利原有一張爲嬰兒所喜悅的臉。這時有一個玲瓏小巧着藍色絨衣的小姑娘，正向一位跟着另一個着白衣的小女郎踹跚而去的小先生，甩着絕望的眼光，而同時又有一位着紫色靴的小先生又想安慰這位小女士。只聽那女婢道，——

『毛妹小姐，牽着查理小少爺的手，好好地走把我看，像余力和爾祿斯一樣的。』

『不，我不嗎，我要同余力一同走嗎，他不肯嗎。你走，大烈，我不喜歡你嗎，』小藍帽子的姑娘嚶着又哭起來了，皮領也給她拉下來了，將臉掩在巴掌大的一方手帕中嗚咽着，那手帕上的花線邊也不能減少她的傷心。

『余力最喜歡爾祿斯，你別哭，我帶你去，你個淘氣東西。』

當可憐的小人兒被那無情的保姆挾走之後，剩下這第二位小先生百無聊賴地臨風躊躇，帕利不禁又笑又嘆道，——

『老故事開始得何其太早！』

似乎是春天的天氣太好，所以除了各處青青的草意和最早光臨人間的蒲公英外，帕利還不絕的看見那不同的老甜蜜故事，處處搬演着，雖然她竭力想忘去。

在一個街角子，她看見一個黑眼睛的男學生正與一位玫瑰頰的女孩話別，雙手將代她拿的音樂書籍珍重交還她。

『現在，你可別忘哪，』男孩說着，羞赧地望着那雙盈盈秋波，而那雙眸子裏也明明跳躍着喜樂的情緒的，她臉一紅又笑着似乎呵責的口吻道，——

『自然囉，我怎麽忘得掉呢？』

於是男孩子嘘叫着走開去，一似他的情感無處發放似的，又撚弄着衣扣；同時那女孩也在自家門口跳縱着，大約是在練習允許下次去同跳的舞蹈罷。這一切帕利都看在眼裏，禁不住熱切地說道，『這些小羅曼斯太平凡了，我盼望終止罷。』

再向前走幾步，帕利又發現她所認識的一對新近方纔訂婚的正互挽着手臂向前走，臉上佈滿一種驕而自喜的姿情，似乎他們是天下最幸福的人。

『哦，天他們多快活的樣兒呀，』帕利自語着，依然向前邁着步，心想不知幾時總輪到自己頭上，但又感着是不可能的。

不久她又見到一位富有母性的太太走進一家店鋪，便為一羣體面的兒童所包圍了，又搶着接過她手裏的紙包等，心裏覺得很好過；一分鐘後她又從一對上了年紀的老夫婦身邊走過，他們正安閒地並排在陽光裏同行，心裏感覺得更舒適了，如果將適纔路上所見的一切羅曼斯都歸納到這種結局纔可喜哩。

好似造化小兒故意要作弄帕利一下，或許是給她最後一次機會也未可知，只見此時，帕利身邊忽然出現了司定尼先生。他是如何到達她身邊對帕利永遠是個疑問，但他現在確是在身邊了，臉紅紅的，還有點氣喘喘的，但一臉卻顯露着歡喜見她的表情，以致帕利本想板面孔的，至此也不忍裝腔了。

握過手，順着馬路，恰像舊樣子在遛着步伐時，司先生道，「很熱，可不是嗎？」

「熱只怕是你自己尋出來的罷。」帕利斗然眸子一亮笑起來。她的確忍不住了，再見他倒有多可喜呢，尤其這寂寞無聊奈的當兒。

「羅家的課你不去上了嗎？」司定尼換着題目問。

「沒有啊。」

「那你每天還是照常去了嗎？」

「是啊。」

「這就奇哪，我想不出你是怎麼到那兒去。」

「不見得奇過你忽然到我身邊來。」

他笑道，「我是從衞家的窗戶裏望見你，便跟着追了出來，從後街抄過來的。」

「我也就是我上羅家走的路，」帕利本不打算告訴他的，但他的直爽叫她斗然忘記了自己。

「這條路又不近又不寬大，你何所取呀？」

「我知道；但人有時候覺路走得膩了，歡喜換個新的走走。」

帕利未將這句話說得自然，所以司宗尼向她急速地望了一眼，問道，——

「帕利小姐，那你老朋友也厭得膩了？」

「不見得，不過，——」至此她格格接不下去，唯恐傷他的心，她幾乎盼望他不要明瞭她兢兢預備的暗示罷。

接着是個可怕的沉默，最後還是帕利突然問道，——

『芳怎麽樣？』

『同往常一樣神氣。你可知道我對芳很失望，因爲她雖然歲數一天一天大起來，做事方面卻沒有進步。』司定尼答。

『噢，你從未從她的好方面看。她在人面前有時裝出一付神氣架子遮住她的本來面目。但我知道她比較別人深些；我來確實告訴你，她的確進步多了；她竭力在想法彌補已往的過失，雖然她不肯明認，但我是看得出來的，再告訴你一句，總有一天要將你嚇一跳的，如果你知道她有了那麽多的進步。』

帕利現在的說話又變得熱切了，司定尼望着她似乎對這位辯護人的興趣較芳麗還要大些。

『那麽我眞高興，也情願相信你的話。無論誰都將他們優美方面給你看，我想，一定爲了這個理由，所以你纔將世界看成如此一個可喜的地方。』

『哦，可是我並不呀！我常想世界是個最苦最難的地方，所以我總怨誹着我的人生像個負義的老鴉一樣。』

『難道我們不能替你將人生變得更光明些嗎？』

這句話，這聲調，說得這般慈愛動人，以致帕利不敢抬頭，她知道他的眼睛裏還有甚麽言外之意。

『謝謝你，不成。雖說我世途多舛，但未始與我無益。再有一層，如果我們閃避困難，說不定鑄成大錯。』

『閃避人也是一樣，』司定尼代她添了一句，那特殊的聲調不由又叫帕利挾耳根子紅起來。她亂得不知說甚麽好，只隨口道，『你看公園多可愛的景緻呀！』

『眞的，這是我們最快樂的散步；你說可不是嗎？』這位巧於詞令的少年人問着，你下一道階阱，帕利不覺立刻陷進去。

『的確對極了！我一直喜歡領略田野風光，尤其這春光明媚的時節。』

『哦，帕利，帕利，你剛纔纔說厭倦公園，現在又說出這自相矛盾的話來倒有多笨呀！』司定尼旣非傻瓜又非登徒子之流，察言觀色，立刻明瞭一定是帕利也聽了外面將他們兩人姓名結在一處的謠言，心裏不歡喜，所以纔出此避道而行的政策表明她並無此意。他明瞭暗示之遠遠超過帕利之所預期，不過兩人都是自重的君子，所以他決定立刻將這事加以解決，爲帕利的緣故也爲自己的緣故。所以，當她道最後一句明朗的話時，他注視着她的臉，靜靜地說道，——

『我也這麼想；好罷，我最近要離城去辦點公事，大約好幾星期的光景，所以你可以放心領路所謂「田野風光」而不致於爲我所擾。』

『擾嗎？哦，不！』帕利誠懇地喊着；但底下卻頓住了，不知道說甚麼纔好。

她想她自己很有些媚力，果然，若是將帕利加以一點訓練，她準可變成一個很危險的小人兒，但現在可不成，她老實得連撒個慌都撒不周全。司定尼也知道這一點，心裏固然喜歡，然而又禁不住要利用她的弱點，忽然問道，——

『老老實實地我問你一句，假使不是因爲我而人家造你的謠言，你要不要走你原來的路徑，像從前一樣呢？』

『要的，』帕利還來不及思量話已出口。接着又是一陣難堪的緘默，正在無以解脫的當兒，忽然路旁有馬蹄聲，繼着是馬上湯姆的笑臉和招呼，帕利不由驚呼道『哦，湯姆！』那一聲，竟打回司定尼口邊欲出的話，他只伸出手來，又那樣向她一瞥，使她後來都心痛得很長久的，簡單地道別『帕利，再會了。』說完頭也不回地竟自去了，帕利也祇能以一張痛苦的臉目送他一程，然後依然走自己的路，心想她這第一個也許是唯一的愛人，已經明瞭了她的答案，而且是默默地接受了。她不知道他還明瞭甚麼別的，但自他決裂如此快的情形看來，他也未見得怎麼愛她，她又自己安慰自己。

帕利還不敢去走她那條所喜歡的路，直至曼麗告訴她司叔叔是眞的出門了，於是她至此方承認他友誼的談話和伴侶究竟是促成她快樂的原因。她開始對整個的亂世不滿意，繼而又特別怨自己的不順，但終而一切都過去了，而且她還要安慰旁人，因而自己的苦悶倒反忘記了。

她有一兩天未上芳家去，也沒有甚麼信息，原來這位小姐自聽說司定尼的突然而別，正莫明其妙地着急時，一聽說是這項緣故，馬上趕個下午跑來了。那時正是爾爾黃昏，正是宜於互剖心腹的時候。

『你這近來幹嗎來着？』芳麗問着，將自己對着將殘的餘輝坐着。

帕利一聽知道那話兒發作了，心裏也歡喜早點結束也好，答道，『還不是跑來跑去地為人作嫁嗎。你可有新聞？』

『怎麽特別的倒沒有。雪克斯對待湯姆的態度可恥極了，然而他像隻馴羊般地忍受着。我勸他將那寶貝婚約解除了罷，也別拖着活受罪；但他不肯呀，因為他說她已經同人家決裂過一次了，好像這種解約的事不大方似的。』

『也許她會決裂哩。』

『那還假，如果她碰到一個稍為好點的人，不決裂纔怪。不過雪克斯已經是好花將殘的婦人了，所以他們能維持婚約我也不奇怪，因為那不過是不得已而為之罷了。』

『可憐的湯姆，怎麽交了這麽一注運！』帕利本想附以一聲喜劇式的慨嘆的，但話講出來時，覺得過份悲感，於是連忙強笑道，『如果二十三歲的雪克斯你就說她好花將殘，那我們到二十五歲時是什麼呢？」

「十分完了，已經靠近土了。就是現在我也這麼覺得呀，昔日的興致不知到那兒去了，那天還聽毛頭和貴思在一旁奇怪說「何以這班大女孩子也不守在家裏給他們一些機會。」」

「毛頭怎麼樣？」

「她是好得很；不過她的一些古怪嗜好和觀念簡直叫我發急。她喜歡下廚房，做雜散，卻恨死了唸書，又當着人說她反喜歡掛個籃子到處做個小女叫化子，看每天討些甚麼東西倒有趣。」

「曼麗那天也說她情願變個鴿子可以任意在泥濘裏亂滾，也不用爲橡皮鞋子給人家瞧。」

「說起來，倒要問你她叔叔甚麼時候回來呀？」芳麗等了半天幾乎不耐煩了，幸喜帕利開個頭她便連忙捉住。

「我實實在在不知道。」

「也不關心，我看，你鐵石心腸的東西。」

「芳，你這甚麼意思呀？」

『我的親親，我又不是瞎子，湯姆也不是呀；一個青年紳士斗然從人家會客行行的跑掉，追着一位少女，又在公園最靜的一角被人家看見握手細談，然後這位男士突然出外旅行，我們很懂是個甚麼緣故，如果你不懂的話。』

芳麗換氣的當兒帕利趕着問道，『這新鮮思想是誰造出來的呀，我倒喜歡知道知道？』

『帕利，別做急樣子，你祇告訴我，好好的，他究竟向你求婚了嗎？』

『他沒有。』

『然則你想他有那意思嗎？』

『我相信一輩子他也不會向我提。』

『罷了，我真驚異！』於是芳麗深深呼了一口氣，心裏也放下一塊石頭似的。然後又換一種聲調說道，——『帕利，難道你不愛他嗎？』

『不，』

『真的嗎？』

「眞的，芳。」

又有一分鐘大家不響，但有一位的心裏是快活的跳着，海蓉更顯得晚景可人。最後芳又問道，

——「親愛的，你想他不是愛你嗎？我不是愛管閒事，但我眞眞想他是愛你。」

「那不是我所能說的；但卽或是的罷，也已曇花一現地過去了，他不久便會忘懷的。」

「請你全講給我聽；你看我覺得這麼有趣？而且我知道你們中間還有點事情哩，我看不淸你的臉，但你的聲音已經告訴我了。」

「你可記得我們有一回唸完埃及渥斯小姐的故事後的一段談話，說一個人卽使不愛她的愛人們也不可以公開宣佈？」

「是啊。」

「你們也說那不應該，但我說那總比較誠實些。好罷，我一直說要有機會我一定實行；果然我有了。別誤會我不說司先生愛我，因爲他從未說過而此後也決不會再說；但是我的確以爲他很歡喜我，如果我不曾示意於他說是無用的話，他也許會有進一步的表示。」

『你眞的做了嗎？』芳麗喊起來，她變得很興奮。

『我祇不過給他一個暗示，他就明白了。其實他以前就定規出門的，所以你別要當他是戀愛失敗或是畏懼人言甚麼的。我不喜歡這麼常碰見他，所以我告訴他我換了路走。他懂了，他放出紳士態度並無煩言。我敢講他一定想我是個虛浮的鵝也要笑話我。』

『不，他不會，他一定喜歡，還要敬重你。但帕利呀，這樁事不是一件容易事呀。』

『我不能爲一種生活而出賣自己。』

『天呀！你這說的甚麼話呀！』

『好罷，那是最曉暢的英文，也是你們大部摩登女郎所幹的事。我是個古怪人你也知道的，我情願做個獨立的老處女，一輩子教教音樂算了。』

『噢，但是你不會那樣的。你是預備着爲將來組織快樂可愛的家庭的女主人的，我在此預祝你成功，帕利，親愛的，』芳麗溫馨地說着，心裏覺得快活極了，幾乎那藏在心裏的秘密都險些吐出來。

『我盼望也許可以；但我懷疑，』帕利答着，是那樣特別的音調，叫芳麗也由不得想帕利也懂得戀愛的心病哩。

『甚麼事叫你難受嗎，帕利，是甚麼呢？信任我罷，像我信任你一樣，』芳柔和地安慰着，剛纔一切着意收藏着的冷淡都在這一刹那的陽光中融化了。

『你一直是的嗎？』她的朋友問道，禁不住身傾向前，有種不可制止的慾望亟欲收回舊日的愛和信仰，似乎拿一短短的與否或是「捕一隻鳥」的無益榮譽來互相交換是太上算了。芳麗一見就明白了，她立刻投到帕利的懷中去哭起來了，流着感激的淚道，——

『哦，親親！你犧牲都是爲我的緣故嗎？』

帕利將她摟得更緊些，用這麼和柔的聲音道，——『我的意思不是要讓一個愛人分開我們朋友的感情，如果我做得到的話。』

第十五章　破產

有一日黄昏帕利上蕭家去，一進門便發現毛頭苦悶着一張臉坐在台階上。一見她來立刻飛過來抱着她嚷道，——

『哦，帕利，你來我眞眞喜歡極了！』

『親親，有甚麽事嗎？』

『我不知道呀；一定有什麽可怕的事情囉，因爲媽媽和芳一塊兒在樓上哭嗎，爸爸把自己關在書房裏，湯姆氣得就像一隻熊似的在飯廳裏轉來轉去的嗎。』

『我猜不見得是怎麽的頂壞事情罷。也許媽媽的病利害些，或者爸爸焦他的事業，再不然湯姆又遇見了甚麽新困難。毛弟，別這麽害怕的樣兒，來到客堂裏看我給你帶了甚麽東西來哪，』帕利哄着，她明知家裏一定有了甚麽大事情，但看着那孩子一付叫人心痛的急切表情，不免想出話來先安慰她。

毛頭答道，『我若不先知道究竟發生了甚麼事情我相信我沒有心腸看東西嗎。我一定相信是個很可怕的事情呀因爲爸爸一回來就跑到媽媽房裏去，又談那麼一大長會子，後來媽媽就大聲哭起來了，後來我想進去看看的時候，芳不許我進去，她自己也是古怪害怕的樣子。後來爸爸下來，我又想進去看他，但他將門鎖起來了，他說「我的小女兒呀，現在不要進來，」所以我祇好坐在這兒等囉，一會子湯姆就來家了。可是我一跑到他面前的時候，他就說，「走過去，別吵，」就把我肩拐子一拉就給推出來了。哦，我的天呀！無論甚麼事都是這麼古怪可怕的，我簡直不知怎麼辦了。』

毛頭訴完忍不住哭泣起來，帕利只好也在台階上坐下來安慰她，自己心裏也不由十分害怕。恰當此時，忽然飯堂門開了，出現了湯姆的頭。單那匆匆一瞥已足叫帕利知道事情很嚴重。因爲他平素一番講究漂亮的氣概完全失去了。領帶歪到耳下去了，頭髮是一團糟，很蓬茂的鬍鬢也不脩修剃，而臉上的表情是既興奮，而又慚愧而又痛苦，甚至他的聲音也改變了，平日見女人裝腔的那種高貴口吻沒有了，似乎又恢復了昔日孩子的腔調，倔簡單地說道，——

『哈囉，帕利。』

『你怎麼樣？』帕利答。

『謝謝你，我糟了大糕；把雞婆送到樓上去，下來聽我講，』他說的神氣似乎他的困難非得趕快告訴一個人不可，而帕利之來恰是天與其便。

『那麼，親親，你就帶了這本書上去看着玩，還有我做給你的生薑餅，做個好孩子，』帕利向毛頭低語着，她擦去眼淚又睜着一雙大而圓的眼睛望着湯姆。她是個願意順服的模樣，也耳語道，

『那你一定慢慢的會告訴我呀，可不是嗎？』

帕利答道『如果能，我就告訴你。』

毛頭出乎意外的乖乖去了，帕利便回到飯廳來，見湯姆仍在室內不定心的來回踱着。卽使他氣得像一頭熊，帕利也不放在心裏，最叫她起勁地是他現在需要她，似乎他又回到昔日天眞的態度，在帕利是寧可同這樣湯姆接觸的。

她筆直地問道，『倒底是甚麼事情呀？』

「猜罷。」

「賽馬時跑死了你的馬。」

「比那再要糟。」

「你又有甚麽事情弔住了。」

「比那再要糟。」

「霽克斯跟人跑了，」帕利喘着氣哦。

「再要糟。」

「哦，湯姆，你總不見得襲打或是槍殺甚麽人罷？」

「你說得連我都嚇壞了，但你看我卻沒有。」

「那我猜不到了，你快說罷。」

「好罷，我被開除了。」

湯姆說的時候特爲停在地氈上望她對這回答有什麽反應，誰知，使他很詫異的，是她並無反應，卻似放了心的鬆一口氣，過一分鐘，方慘淡的說道，——

『眞是很糟；但還不太糟。』

『是太糟。』湯姆又走開去，口裏像哀悲地哼了一聲。

『別將椅子敲敲打打的，好好過來坐下靜靜說給我聽。』

『簡直就坐不下。』

『那麼你就走你的。你是的的確確的被開除了嗎？能挽回嗎？你幹了甚麼壞事呢？』

『這次可假不了哪。我同禮拜堂的看門的大吵一架又把他打在地上。如果這次是初犯呢，本來也沒有大要緊，頂多記大過罷了；但你知道我零零碎碎的已經有不少過哪，這是我最後的機會；偏偏碰到鬼給我失去哪。我知道我是完結了，所以我也不等學校來開除，我先自個兒跑走了。』

『你父親要怎麼說呢？』

『爸爸知道眞要難受死了，但還有再糟糕的是，——』湯姆說着，停在屋中間，低着頭說不下去，似乎即使對仁愛的帕利宣佈都很不容易。但過一下，他又像小時候犯了法時先勇敢地承認着然後便退到墻壁上等打等罵的神態，一口氣迸出來道，——

『我還欠人家一大筆債，爸爸不知道的。』

『哦，湯姆，你怎麽可以呢？』

『我是個極愛花錢的敗家子，我自己也知道，我現在萬分懊悔也來不及了。我現在要去告訴那個可愛的老好人，然而難處也就在這兒。』

要是在別的時候帕利一定要好笑湯姆那付臉色和話語不符合的情形，但在這時，他臉上實有一種誠切的懺悔，所以雖然他說到可笑的字眼『老好人』時，卻不好意思笑他。

『我敢講他一定要大發脾氣；但他一定會幫你的忙，不對嗎？芳說他總是這麽樣的。』

『你看那就是最糟糕的一點。他每次總代我還帳，上一次他說他可不能再忍了，而且他經濟能力也不允許了，所以如果我再闖下甚麽岔子只好讓我自己去想法解決，他是不再管我的帳了。我本來打算屹立得像尊銅像似的，然而現在依然故我，而且還要更糟些，因爲這一向我實不敢向爸爸開口，剛剛他又失去一批船隻，所以我眞急死了。』

『你的錢是如何用的呢？』

『我要說得出纔怪。』

『你就不能想點方法償還嗎？』

『簡直就想不出，你看我自己是分文全無，又無處去借，除非我去賭錢。』

『哦天呀，那不可以！何不將你的馬賣去？』過一分鐘的深思帕利代他想出一個主意。

『已經賣哪；但半價還未賣到，因爲去年冬天我跌壞了牠一條腿，弄得叫化子也嫌。』

『那還債還不夠嗎？』

『纔一半兒罷了。』

『怎麼，湯姆，你倒底差人家多少債呀？』

『我一直都不肯結算帳目，直到昨天；因爲事情已經到這步田地，我總得將眞相澈查澈查，所以將帳目淸了一淸，你看這是結果。』

湯姆拋一張揉碎塗滿字的紙條在帕利膝蓋上就又來回地快走着。帕利一看那總數嚇得說不出話來。

『數目不很大，不是嗎？』湯姆忍不住問着，愁苦地望着帕利。

『眞太糟糕！眞不怪你怕告訴你父親。』

『我眞寧願槍斃。』走了一轉，又道，『帕利，我說我們想個容易的法子告訴他。』

『你這話是甚麼意思呢？』

『怎麼，假設芳，或者再好些，讓你先到他那兒開條路的樣子。要叫我一個人跑去一五一十地向他吐實，我眞喫不消。』

『那你的意思就是要我代你去告訴是嗎？』帕利的嘴角一曲起，又向湯姆一瞥；如果給他看見方了解她那雙藍色眸子會明亮到甚麼程度，但他祇背着窗口，不曾轉身，答道，——

『好罷，你看，他這麼喜歡你；我們都信任你；你簡直像我們家庭中的一份子，所以你去是很自然的。你祇要告訴他我是被開除就得啦，別的你歡喜說甚麼便說甚麼，然後我就進來，把這件事就揭出來啦。』

帕利忽然起身不發一言向門口走去。湯姆見她如此，又向她臉上瞟了一下，急速地問道，——

『你想這不是個好法子嗎？』

『不，我想不好。』

『這卻爲何呢？你想讓你慢慢雅雅地告訴他不比我一陣胡言亂道地好多了嗎？』

『我知道他寧喜歡他的兒子像個丈夫似的親自去向他吐實，而不願讓他差個女子去做他所怕的事。』

即使帕利斗然打湯姆一記耳光，他也不會如此感痛。他望着她那興奮的面孔，似乎懂得那表情的意義，也立刻憬悟自己的確是打算拿個女子作盾牌。他不由臉色緋紅，祇低短地說道，『帕利，你回來，』便一直走出屋外，那樣子似乎是赴刑場一般，因爲可憐的湯姆一直怕他的父親，像怕閻王似的，就是長大了也還是。

帕利見他走後自己坐下來，既滿意而又心痛的模樣，自語道，『我盼望這一着是對的。我不能讓他有諂怯示弱的行爲。其實他不能算是怯弱，不過他沒想到我是這種人罷了，也不怪他這麼怕蕭先生，委實蕭先生對待這可憐的人兒稍爲過份嚴厲些。唉，要是這件事換在我們月樹身上，那我們怎麼辦？感謝上帝，他窮，他不敢，我眞歡喜。』

於是她靜靜地坐在半開門的旁邊，聽着由甬道傳過來的湯姆的低低語聲，暗暗禱祝着他不致於太難堪。他似乎一進去便迅速而堅定地將故事中述到底，並無停頓；然後帕利聽蕭先生祇沉着地道了幾個字，湯姆便很驚異地迸出一聲驚嘆。帕利一個字也聽不出，所以祇好安坐在椅子上，測不透那兩位男人中間發生了甚麼事。接着湯姆驚嘆的是一陣突然的死靜，然後纔又是蕭先生一段低輕而懇切的談話，一點不像帕利理想中所懸擬的那種怒聲，這倒叫帕利弄得糊塗起來了，因爲像毛頭說的，蕭先生待湯姆總是『先生氣，後饒恕。』此後又是湯姆的聲音，明顯地是問一些着重的問題，同時也聽見一些簡短沉着的回答。接着室內又是一陣死靜，只有窗外的春雨滴滴不住。再過一會，鄰房內一動又聽湯姆的聲音道，——

『讓我叫帕利來；』接着湯姆出現了，臉如槁灰，帕利只嚇得心頭亂跳。

『去，和他說幾句話去；我不成可憐的老父親，我要早點知道也好，』使帕利大大驚異的，是湯姆讓自己向一把大椅內一攢，將頭伏在桌面上，似乎他遭了一個難以忍受的打擊一樣。

「哦，湯姆，甚麼事呀，」帕利喊着，飛也似的趕過來，幾乎不敢朝他看。

湯姆也不抬頭，只平平的答道，——「失敗了；一切都毀了；明天甚麼人都要知道了。」

帕利楞在湯姆的椅子背後約有一分鐘光景，因爲這消息已經奪了她的氣，她感覺似乎天地末日到了，「失敗」對她簡直是可怕極了的字眼。

「很糟糕嗎？」她輕柔地問着，似乎問問話總比空站着望湯姆那種難受的神氣好點。

「糟透了。他現在打算放棄一切。他已想盡了方法，但實在沒法維持了，他的一切都完了。」

「哦，我巴望我有一百萬借給他！」帕利拍着手喊，淚珠已流到頰上來，「湯姆，他怎麼受得住呢？」

「帕利，他眞像個大丈夫，我因他而自豪，」湯姆說着，本來收藏着的情感又都發出來，臉變得很紅而且很興奮。「他各事都不順手，他一直孤身獨力地向逆流奮鬪，但環境太劣了，他祇好放棄，但你要知道，這是個很誠實的失敗，沒有人能怪得到他，我倒喜歡看淸楚這件案子！」說着湯姆又緊握着自己的手，一似誰要對他父親的令名稍有誹謗時他準將他們搖死。

「自然他們不能！我知道這就是可憐的毛頭所着急的那件事了。你來家以前他已經告訴芳同你媽媽哪，所以她們纔這麼不快活的，我猜就是這緣故。」

「她們沒事呀爸爸沒動媽媽的錢，他說他「不能連累他的女兒，」所以她們的一筆款子是平安的，帕利，你說他不是太好了嗎？」湯姆的臉不由得露出驕傲的光輝。

帕利卻恨自己無能爲力，喊道，「我能盡甚麼力效勞嗎？」

「你能安慰他呀；你知道怎麼做的，去罷。他正一個人在那兒正等個人說幾句好話哩。我是不成的，因爲我不但不能安慰他，反而引起他的心事。」

帕利忽然想起大難中的小難，問道，「他聽見你的消息怎麼樣？」

「像隻羊似的；因爲我說完時他祇說，「我可憐的孩子，我們應當互相擔當，」以後就講他的事。」

「他對你慈愛，我歡喜，」帕利安撫的腔調說着；但湯姆卻懺悔似地喊道，——

『就這纔叫我更傷心呀！正應該我得力使他自豪的時候，我卻拖了一筆債和羞辱到他那兒去，他一句也不責駡我。沒用呀，我實在受不住了！』接着湯姆的頭又低下去，很像嗚咽的模樣，雖說他外面如何地丈夫氣，穿如何講究的衣裳，然而那最溫暖的赤子之心究竟未曾磨去呀。

這一聲悲切之音，竟使帕利比聽了十二個失敗的消息還要心痛，她至此實在忍不住輕輕地伸出手去擱在那俯着的頭上，也藉此看看那黃色的小鬈髮有多長，有多軟。不管他心裏是多麼難受，但那短短一分鐘卻使她很快活，因爲她生就的就是個愛撫慰人的人，尤其，還用做嗇的謊嗎，這位應受譴責的湯姆是她所愛的呀。其實她這麼做是很愚笨的一件事，她也未嘗不知道！但她管不了自己，她不懂，也解釋不出；她祇覺得她的確愛他，不管他的荒謬，他的冷落，甚至他和別人的訂婚。你看，那次夏天湯姆到她家去過一次，從那時她就愛上了他。不過那還在雪克斯勾上他以前；以後她雖聽見他們訂婚的消息，帕利卻不能一時收回她的愛，縱然她也曾下過一番決心。她始終懷疑他們那可笑的訂婚，所以她祇將一片愛暫時藏在心的一角上，曾試着忘去，希望或是讓牠消滅，或是在正當的途徑中生存。縱說如此，這一切並不曾叫帕利太過悲傷，因爲工作，忍耐，和理智助她一大臂之力，而且希望更勝過一切愁悶。偶然之間，誰要說雪克斯不會和湯姆決裂，或是湯姆的確愛雪克斯，帕利總以爲要蛩心痛非常似乎忍受不住的模樣。可是她發現，每次她都忍受過去了，於是她又結論說，若天特意可憐見地爲天下女子預備了一個能忍無盡數愁苦的心，縱然他們的愛沒有反應，牠的食慾依然很好的。

如今，她禁不住不愛慕這荒謬無賴的湯姆，也忍不住微微激動地想，「如果雪克斯祇愛他的錢，那他沒錢的時候她準要拋棄他；但我反要因爲他的窮格外愛他。」因爲她心裏有這麼溫暖的情緒，也難怪她的手竟有撫慰的魔力了，只見湯姆的雙眉已不再抽動，而一兩聲窒息的吸氣更表明他已快好，如果祇能讓他有個機會擦去眼淚而不被人看見的話。

帕利似乎已經看出他的心意，便塞一條小而乾淨的手帕在他那半開的手裏說道，「我現在到你父親那兒去一下，」於是又給他臨別的一撫，是那麼舒適的，湯姆還希望她再來一下，但她已走了。

當她停在穿堂裏振刷一下的時候，忽聽毛頭在上面叫，她一想女人需要她恐怕比男人還要急切些便跑上樓，芳麗正在房裏守她。

『媽媽睡着了，可憐的，她可累壞了，所以我們可以在這兒談談不致於吵她，』芳麗這麼靜靜地迎着她朋友，使帕利都有點驚異。

毛頭哀告似地說道，『讓我也來罷，我包你不吵，你不知道各處都被人拒絕是多麼難受呀，又看見人哭呀談呀的，你一點也莫明其妙地裝在夢鼓裏，眞叫你受不住。』

『你現在已經知道哪；帕利，我已經告訴她了，』芳說着，請帕利一同坐下，毛頭便爬上床，打算如果中途聽見甚麼過份忍受不住的話便好將頭藏在枕頭底下。

帕利將芳麗打量一下，不管她態度是如此安靜，但那臉仍然逃不了那興奮之色，兩片頰也是紅紅的，便說道，『親親，我很喜歡你處事的鎭靜態度；我先以爲你要撐不住的哩。』

『我敢講我要恨要愁的日子在後頭哩，這起頭我簡直是亂昏了，而如今纔開始叫我興奮我本應滿心代爸爸難受纔是，不錯我是難受但告訴你實話，家裏遭了這樣不幸，我反有點高興，這樣我纔能有點事做做，忘記我自己，不然我不知如何得了哩。』

芳麗說着眼皮垂下，顏色也加紅起來，但帕利卻懂得何以她要忘記自己，於是以手膀圍着她表示那麼輕柔得遠過芳麗意想之外的同情她說道，『也許事情不見得像所懸擬的那般壞；我是不大懂這些事但我看許多人失敗後依然過很舒服的日子嗎。』

『我們可不行呀，因爲爸爸打算放棄一切，不要讓人家講他一句壞話。媽媽的一小部財產，是歸她名下存放的，所以沒株連到。那個很叫她感動她怕窮比我還要利害，但她求父親儘管用，如果可以幫忙的話。父親自然很快活她的體貼，但他說無論如何不願動她的錢，一則於事無大補，二則那點錢就維持她的舒適還不知夠不夠哩。』

帕利急切地問道，『你可知道他打算以後怎麼辦呢？』

『他說還未十分計劃好，大概是搬到屬於祖母名下的小屋內去住，愈快愈好，因爲破產後再維持着這種生活是不誠實的。』

『我倒不在乎那個，我喜歡小房子，因爲裏面有花園，有小巧的房間，還有三個角的櫃子，我一直就想着的，』毛頭說着，她是從喜樂的一方面觀看的。

『噢，等你馬車去了，好衣裳傭人也走了，甚麼事都要我們巴巴結結地去自己巴時，你就不這麼說了，可憐的孩子，』芳麗覷看失敗又完全是一幕肯定的悲劇。

毛頭一聽，慌問道，『他們要將我們一切的東西都拿走嗎？』

『我不敢說，哼就是許我們留也不見得多罷，』芳似乎要將一切所有都準備犧牲的模樣。

『他們不能拿我的新耳環去呀——我一定藏起來——還有我最好的衣裳，和金香水瓶。哦，哦，哦我想這些人要搶一個小女孩的東西纔不要臉哩！』想着寶物都要給人家搶去的情形，毛頭不禁將頭埋到枕頭下，嗚咽起來。

帕利連忙曳她出來保證她決不會全部損失的，又允許她如果她父親的硬心債權人等真的要碰到她的耳環香水瓶時，她決定上前爲她求情。

『我們不知道還能不能只用一個傭人直等到我們學會做事的時候，』芳麗望着自己的白手一嘆。

但毛頭卻忽然拍着手，又在床上縱一下道，——『現在我能學弄飯了！我最喜歡打鷄蛋！我要乖個圍裙，像帕利一樣的，還要一個雞毛帚可以撣樓梯，也許，還要將頭紮起來像克娣一樣的。哦，那多好玩呀！』

『別笑她也別阻她的興；讓她儘抗從圍裙裏雞毛帚裏找安慰去，如果她能的話，』帕利和芳耳語着，看着毛頭又在枕頭上敲着又笑着坐起來因爲她一向愛管家務，爲偸下廚房，偸洗刷拭抹的不知挨過多少教訓。

芳說道，『媽媽這麼軟弱，我覺得一定要我來當家，帕利，你一定要來告訴我怎麼弄。』

帕利笑着答道，『小姐，這是好訓練哩，你不久便會知道的。』

芳麗也一笑，但轉瞬大家又都趨嚴肅悲傷。『這一來各事全改變了；一班老朋友都要把我們摜掉了，像上次密爾頓家的父親失敗時我們也摜過他們的，像我們說的，我的「風景畫」全毀了。』

『我不信；你的眞朋友總不會摜掉你，你現在要看出究竟那幾個是你的眞朋友了。我知道有一朋友一定比從前更要好。』

『哦，帕利，你這麼想嗎？』芳麗的眼禁不住迸出淚來。

毛頭一向喜歡還能尋根問底的，這時喊道，——『我知道她指的誰呀，是她自己呀；帕利一定不嫁我們窮的，因爲她喜歡叫化子。』

芳問道，『你是說你自己嗎？』

『不是的，是個比我好萬倍而又可愛萬倍的朋友，』帕利說着，捻着芳一對秋波下紅得美麗的一雙頰。『毛頭，你一輩子也猜不到，所以你也不必猜，還是計劃在你那小巧三隻角的櫃子裏盛些甚麼東西罷。』

果然毛頭立刻專心到她的櫃子上去，逃過了她的追根問底，這一對大點兒的姑娘方慘淡地討論些忽然來到的改變，其間帕利不免覺很驚異芳麗在這件事上所表示的能力和覺性。帕利因爲愛的緣故起先完全不懂芳麗何以能如此有耐性有勇氣；衹覺得很歡喜又以爲自己的預言竟應驗了。忽然毛頭又從她的櫃子裏鑽出來，還帶個怪意思來。

『是不是破產的人』（毛頭很喜歡用那個新字）『常要中風嗎？』

帕利喊道，『不嗔孩子，你怎麼想到那一層的呀？』

『怎麼，密爾頓就是的呀；所以我想或許爸爸也會中一個，不是要嚇死我嗎？』

『密爾頓是個可恥的壞失敗呀，自然不怪他會得瘋病的呀。我們不是的呀，爸爸決不會到那種地步，你放心罷，』芳麗驕傲地說着，一似『我們的失敗』竟是個榮譽似的。

帕利問道，『你想你和毛頭現在同去看看他不好嗎？』

『也許他不喜歡吧；而且我也不知道從何說起，』芳麗口裏猶疑着，帕利早急切地接口道，——

『我知道他一定歡喜的。不要管該說甚麼，祇去好了，祇表示你對他的失敗既不懷疑也不責備就好了，而且你們還更愛他，而且還快樂地準備好以助他共肩苦難。』

『我去，我不怕；我只抱他，說我不知有多歡喜到小房子裏去住，』毛頭喊着一骨碌從床上爬起便向樓下跑去。

『帕利，同我一塊兒去，告訴我怎麼做，』芳麗拉她的朋友一塊去。帕利至此也就不好推托，因爲她知他們已經將她當作家庭的一份子，像湯姆說的。她祇說道，『你一看見他就知道怎麼做，不用我說得的。」

她們到書齋門口時，見毛頭的勇氣爲密爾頓的中風打回去了半截，立在那兒不敢進去。是帕利開的門；而芳麗瞥見她父親的一剎那，也果眞知道了如何做。爐火不旺，氣燈不明，蕭先生正坐在他的安樂椅內，雙手抱住灰色的頭，那樣子現得極其孤寂，老邁，又被心事累倒了的模樣。芳麗祇向帕利望了一眼便過去雙手摟着那灰色的頭，用個微微顫抖的聲音道，——「親愛的父親，我們特爲來對着你共同擔負的。」

蕭先生抬起頭來，一眼瞧見他女兒臉上有種從未見過的東西，不由將自己疲倦的頭倚在她身上，又雙手擁抱着她，似乎最低的盼望中的最需要的安慰已經找到了。在那一剎那，芳麗在自責和快樂的混合情緒下，方第一次了解女兒應該和父親有個甚麼關係；而同時呢，帕利也在念到樓上脆弱自私的蕭太太，因而忽然明晰地想到一個妻子對丈夫應有個甚麼關係——應是個賢內助，不該是重擔。毛頭見了這些不平凡的景像，心裏深深感動了，不由也靜靜的爬上她父親的膝蓋，讓一顆偌大的淚珠在塌鼻頭上發亮，——

『爸爸，我們不太難過，我還要幫同芳一同理家；我還喜歡嘿，的的確確的。』

蕭先生的另一隻手膀又去繞了這孩子，約有一分鐘沒有人講一句話，因爲帕利已經溜到椅子背後，所以沒有人打破這一角在患難中互親互愛的爺兒三個。後來還是蕭先生鎮定自己，問道，——

『我另一個女兒到那兒去嘸，我的帕利呢？』

她馬上出現了；給他一個輕吻，卻較平時還多萬分溫柔因爲她愛聽『我另一個女兒，』於是她耳語道，——『你不也要湯姆來嗎？』

『自然我要啊；這可憐的孩子在哪兒？』

『我去找他來；』於是帕利以最活潑輕快的步子走出去了。但她走過穿堂時卻不由停下在穿衣鏡前打扮一下，看過身是否沒錯兒因爲她在湯姆貧困時卻愈有一種要自己現得整潔美麗的心理，也不知是甚麽講究。當她舉起手來整理胸前的滑結時，無意之間碰落帽架上的一頂帽子。其實這亮而黑的一頂海狸皮帽並不見得是引起柔情蜜意或羅曼諦克情感的事物，然而那時帕利卻似深深感動似的，又像是甚麼大人物的東西，珍重地拾起，又撫平跌壞的凹痕，一似那凹痕象徵着帽子主人所正受到的危險，又對着帽子那麼恭敬而憐恤地看着，竟似那頂帽曾經為未接位的皇子所戴過一樣。女孩子就喜歡做這一類的傻事，縱然我們要加以好笑，但我們卻心裏歡喜，可不是嗎？

帕利進去時，湯姆已經恢復原狀了，手帕已失去了踪跡，他的頭也直了，臉也鎮定了，而整個的態度也趨於極端鎮靜，似乎對運命說『你儘管來罷，我已準備好了。』她進來時他並未看見，因為他正目不轉睛地望着爐火出神，明顯地是幻想到所常想的將來；但當她說『湯姆，親愛的，你爸爸要見你』的時候，他立刻立起身，伸出手來給她道，『你也來，我們沒有你不能過，』便挾着她又回到書齋去了。

此後他們有個很長的談話，似乎家庭的困難一時倒增加了彼此的感情和相互的信任，當少年們坐着聽的時候，蕭先生便講了許多事業上的困難和複雜，而他們各人也開始責備自己昔日的生活太盲目太享樂了，一點不知道大風暴已經來到，祇讓可憐的老父親獨自支撐着。無何，惡運命終於來了，一陣驚慌之後，發現也並未死去，反有種半快樂半急切的興奮大家談着，勉着，感覺着異乎尋常的友情，正似突然的風雨中兩三個人躱在一把雨傘下的心情。

這是段很慘切卻不太悲傷的談話，因爲蕭先生覺得有意外的慰安，因爲孩子們意外的同情，而且他們都爲父親的緣故強爲歡顏，所以覺得自己反好過多了。他們有時還笑出來，因爲女孩子不時問一些奇怪可笑的問題；湯姆又常說出些不懂事故的話；最後毛頭，當將來的計劃表明給她聽時，她說出一串可憐巴巴的放心的話來，可將一天烏雲都消散幾分。

「我這纔放心了；因爲我一聽爸爸說我們要放棄一切東西，媽媽又喊我們是小叫化子，我眞以爲要提個籃子頭上頂個舊圍巾，各處去討冷飯吧。我有次說過我歡喜幹，但我怕倒底不行，因爲我實在過不了那冷山芋印第安小餅的生活嗎——那好像都是窮孩子常喫的嗎——我更不歡喜讓貴思跟他們看見我人家後門口轉呀轉的嗎。」

「我的小女兒永遠不會到那一天，若我在的話，」蕭先生說着，將她更攏近些，又向她一望，禁不住毛頭將臉㨪着父親的臉，又加一句道，——「父親，如果你要我做我還是願意做，因爲我眞願幫忙。』

『我也是呀！』芳麗也喊着，同時卻在想不知穿過時的綢料，自己洗手套是個甚麼樣子。湯姆卻未說一句話，祇將他父親畫滿了數目字的一張紙拉攏來仔細地研究着，似乎要求得明瞭而能迅速助一臂之力似的。

『孩子們，我們要埋頭向前幹呀，所以也別畏難，祇準備着接受不舒服和煩惱。把一切架子派頭收拾起，記得貧窮不是可恥的，不誠實纔可恥哩。』

帕利是一直愛蕭先生，但今天愛之中還加上敬意，想從前當他是個只知弄錢的人未免有點冤枉了。她心裏又想道，——『我看這回事情倒是與這『家有點好處哩。蕭太太一定以為最苦，但這也能叫她動動，也少以為自己這病那病的，卻起來做個忙碌而又快樂的母親，』帕利是滿着希望想的，因為貧窮是她的老朋友，而且她早已學會不怕牠，只知道取牠的甜和苦雙雙利用得當。

當晚上要互道再見的時，帕利先自走了，好讓他們自由些，但又忍不住躲在外面看些女孩子究竟如何輕柔地和父親分開。湯姆沒有一句話為自己說，因為男人既不親吻，愛撫，又不會在感情激動的時候哭泣，一切他所能表示的同情和懺悔是握着他父親的手死命搖了幾下，面上呈露着敬佩，傾恨和感情，然後箭一般地穿下樓去，一似有甚麽東西在後面追着一樣。

第十六章　時裝展覽

那個教人知道榮華富貴多麼快地會生出翅膀飛走的禮拜，轉瞬過去，蕭家總算也得一次教訓。下星期蕭先生便毅然實行了他預定的計劃，那股忍勁，那種魄力竟深深感動了那班鐵石心腸的債權人。大宅子趕早騰讓，朝小房子搬；從前老太太去和兒子過的當兒，那些傢具甚麼的全留在那兒。雖然是一些舊式的東西，但這種萬難的時候，竟好似祖母遺空腸下的一份禮物似的，覺得分外寶貴。當他們的家私拍賣時，有好些人要表明雖然他們家財失去，然而朋友依然存在，所以有一個人買了芳麗的鋼琴又送還她，又有一位賺了許多細小的奢侈品拿來送還蕭太太，因為知道她是愛舒服的；第三個又買了蕭先生所當為最寶貝的書籍拿來還他；這一切都因為蕭先生說過要放棄一切，所以他的朋友們都慷慨地解囊代他收回一部分來。這麼一來，小房子裏也就不嫌太空洞，祇覺得雜同情與仁意的高潮帶來一些破船中的殘物，看了彌增快感哩。

不久，凡聽見這信息的朋友相識都趕來看視，固然一部分人是眞誠勵問，然而多數人還不是好奇心的指使，祇存『看他們究竟是怎麼樣』的心理罷了。這可算他們最難忍受的一件事，有些高貴的太太們小姐們跑來慰問一下，然後又出去評講出多少話來，氣得湯姆發了幾次脾氣，用硬話頂他們。帕利對蕭太太的希冀叫她失望了，這惡運對她無一點效力。她立刻朝床上一躺，一把眼淚一把鼻涕地迎見客人，又時常問家裏人甚麼時候將她送到老人堂裏去。這起先可把芳難壞了，但過一些時後她又承認她母親祇能如此，又因爲父親的緣故芳已開始肩起家庭重任，心想久所希冀的可做的一些事終於達到了。

可憐這位嬌小姐幾曾知道管家務，然而爲父親，爲自尊，爲決心，說不得要打起精神去做啊，做到心力交瘁的時候，且喜紊亂中已經理出頭緒，家裏經她一番苦心經營，也就呈現着一派快樂舒適的景像，她便是再苦些，至此也便安慰不少了。

毛頭自聽不必挨後門討飯，已自放心，所以對所謂破產倒處之泰然，一似是個好笑話一般，總之，小孩子究竟祇愛新奇，貧窮不貧窮倒也不放在心上。她看那所新宅子，小得像嬰兒室一樣，但如今她卻可以在裏面任意玩耍，無人禁止。而且從一搬進來時，她第一件事便是去打開那三隻角的櫃子，一看裏面便找到一把和帕利一模一樣的茶壺站在那兒，她這一喜眞非同小可，她覺得她的好時候到了。於是立刻就變做又掃傢具，又洗茶杯，又做麵包的最快樂最忙亂的城市小主婦。莫看毛頭雖是城市中長大的，然而先天裏卻傳了她祖母最可貴的性情，倒像是個數一數二的農家女一樣。

帕利當她朋友遭難的時候，一直保持着忠實，互助，快樂的心情陪着他們經歷一切變遷。現在兩方面的地位也調換了，如今輪到帕利給予，而芳麗接受了；因爲有些事物芳看作新而奇的，帕利卻是如逢故友，再有一切不時髦的家政小藝現在拿來應用時，蕭家不會的，她全是駕輕就熟，毫不裝事。但她仍是懊恨着責任在身，不能儘量報昔日的恩惠。在搬家的那一天，沒有人再比她出力了，上上下下的搬重東西，將手指敲擊得黑一塊藍一塊的，鋪地氈掛窗簾；而且那天幾乎還跌斷了頸子，因爲她急於要看火食房裏蕭太太的酒放好沒有，一個大意便從扶梯上滾下來了，滾得一身漆黑，湯姆連忙將她抱起來時，她還說喜歡，因爲這不過是還債。

『你個聰明小姑娘，你無論甚麼事都能做，快來教教我，我簡直急死了，』當那自謂『各事包辦的小丫頭』帕利有一次來時，芳麗和她說，

『甚麼事情呀？是皮子裏出蝦子哪，是烟囱裏出烟哪，還是對門出天花哪？』帕利問着二人同走到芳的房間裏，那兒毛頭女士正在一面大鏡子前試裁那一頂一頂的古式大帽。

芳感動地說道，『實實在在我沒有衣服穿了。我一直太忙也沒有功夫想到這一層上面去，你看現在已經是五月了，我還沒有一件見得人的衣裳。從前罷，我祇要到裁縫那兒去，告訴她我要甚麼，她便代我各式的春衣都做來了，然後爸爸付錢，我祇趕着穿就是了。現在我懂得世故了，帕利，我告訴你，我看我穿衣的代價眞叫我害怕。』

帕利安慰着道，『你還不算多吶，我知道有些人比你再要狠哩。』

『也許你的話對，因為我有個意識，有眼光也是經濟的一種：可是帕利呀，的的確確的現在我不忍心和爸爸要一個小錢，然而我的衣裳也是一定要的。仰你素來是個多才多藝的，所以我來投靠着你請你告訴我，用甚麼法子「不花一個錢弄一套春天衣裳？」』

『先讓我看看你的家私好出主意。把你所有的破衣爛裳都拿來。我們再想辦法，』帕利說着似乎很喜歡這種情形一樣，因爲她富有女性的機智又加上年來的練習，簡直是非同小可的治家之才。

果然芳麗將所有的破衣爛裳都搜出來了，卻多得有點嚇人，因爲椅子，沙發，床上，妝台上都遮滿了，而毛頭仍然立在櫃子裏喊道，『這兒又是一件。』

芳將最後的一塊舊綢也擱置在破衣堆上時說道，『這都是一堆叫你沒法兒想的爛貨罷！』

『你的「爛貨」照我看還很有希望哩，因爲這裏面有好些細料，以及未十分壞的好衣服，——我卻討厭這個，因爲你拿牠沒有用。讓我看，五頂帽子，冬天的帽子現在可以不要，這要到明年秋天纔用得到，夏天的帽子，可以統統拆毀，如果我的眼睛不錯的話，我看三頂舊的可以製一頂很新很新的。』

『我情願來代你們拆，倒讓我也來看看你們怎麼做法，舊的改新的還沒聽說過哩，一定有趣，』毛頭說着拏出一把剪刀就開始去拆那破舊的一頂小帽。

帕利又在破衣堆裏亟速地翻着，繼續道，『現在再講衣服。』

一時芳提出一件灰色出街穿的衣服，已經舊得不堪了，卻問帕利道，『你可要瞧瞧這一件呀？』

帕利接過來一看，將舊的一面翻過去，抖出那面乾淨光亮的織面，勝利地說道，——

『看你的新衣裳在這兒了；只要好好修飾改裂一下，保你穿起來與從前一樣美。』

芳猶豫着說，『我一輩子從沒穿過一件改裂的衣裳；你想人家看見可會知道嗎？』

『人家是人家，害不了你的事；一百個人看見你，一百個人只說你好看，決沒有人管到你衣裳是改的還是新的。我情願一輩子穿改裂的衣裳，染的衣裳，我看也不見得生疏了我的朋友，或是將身體穿壞了嗎？』

『不錯不錯；帕利，我是個呆鵝，我從此要克服這種羞貧羞節省的感覺。我們就改灰色的罷，我一定勇敢地穿出去。』

『那麽一定會漂亮極了的。哦，這兒又是一塊紫色綢子；那配起來一定可愛極啦，』帕利喊着，還在翻。

芳麗卻坐在床上望着她束一件西一件的衣，露出的失望態度，道，『我眞不懂如何兩件污七八糟的裙子同一件染過的短衣就能改成一件眞正的衣服。』

『好罷，小姐，我是這個主意，』帕利模仿着裁縫師務的着重語氣，以及惡劣的文法：『捨其舊而用其新；所以，旣然裙子上面很新，我們就將皺邊拉平，倒過一邊，就讓牠平的好了。裙的上部還可以做小一點，頂上打一個折子；那麼這件短衣呢，可以將這些好花邊點綴上去，多下的新布塊子還可以想法弄成一頂帽子。至於毛頭剛從絲的那件衣上拉下來的黑花邊配紫衣的邊最好，那麼再配上那件綢外衣，不是就十全十美了嗎？你可懂哪？』

『我現在還不頂懂，可是我相信慢慢一定會的，還要將我的出客衣裳當作最好的哩，』芳麗說着，見在帕利奇妙的技巧下，她的春衣漸漸出落得嶄新，不由逐漸高興起來。

『這兒又有兩件；這件印花布的很好，只要將裝修換一換，後而那尾巴似的東西剪去就成了。這件洋紗的也祇要補補連連就會和原先一樣好看的；孩子啊，你眞不該將這些好東西隨便糟蹋呀。這兩件黑綢的還能再穿好幾年吶。假若我是你，我就弄他兩身乾淨好看印花布的在家穿，這短短的一季不就過去了嗎？』

『你看這件薄紗的還有用嗎？這是我一件最喜歡的衣裳，我捨不得丟掉。』

『你巳經穿得壞透壞透，還有甚麼用，祇能做破布。是的，我記得從前是非常好看的，但是巳經過時了。』

芳旎讓這件衣擱在膝蓋上約有一分鐘的光景，不由得一顆芳心回憶到從前興盛的時候，最後一次穿這件衣，詞定尼曾說只要她膝蓋上再安放一朵薔香花便像春天的女神了。此刻她將衣服摺好放開，不由嘆息了一聲，後來這件衣始終也不曾做破布，想聰明的讀者一定知道其故何在了。

『跳舞衣還是好好收起來吧，還要等來年纔能用哩，』帕利理出一件彩色的衣服向芳說着。

芳卻靜靜地答，——『我那種生活巳經過去了，我再也不要穿了；隨便你去怎麼發放牠們罷。』

帕利問，『你可曾像許多貴婦人一樣地出賣過你不要的好衣裳嗎？』

『從來沒有過我不喜歡這種樣子。我不是送人就是讓毛頭拿去裝戲。』

『不知道你要不要我告訴你貝麗所提議的一件事嗎？』

『如果是關係買我衣服的話，我就不要聽，』芳麗嚴厲的說。

『那麽我就不說罷，』於是帕利退到一幅綠色如雲的薄紗後面去，就好像她得了虎烈拉一般。

『假使她願意買我那件討人嫌的怪顏色衣服，我就便宜些賣給她，』毛頭倒是講究實際的。

『帕利，她是要嗎？』芳的驕傲究竟敵不過好奇心。

『好罷，她祇問我，會不會叫你生氣，如果她從你手裏將這件衣取過去，因爲你總歸是不穿的了。你又不喜歡牠，而且這一季穿過去立刻就不時的，』帕利從那綠色的隱處答着。

『你怎麽說的呢？』

『我看她是好意，所以我就說我代你問。現在我們自己人說話，芳，這衣裳如果賣出去，那一筆錢很夠你買春天應用的零碎東西了，這是一層；還有一層也許對你很有點分量哪，』帕利狡黠地加上。『霉克斯告訴貝麗說要到你這兒來要這件衣裳穿，因爲她知道你總不會穿的。貝麗一聽可光了火，她說這倒有多不要臉，要那麼貴的衣服而不付代價呀，她又說，芳那件衣做多少錢我全出，就是再多些也可以。我並不在乎衣裳，我只要能送點錢放在芳的口袋裏就心安了，因爲我知道她要用錢，而且她又太好不肯和蕭先生要一個小錢啊。』

芳一聽，既恨雪克斯的無恥，又感貝麗的情義，不由一張臉頓時緋紅，叫道，『她眞那麼說了嗎？我情願一個小錢都不要將衣裳送給她。』

『那她決不過意；你還是讓我來辦，你也不要覺得難爲情，不安甚麼的。你從前有能力的時候還不是在她身上有過多少好處，而且你不是高興嗎；現在也讓她還還債也讓她享享那種喜樂。』

『既是她這麼說，的確也有點兩樣。或許我就——錢到底有大用——不過我總以爲不大好似的。』

『皇帝皇后否運來時，或是離開寶座時還要賣珠寶哩，也沒有人因此被人瞧不起呀，那你又何必呢？這不過是朋友之間緩急之時互通財誼罷了，而且這還是交換呢，要我是你，我就賣。』

『我們慢慢看罷，』芳麗說着，心下已暗地裏答應了。

『如果我有像芳那麽多的東西，我就好好拍賣一下，好得一注大大的錢。你爲甚麽不來一個呢？』毛頭問着又開始拿起第三隻大帽往自己的頭上戴。

『我們是要來一個，』帕利說着，便堆起一把椅子，假裝着拍賣，用那麽可笑的模仿，將芳的衣裳一件一件都賣給一羣理想的朋友，惹得房裏笑聲不絕。最後她滿意了自己的笑劇，氣喘喘的下來說道，『我們也夠了；現在我們再回到正經事上來。』

『這些白洋紗和美麗的綢片可以留好多年，所以我贊成將牠收起來，等到要用的時候再用。那就省了你用錢買哪，你一要用的時候，只要去一找就有哪。我媽媽總是這麽樣的；因爲常有那班有錢的朋友送東西給我們，有的我們當時不能穿的呢，媽媽就收起來等能穿的時候再做。有時我們得到的那些包裹纔好笑哩：希奇古怪的鞋子，沒有邊的大帽子，前後都是洞的襪子，還有各式穿舊的好衣裳。每次一有包裹寄來了，我們就一陣鬨去，坐一圈看着媽媽打開。男孩子雖也與我們一般地歡喜那些東西，但他們常時喜歡說說笑話。有一次月爾做了一首詩，我們都說還不錯哩，待我唸給你們聽，——

鄉下的窮人眞可憐，
身上衣服不週全，
幸虧，有錢的善士來救命，
送一些，老舊的花邊長袍，還有緞子鑲的邊。

毛頭一聽，脸上立刻表示十分佩服，說道，『我想月爾一定會變成和沙士比亞一樣好的大詩家。』

帕利工作着答道，『他已經是馬月爾啷；但我不願意他祇是一個有名的詩家就夠了。』

毛頭又問道，『佈回寄來的好東西，你媽媽可讓你們穿嗎？』

『不；她說一個窮牧師的女兒穿人家舊的好衣服出去顯耀不是適宜的事，所以她就像我剛纔做的一樣，把我們日後可以穿的都收起來，佈天只把一些破的絲帽，同一些甚麼污穢的花邊袍子給我們穿着頑。你不知道我們從前在我們的樓閣上頑的多有意思呀！我還想起一個笑話，講給你們聽。我記得我們是玩開跳舞大會，我們幾個人全打扮起來了，就是男孩子也換了裝。恰巧就來了幾位新到的隣居，因爲聽說我們是模範兒童，所以就指名要見我們。媽媽便喊我們，誰知我們跳舞會剛已開罷，大隊已經出發進了花園，正坐在一顆顆聯當絲緞椅墊的大青菜上面開音樂會哩，所以我們沒有聽見；及至客人告別要走的時候，忽然聽見很大的鬧聲，不由他們都回頭望，只見我們的屋角上，奈特將小貓妹放在一把手車內推着走哩，我就跟廸米月爾三個人在後面大聲狂喊像瘋子似的；因爲我們正在頑金散斯夫人發暈用車子送家去的故事。我想媽媽那次幾乎笑斷了肚腸子；再有，你可以想像我們這班模範兒給這羣生人有多麽好的一幅印像。』

聽了這麽生動的少年趣事，毛頭的整個心神都給奪了去，她毫不留意地正想坐下去大笑，誰知正坐在一口開着的箱子邊，自然立刻人仰馬翻，好容易纔爬起來。

『鄉下人比我們好玩多了。我就從沒坐過手車，也從沒坐在青菜上面過，眞是太不公平了，』她委曲地說着。『你也不必替我收藏甚麽綢衣裳；反正我就是長大也不做太太少奶奶甚麽的，我要嫁個種田的大哥，做做奶油乳酪甚麽的，生他十個孩子，還要養豬，』她是認眞的說，不是頑笑。

芳麗道，『我眞相信她能，如果她能找到一個的話。』

「哦，我已經要了月爾了，我們問過他的，他說「很好。」他禮拜天講道理，別的時候就在田裏做工。他說的，你看我們的算盤已經打好了，你們也不必笑，」毛頭說着，擺出一付莊嚴的神氣，正在檢視一頂白色大帽，心想不知道農人的妻子可否在聚會的時候也戴有羽毛的帽子。

「眞是胡鬧！難道你這麼點小東西就敢向人說你的意思嗎？」芳麗喃喃說着。

「毛頭提婚的時候，我盼望看見月爾的那付臉就好了，」帕利答着還向她朋友將頭一點，這比言語的回答再要妙。

「那人有消息嗎？」芳輕聲問，卻故意檢視自己的袖子。

帕利答道，「還是在南邊；大概最近的事他還未得到報告，因爲他不在的緣故。」

芳道，「我想腓力樸公爵這次所受的打擊不輕。」

「我不知道；不過這類的事容易忘記的快極了。」

「很願他如此！」

毛頭正豎着耳朵聽，卻莫明其妙問道，——「腓力樸公爵是誰呀？」

芳向帕利望一眼答道，『是以利沙伯女皇時代的一位有名人物。』

『哦』毛頭似乎滿意了，但這尖酸孩子心裏卻仍舊疑心哩。

芳麗心裏也正想到另一個人，不耐煩道，『這倒要縫多少綫纔能全縫好呀，我頂不喜縫。』

『留着讓我同倩兒替你縫罷。我們都是欠你債的，像貝麗一樣，也喜歡搶先償還你。芳，是恩是怨都要還報的。』

『留神可不要報得太多了，』覺得一點小恩惠被人家這般殷殷地記念着，芳不由現出很喜歡的模樣。

『這種利息是來得很甘心的，你知道。現在，將那件衣拆了好去給倩兒去整理，我來代你製一頂帽子，』決定讓事情有個頭緒，帕利安排着因爲她知道芳近日有好些事心神不寧。

芳麗端過緞帶盒子說道，『我要找點東西配我的衣裳，裏邊還要藍的。』

『我的親親，你歡喜甚麽就甚麽；一弄到帽子我總高興的。我有了這就好了！沒有比這再好的，』帕利喊着，從芳纔芳麗失望的那一堆綢子裏翻出一樣東西。『我就想這塊銀灰色的呀，這一點無論做甚麼帽子都夠極了呀，還有這些紫羅蘭是既美觀而又可記念那人。」

帕利說着又向她扮個怪笑時，禁不住芳喝道「你還不住口，小蹄子！」

見芳並不作惱且是個喜歡的模樣，帕利又繼續道「這遲早總要成功像這件衣裳一樣的，所以別假惺惺還是謹領我的預祝罷。」

「遲早總要甚麼呀？」打破沙鍋問到底的人問着。

「遲早總要喫你的喜酒，親親，」帕利甜蜜地答着，因爲帕利幾句笑謔倒開了她一大半的心。

毛頭鼻子裏哼了一聲，不懂「何以這班大女孩子要這麼神祕她們的老祕密做甚麼。」

「這塊綢子叫我想起去年小貓妹做的一件事。去年春天戴太太寄來的包裹裏面有一塊弄了污的綢料，媽媽就說可以給小貓妹，如果她能做得上的話。我就代她洗得乾乾淨淨的，我們便算啊，裁啊，但弄來弄去少了半隻袖子。我說算了罷，但小貓妹卻去將一塊塊的碎布拿來拼起來，到底給她拼成半個袖子，幫在袖子底下，倒也不大看得出。毛頭，你猜他一共拼了多少塊呀？」

「五十塊，」是聰明的回答。

『沒有，止有十塊；但是爲個十四歲的小裁縫也就不壞了。你沒見誰要稱讚她那件衣，她望着那袖子好笑的神情哩，她穿了一夏天就好似精美得無以復加似的。告訴你，我們常碰見這種事，覺得有趣極了，除此，貧苦常叫你格外聰明，又叫你好像比別人要多出兩隻手的模樣，』

毛頭一聽有這般巧手的小姑娘，不禁很爲驚異道，『我想我們要買塊田，靠着你的家；也讓我認識你的小貓妹。』

『服裝檢閱完畢了，帕利，我二十四分感激你，幫我的忙，替我出最好的主意。我盼望日後我也能有你那麼多的手，』當一頂大帽做好，別樣也分派就緒時，芳麗感激地道着謝。

『我盼望你除你自己的手外將再要有兩隻好的強有力的親親，』帕利答着又將眼睛那麼一擠一亮，便揚長而去，使得芳麗樂了一整天，攏不起口。

第十七章　扮演祖母

我以爲湯姆比較一切的人更難受，因爲他除了家中共有的大難不算之外，另外還有自己的心事和困楚。大學的事件不久倒也過去了；無奈這人言嘖嘖的責罵「那個浪游子，」以及一些抬頭晃腦自以爲前知的人指點着說早知道他要如此的等等冷嘲熱諷眞使他受不住。這傳言的人又多，當然不久湯姆就聽見許多友情的批評，批評他的人和他的事業，眞使他痛苦莫名；因爲那給人閒話謾罵的眞正緣因，他自己未嘗不與別人一樣旣恨且悔呀。不過這麽恨一下悔一下也是好事，天下多少壞男孩不是這麽變好的嗎？

自從失去揮霍的能力後，湯姆方第一次明瞭金錢有多大的權威；享樂，作事，以及各種好機會不是操縱在孔方兄手裏嗎？到如今方悔從前不曾好好使用，然而已經遲了。他思想了長久，卻不知現在做甚麽最好。生意他是不知道的，所以他雖嘗試着幫父親的忙，然而結果不但無補，反嫌累墜，最後只好放棄這一點。至於家務能，他亦復一竅不通，他的姊妹忙，比他們父親更直爽，乾脆說他礙事，請他別費心。於是第一期的興奮過去之後，他長日不過是懺悔是自責，也無人解勸，後來索性想入非非，以爲人家都當他是不可救藥的，或已遺棄了他。因此他在可能的範圍之內，避免一切和人的晤會，他不能受人家的哀憐，甚致默默的一瞥或一握手，如果裏面有了友情或仁意他都覺受不住。他大部分時間守在家裏，無論誰來就躲開去，整天一付嚴肅地冷落地神氣，很少談話，不是可憐巴巴的微謙，便是傷人心情地發脾氣。他想找點事做，然而無事可做，當這等待的時間，他悲傷頹喪地幾乎叫人想他會從此一蹶不振。但幸而在此時，人我都以爲是最無用最不成材的東西時，湯姆發現有一個人需要他，不以他爲礙事，始終歡迎他緊附着他，雖然是個軟弱的個性對他卻有極強烈的感情。這母親的愛在湯姆生命途上的一個危險時期作了他的救星，而那些不知內容的閒談者還輕聲互告道『要是那可親可憐的嚴太太——哼，能搬出去，那一家要好多少！』他們那知道那病人的一雙弱手曾經保留了一個兒子，用她母性的愛，安慰他，強固他，直至他有足勇氣再面向世界，作強有力的奮鬪。

有一天簡太太看着他丈夫又彎着腰走出去時禁不住對她兒子唉道，『唉唉！看你父親又老又駝，多可憐的樣子啊，盼望他不要忘記代我定製甜麵包就好了。』

湯姆正立在她旁邊，無聊地旋轉着那窗簾上的綫子，聽說便跟着那熟悉的影子望過去，一看便注意到那一頭頭髮灰了多少呀，那漂亮面孔已蒼老多少呀，而一度強壯體面的父親竟頹唐多少呀！看到這兒他不由滿心自責，立刻生出個填補還不遲的念頭，他和母親道，『媽，我去代你看甜麵包去。再會我回家喫飯，』在她母親臉上匆匆吻一下，湯姆便去了。

他其實不十分知道出來要做甚麼，不過他忽然感覺到，自己是一直躲在風浪背後，讓可憐的老父親獨當其衝；因為那老人每天像一架準時的機器一樣，風雨無阻的朝公事房跑，恐怕要等停止了纔罷，而年青人卻反躲在家裏受女人的安慰。

湯姆在路上想道，『他應該以我為羞纔對，然而卻好似我倒以他為可羞似的；敢說別人要道麼想。但我要表明我並不如此；是的，我要運用能力！』於是湯姆套上自己的手套一似要去碰一個仇敵發誓要打勝他的神氣。

『先生，可要扶我一隻膀子？你要歡喜的話我陪你走一程。出來代媽媽做點小事，——好天，可不是嗎？』

湯姆說完這幾句話時幾乎要哭出來，因爲老人那麼驚異的喜悅，那麼迅速地架着他送上去的膀子，都證明每日的一段路是多麼寂寞而且傷心的。我以爲蕭先生一定懂得這小小崇敬舉動的眞意義，也覺得是好的改變。但他卻不點破而祇讓他的臉示意，口裏祇說道，『湯姆，多謝；是的，母親一定要多哭一倍，因爲是你代她定的。』

於是他們開始盡量討論生意上的事，一似情感的談話會引到損害他們男性尊嚴的路上去。但可怪，談法律，談愛，談母親，談抵押，一切都無分別，那情感卻始終流通在他父子之間，他們也是知道的，蕭先生沒法便伸直身體走，較平素還要直，湯姆想這纔是正確的姿勢了。這條路也不是怎麼好走哩，因爲固然看見一些人恭敬地脫帽向他父親致敬道，『好啊，蕭先生，』叫湯姆很高興，但一轉身卻又聽那些人咕噥道，『那就是兒子；現在也叫他受受罪哪。不成器的孩子，也叫他學些好吧，』卻叫他聽了難受。

他氣得盼望立刻就能作出一番叫人咋舌的大事總好，自語道，「你們好；但你們也不必嚇倒衆人推呀。要不是爲媽媽的緣故，我恨不得立刻到澳大利亞去，無論做甚麽事，到甚麽地方去，只要脫離認識我的人就行。在這兒讓這麽多人看着，守着我甚麽也莫想做得好。希臘之拉丁文倒有甚麽用要學商也還有個退步呀。沒留下一樣好東西，祇有漂亮的法文和一雙拳不知道老鍾的巴黎那要不要一個夥計？那也不壞呀；去試試看。」

湯姆將父親安平地親送到辦公處，然後鼓足了勇氣便去謀事，覺得前途好似光明不少。但鍾先生的脾氣卻正逢不大好的時節，不但謀事不成，反而將湯姆的錯謬行徑大教訓了一頓，可憐他只好垂頭喪氣地回家，變得更加抑鬱了。

那天下午當他在家無聊地徘徊，計算着到澳大利亞的旅費時，忽然一種飛揚的語音和湯匙杓盤的聲音吸引了他，便追尋到廚房裏，一看是帕利正在教毛頭上烹飪課哩；原來蕭太太雖說驟遭大故，但那些排場還不能完全去掉，若一餐午飯沒有「甜碟子，」她就好像狠在門口要喫她的模樣。毛頭確有一種烹飪的天才，芳麗是頂恨幹這些事的，所以這小人兒得其所哉，早晚攻讀烹飪吾，帕利一空就拉着她教。

毛頭一見她哥哥出現在廚房門口，便大喊道，『湯姆，我們忙極了！你別來！男人不作興進廚房的！』

『不惱你們在這兒幹些甚麼。媽媽是睡着了，芳是出去了，所以我纔下來看看可有點趣，』湯姆說着在門口猶疑着不敢進來。他原是個喜交際的人，而且現在誰能使他忘憂一刻，他一定非常感謝的。帕利知道這一點，便向毛頭耳語道，『他不會知道的，』又大聲道，——

『你歡喜你就進來代我攪麵；這要個大手勁兒哩，我是已經累了。喏，結上圍裙乾淨些，坐在這兒好好的弄。』

『我從前常幫着祖母弄蛋糕甚麼的，我記得很喜歡哩，』湯姆說着，讓帕利代他結上圍裙，又拿一大碗放在他手裏，又將他安放在桌子近邊，那兒毛頭便在揀葡萄乾，她自己便忙忙地弄弄香料盒子，奶油盤子以及一切瑣碎事情。

『湯姆，你做的很不錯。我來打個謎給你猜，爲甚麼壞男孩子和蛋糕一樣？』帕利急於逗他高

與

『因爲一陣擊打可以將他們變好些。縱說如此，我懷疑我自己，』湯姆答着，用那大勁幾乎敲通碗底，因爲做斷事是好過得多。

『聰明孩子！賞你一粒葡萄乾，』於是帕利丟一粒在他口裏。

『大把的朝裏放不能嗎？我很喜歡葡萄乾蛋糕哩，』湯姆道。

『我能，總肯呀；再沒有事叫我更歡喜比弄糖加香料做成上好的葡萄乾蛋糕給人喫了。這是我可以送人的一樣小禮物。』

『帕利，這次你可送着了；你的確有宗禮物是夾雜着糖和香料製在你的，我們的生活之中，幸運的我們都嘗到了，不管是喜歡還是不喜歡，』湯姆這麼嚴肅地說，不由帕利睜開眼睛，毛頭也豎呼道，——

『我確信他是在謠道了。』

湯姆的眼睛落在帕利胳臂的小凹上說道，『有時候似乎也可以謠道，』又一笑，『小姐，還是你會些；你不能講一篇道理給我聽嗎？』

帕利交挽起一雙麵手道『可以，短短的。我的弟兄，人生恰像一葡萄乾蛋糕。有的蛋糕，葡萄乾全在上面，我們喫的時候自然是很快活，但喫到底時，我們忽然發現已經完了。有的蛋糕呢，葡萄乾沉在底下，我們喫着找着，往往失望，及至最後找到時似乎已經太遲了。但是好蛋糕呀，葡萄乾卻是巧妙地安放在上下左右，人喫起來每一口都是甜蜜蜜的。我們製人生的麵包也是如此，我的弟兄，先要調和適宜你所得的原料，然後放在溫度適宜的爐上烤，最後還要用平均的食慾去喫。』

湯姆敲着木湯匙喝采道，『好極了！好極了！這是篇摩登的講經，帕利，——又短又甜蜜又有意思，又一點不叫人磕睡。我是你教區的一份子，盼望你能準時領薪水。』

『我倒也不在乎那個。毛頭，將佛手柑拿來；』於是帕利將蛋糕的各樣零碎，以最大意而紛亂的態度統統裝置起來，湯姆和毛頭便極用心地瞧着，直到平平安安地下了烤爐。

『親親，現在再做你的蛋乳糕罷；湯姆可以代你打雞蛋；找點事給他做似乎叫他身體好哩。』

『好極了；遞過來呀，』湯姆於是抹着圍裙，很高興的模樣，忽然又像想起甚麼事一般，『喂，老司回來了。我昨天碰見他的，他待我像個兄弟，也當我是個大人。』

『我高興極了！』帕利忽然大叫起來，一個不留意，手裏的雞蛋也給跌到地上去。『粗心鬼！毛頭，拾起來，我再去拿幾個來；』帕利心喜有個藉口，一溜煙跑出屋外，想去報告芳麗。正走之間，忽逢芳麗進來，那一番驚喜，眞是只配躲在家裏自己知道，如果當着別人面，那名媛的身份還有了嗎？

毛頭忽然問湯姆道，『那故事你全知道嗎？』

湯姆溫柔地答，『不大知道呀。』

『我衹問你，在以利沙伯女皇時代可是眞有個名叫腓力摸公爵這個人嗎？』

『你是說那姓司的一個嗎？是有啊，而且是個很好的人哩。』

毛頭大叫一聲，將佛手柑也給飛上天道，『這就對了；我知道那兩個鬼不是說的他！』

『你個小喜雀，你們鬧些甚麼名目呀？』

『我不能告訴你她們說些甚麼，因爲我記不得多少了；但是我總歸聽見了帕利和芳兩個人，鬼鬼祟祟的談一個人，我問她們談誰，芳就說是腓利摸公爵。嗨！她別想我能相信她，我看見她們笑的臉又紅了，又你觸我我觸你的，我準知道她們不是談甚麼以利沙伯女皇的甚麼人，』毛頭喊着，將鼻頭使勁一掀。

『唉，你是已經將貓放走，沒法子的了。不過，不要緊。你看，她們既不肯告訴我們秘密，可是我們尖不過呀，我們不能想法探聽出來嗎？』湯姆這麼大的興趣，毛頭倒忍不住要擺擺懂事的樣子。

『好罷，我敢講你是不宜於知道這些事情的，但我已經不小了，應當聽聽這些事了，再有她們在我面前說話也該留留神纔對，我又不是個傻瓜。你要在那兒聽見她們談就好了。我看關於司先生一定有什麼大好的事哩，她們是那麼快活的樣子嗎，又對着耳朵嘰咕呀，又困在床上笑呀，全當我在戴帽子沒聽見哩。』

湯姆極有興趣的問道，『看上去誰最高興呢？』

毛頭想了一刻答道『我看帕利更高興些；她講的話最多，一直都像是頂快活的。芳也笑的不輕，但我猜帕利是說愛人。』

『別響；她來了！』於是湯姆拚命抽水好似房子在失火的樣子。

帕利眞來了，臉紅極了，眼睛亮極了，手裏卻一個雞蛋也沒有。湯姆回頭向她倏然一瞥，立刻停止了抽水，又好似房子的火突然滅了一樣。他臉上的表情有點叫帕利自覺犯法似的，只拚命地去磨豆蔻。毛頭，那盤鬼話的只假裝穩重地在作她的事。帕利也覺得他們的態度有點不對，但她只以爲湯姆是累了，恰巧手頭又無別物所以她送他一段香桂，千恩萬謝地請他回去休息。

「你要的書同地圖芳都代你帶回來了。去休息一下罷。這兒是你的酬勞，我眞眞多謝你。」

「祝你們廚房裏各事如意，」湯姆答着自去了，嚼着香桂，卻好似不及平常香似的。他書拿去了，卻不曾讀；他祇關在所謂的「湯姆的洞」內，坐着深思。

等他第二日淸晨下來喫早飯時，忽然大家都迎着他，「生日快樂，湯姆！」而且他的位置上堆了家庭中各份子的禮物；雖無昔日的華貴，然而卻深深表示了人事還變中不減的骨肉之愛，而且因大難而益溫暖。在現時的心情之下，湯姆覺得不配收受任何恩愛；所以當他們個個圍着他稱賀時，他覺慚羞愧欲死，更堅決地心下立定主意一定要作出一些光耀門戶的事。黃昏時，將帕利接來赴所謂的「壽茶會」，而大家圍桌就座時，又發現了一宗壽禮，那，雖非傳情之物，卻深深打動了湯姆的心。究竟是何禮物呢，原來是一盤最怡人的蛋糕，尖上還插有一紮花球，而一週銀白如雪的糖霜上還現了一些字句。

毛頭望着蛋糕研究了一會兒，說道，『名字，歲數，還有日期，活像個好看的白填蕊似的。』蕭太太，今日也居然特別下氣，攤開涎布開始要她的點。

湯姆看着糕，不由回憶到從前的生日，竟恍如隔世一般，表示出十分滿意的樣子問道，『是誰做的呀？』

『我不知道送甚麼給你好，因為你男人所該有的你都有了，我先倒很着急，後來我忽然想起祖母總做這樣的小蛋糕給你，你又說過過生日而無那蛋糕便不成其為過生日。所以我纔努力仿做的，我盼望還像個甜而好的葡萄乾蛋糕吧。』

『謝謝你，』湯姆說着不由對帕利一笑，這一笑中帕利明暸這宗禮物已博得了他最大的歡心。

毛頭又喊道，『這還不應當好嗎，湯姆，是你自己攪的呀。真好笑你弄啊弄的，還不是蛋糕是給誰的。你每回一開口我就渾身抖起來了，就怕你要問蛋糕的事。因爲這個緣故帕利纔講道給你聽，我纔拚命逗你說話。』

『我眞笨；然而我根本就未曾想到這一層。現在我們來切罷；我急忽乎要喫了，』其實湯姆本喫不下，但因爲糕主人的盛意，不得不如此說。

大家推舉帕利代表，帕利只好立起切道，『我盼望葡萄乾不要全在底下。』

『我在頂上已經得到好多啦，你知道，』湯姆答。他們倆話着隱語，別人全莫明其妙。

帕利很仔細地切着蛋糕，一瓣又一瓣的，旣緊密又黑亮，又香甜又富麗，蓋着薄薄一層白色糖霜，眞是看着也叫人口涎三尺；切好之後，帕利揀一片最大的，放在祖母昔日用的一隻古式的小磁盤內，加上那束花遞給湯姆，又那麽一瞥，傳盡無限心事。湯姆接過來時不由容光煥發，又將盤內仔細檢視一遍，纔鬆口氣似的說着，『葡萄乾是各處全有；我曾經參加一臂之力很覺高興，但帕利該得榮譽，該戴花球，』說着轉過身來，便將玫瑰花向她頭上插去，但可憐他心有餘而力不足，結果剌在她頭上戳了一下，葉子也搔着她的耳朵，花還是歪在頭上。

芳罷笑話他拙笨，但帕利情願歪戴着，不讓更正，於是大家低下頭來大喫蛋糕，那一頓茶會非常高興。但後來，忽有人送兩封信來給湯姆，他只望了一眼便疾然而退到他的洞裏去，剩下毛頭張着兩隻大眼睛出奇，而兩位大女孩也微微一驚，因爲芳自以爲認出一封信的筆跡，帕利便又自以爲認出另一封。

兩個多鐘點過去，湯姆依然未出來。蕭先生出外去了，毛頭陪着蕭太太上樓去了，剩下兩位大女孩坐在那兒擠心事，不知發生了甚麼事。忽然聽得一聲『帕利』驚得這位少年女郎一跳，彈出坐椅，像是一聲雷鳴似的。

芳道，『快跑！我着急得要發昏了。』帕利固然想立刻就跑，但又有點不好意思說道，『你也去。』

『他沒喊我呀；再有，如果是司定尼的信我也不能插嘴呀，』芳喊着推着帕利就向門外送。

帕利一聲不響地去了，但面孔上卻表示着一派驚異，走到了洞門口，又遲疑着不敢進去。湯姆正用他最喜歡的一種姿勢坐着，兩隻手交叉着下巴頂起，不見得是個文雅的樣子，但他說是最宜於思想的姿勢。

『湯姆，你喊我的嗎？』

『是的。請進來呀，別那麼害怕的樣子；我纔收到一樣禮物，不知收的好，不收的好，不過請你代我出出主意。』

湯姆一抬頭將帕利嚇了一跳，驚呼道，『怎麼哪，湯姆，就好像你纔給人家打倒了似的。』

『我是給人家打倒的呀；但我已經爬起來了，從此要永遠站穩了。你唸那封信罷，看你是什麼意思。』

湯姆於是從桌上撿起一封信，向她手裏一擱，便在小屋子裏走來走去，活像籠子裏的困熊。帕利接過那張短短字條，從頭唸着，卻頓時滿臉起了紅雲，雙目也似發出火來。唸完之後，她立着不動，約有一分鐘之久，接着將紙片一頓揉搓向地板上一擲，氣憤憤地道，——

『我想她是個拜金無心肝無恥的女人！那就是我的意見。』

『哦，我給你看錯了！不是那個！我要給你看的是這一封。』於是湯姆又拿出一張信來，似乎一半生氣一半羞愧自己的錯誤似的。『不過我不在乎；反正明天人人都要知道的；我還要拜托你一件事，如果那些女孩子要喋喋不休地問我這件事時，請你阻止她們，代我推辭，我不能受那樣罪，」他說着，一想先給帕利知道了也好。

帕利覺得自己有點興奮得身上發抖了說道，『不怪你像挨打的一樣。若是這一封也是這麼惡劣的消息的話，我倒要個椅子坐下來看。』

『這封上的消息是一萬倍的好，但反而打擊得我比那封利害；仁慈總是叫人受不住的，』湯姆說到這兒不再說下去，僅轉着手裏的那張信，一似這裏面的甜蜜已經中和了那小一張中的苦痛，而且深深感動着似的。於是他端了一把椅子指着叫帕利坐，又嚴肅堅定地說出幾句話，叫帕利大大一驚，——

『從前每逢我有疑難的時候，我總跑去問祖母，她總能說出些聰明的或是安慰的話來，現在她是去了，但不知怎麼，我總覺得你好像代替了她的位置，你可肯坐在她的椅子上，讓我也告訴你一兩件事情像月琍一樣的嗎』？

肯嗎？帕利簡直覺得湯姆予以她無上的榮譽了。她早就希冀着了，因爲她自小長大與弟兄之間一直保持着親愛和公開的關係，她早就學習到男人與女人原無多大分別，並不像我們平常人所懸擬的那麼多差分。喜樂與悲傷，愛與憎，生與死，這麼多的共感奇怪何以不常使男女之間明瞭得更深些。感謝這一點知識，帕利能如此明瞭湯姆的心情，竟使他驚異，而且最後獲得了他的心。她知道他需要的是女人的同情，她知道她也能給予他，因爲她不怕揭去男女學生教育所給予的假面具，而爽直地表示「如果能，我總肯。」

其實不到十分鐘，帕利便可像對月爾那般容易地解決了湯姆的事，但在這十分鐘之內，卻似乎很難。知道霏克斯向湯姆提出解約之後，帕利覺得局勢一變，似乎自己很難再作局外人，縱然女性的尊嚴所在，然而一聽這突然轉變的消息時，一些新希望，新愛，不由斗然活躍起來。她徐徐坐下，楞了一會方謙遜地說道，眼睛落在地上「我願意盡力而爲，但我怕抵不了祖母的位置，或者給你甚麼聰明的好主意。我盼望我能就好了」！

「你比甚麼人都好。你看我一肚子心事，同母親說罷，怕她作煩，父親罷，自己的事已經忙不過來了，還能再提我的事嗎？芳是個好人，但她也是不大懂世故的人，待會沒說幾句我們早糾纏到一堆去了，所以我不找那另一位妹妹帕利，找誰呢？你看這封信準會叫你快樂一下，也可補償起我鬧了你一場。」

他說完將另外一張紙放在她的腿上，便走到窗口去站着，似乎要讓她自由享受那一刹那的快樂似的，卻又禁不住偶而回過頭來張望一下，恰見帕利的臉亮起來了，他連忙低下頭去。

「哦，湯姆，這一宗生日禮物幾值得哩，這麼美麗的我不知你怎麼可以不收。司定尼眞是個大丈夫！」帕利喊着，滿臉現出快樂。

「那還假！世界上除了父親，我不知誰還肯爲我做這樣事，就去找我也找不到呀。你看見了嗎，他不但代我還這筆坑人的債，而且還用了我的名義去還的，你看這不叫人感動嗎？」

「我看見了，是像他做的事；而且我想他能有這能力做他一定很高興。」

「這眞是去了我一付大重擔，因爲有些人簡直一刻也不能等似的，我說我一求到，或借到，或是掙到錢立刻就還他們，他們都不肯。司定尼能等，但我也決不會讓他等得太長。」

「那麼，你還要再還給他的囉？」

『要是你呢？』

『要還的。』

『那我當然也要。我雖然不是甚麼好人，但也不致於低下到那種地步，我到底還有一個心和一雙手。』

雖是一篇粗率的話，但帕利卻當作從未聽過的悅耳之言，因爲那聲音裏，表情上都表示出一位朋友的恩情已經感動得這少年，非振作一番不可。

『湯姆，你打算做甚麼呢？』

湯姆擬個小矮櫈幾乎緊緊着祖母的大椅子道，『我可以坐在這兒嗎？我來告訴你。』又撫着前額道，『最近我腦子裏不知有多少意思，有時候都好像就要炸出來似的。我又想我不如到加利福尼亞，或是澳大利亞那些遠地方去，那兒能平地發大財的。』

帕利喊道，『哦，那不成』又伸出手去好似要擋住他的模樣，但當他還未及回頭時又連忙縮回來。

『我一走自然苦了媽媽和幾個女孩子；除此，我自己也不大歡喜；好像我就這麽縮了頭逃走似的。』

帕利堅決地答道，『就這麽說啊。』

『好罷，你看我這兒似乎難找到甚麽事，除非去做夥計，但我想那亦不大合我的式。事實上是，我寧可在鐵道上和小工們鋪石子路，不情願頂針頂線把我的朋友們，隣居們。我承認是虛榮，但這是實話，也毋庸賴得。』

『對的，對的；我很同意。』

『那我就安慰不少了。現在，我要同你談到正經事上來了，帕利，你得大大幫我的忙。昨天我聽你同芳在那兒談你兄弟奈特的事；說他在那兒過的多好；說他又多歡喜他的生意，又說想月爾去幫忙。你們以爲我在看書，其實我每句全聽見的；我不由想不知道我可不可以有個機會到西邊去闖闖看。你以爲怎麽呢？』

『你眞要做事的話，我知道你可以，』帕利的腦子裏登時浮現許多計劃，『我情願你能與奈特在一塊；我想你們倆個決定會合到一塊去；他一定喜歡幫你的忙。我願意代你寫信去問，如果你要的話。』

『就請你啦；你知道我不過先問個信看。然後能進行就進行下去。我要將計劃弄得有個頭緒纔願意告訴父親。同做生意的人辦事，最從他們信用的便是事實，你知道。』

帕利對於湯姆，一位從前祇知道談風月的少爺，忽然談起這種的話，不免有點好笑。但她心裏仍然喜歡，那是看得出的，只聽她問道，——

『那主意聰明極了呀。你想你父親會贊成這計劃嗎？』

『他一定贊成。昨天我同他說我總要找點事做啊，他就說「湯姆，無論做甚麼事你總要誠實，別忘記你父親是從個小學徒打出的天下。」你也是曉得的，可不是嗎？』

『是的，有一次他把這故事也講給我聽的，我一聽了就快活，因爲看他現在的成功知道他費多少心血呀。』

『我卻很慚愧，因爲昨天晚上我們談起這一切，我纔懂得何以父親能對此次的失敗如此泰然；而且對這麼貧困的狀況依然如此滿意，他說，這不過又是一個起頭罷了；他要再振與起來；他覺得他能夠。帕利，我老實同你說，我看他那種自信力，那般年紀還有的能力和勇氣，我眞說不出的敬愛那可親的老先生。是我從前所沒有的。」

「湯姆，你講這句話叫我高興！我有時是想你不大尊重你的父親。」

「你知道我從就沒尊重過，直到今天。不是奇怪嗎？大家同住這麼久還不眞正認識，還要讓一件外來的事物幫忙吧。也許這次的家難便是介紹我認識他眞正的父親。」

帕利笑道，「又講到哲學上面去了。」

他們雙雙靜默了一會，帕利望着他眼睛裏發出一種欽敬的光，湯姆便坐在近旁的小櫈子上緩緩地撕着一張從地板上隨意拾起來的白紙。

他望着手裏的白紙問道，「你一看這個可奇怪嗎？」

「不。」

「你不，卻將我一嚇；因爲我們纔出事的時候，我就先向霽克斯提的，倒是她不肯。」

「那我奇怪呀！她何以反不肯呢？」

「那時我也奇怪呀，因爲芳一直說她不是愛我的人，只是愛的我的錢。她第一次的不答應倒叫我着實喜歡一下，因爲是出我意料之外的呀，再有一個人能肯與你禍福與共，還不叫你感動嗎？」

「她不像這種人。」

「芳的話是對的呀。雪克斯不是要和我共患難呀，不過等着看究竟我們家敗到甚麼程度能了，也能是她媽媽的主意，她媽媽是個冷削硬心的貪財老女人，是我從沒見過的，雪克斯又怕她信上說的倒不錯哩，『不作你的重擔，』『情願犧牲她的希望，』『永遠做我溫暖的朋友，』哼，蕭湯姆有錢便值得交結，蕭湯姆窮呢，便礙事了，便應該滾到地獄眼子裏去。」

「他不去哩！」帕利嚴肅地喊着，覺得很生雪克斯的氣。

湯姆又說道，「逝去金也變成鐵，牆倒衆人推，天下事往往如此，大風浪已經見過，這些小小不言的，何足道哉。我眞還不在乎哩。」他這麼鎭靜地說着，很叫帕利起敬。但她卻禁不住不自然地說道，「高興你對於解約的打擊也如此鎮靜。」至此湯姆不禁臉一紅，旋又力持鎮定說道，——

「帕利，同你說老實，這並不見得怎麼使我難堪。我早就想我同雪克斯根本就不相匹，最好還是早點解决了的好。但她一定不肯，我也就不願自食其言，所以我們就推到今天。我也不懷恨她，只希望她有好運氣，別再失望，這是我的眞心憑着我的話一點不假。」

帕利聽見這些話很覺不安，盼望能將臉藏到一頂帽子或是眼鏡裏就好了，這麽輕的年紀代表祖母實在有點力不勝任。她勉強說道，「你眞好極了，很有司定尼的風格和偉大。」

「能學到司定尼總算不錯的了，」湯姆說着立起身來一似那小櫈忽然不舒適的模樣。

帕利也喃喃說道「我但望這樣。」

湯姆拚命將火撥了幾下道，「他無論何事都應當得到好中的最好的，我也要禱告上帝保佑他得到。」

帕利不再答言，唯恐話太多了，露出馬脚，因爲芳麗愛司定尼的事湯姆還不知道哩。

湯姆丟下火棍轉過身來望着帕利，她正旋轉着那玫瑰花，一下便落到她的膝蓋上去。湯姆便道，『你明天就代我寫信給奈特嗎？他無論介紹個甚麼事我都情願做因爲我實在想走。』

她覺得二人的談話會算是結束了便起身答道，『我今天晚上就去寫。你歡喜我將雪克斯和司定尼的事告訴他們兩個人嗎？』

『我歡喜極了。你爲我做的這一切事我不知道如何多謝你纔好，』湯姆說着，伸出手來，又那麼感謝地一聲甚至使帕利都慚愧了。

她也伸出來給他握着，二雙眸子裏又透露着那般深的信仰，湯姆的腦子裏，不由頓時飛起感恩的心情，也不給一絲一毫暗示，他忽然低下頭來吻了她一下——叫帕利那麼一驚，他差得立刻回到自己的洞裏去，又抱歉道，——

『對不起——自己管不住了——祖母在我過生日時總隨着我的。』

帕利一溜煙跺上樓時，將芳麗也忘記了，僅將臉藏在暗影裏，心裏不懂何以自己竟未發怒，又私下決定再不幹這雖愉快卻危險的『代表祖母』的營生了。

第十八章　膽怯的女人

果然帕利很懇切地寫了信去問，奈特也覆了叫人滿意的信，於是幾度信函往返之後，湯姆便決定向西部出發。我們且不管湯姆此去是幹的甚麽生意經，反正，像生長在這守舊而自傲的新英格蘭大城的湯姆，到那兒去開始他的奮鬭是夠好的；他正需要西方健全熱切的社會影響來開闊他的視線以養成他偉大的人格。

自然婦女中登時漫彌了無數離情別緒的感傷；縱然誰也覺得這是一件與他最好的事；所以她們一面嘆着，一面縫着，將一切光榮的希望都密密縫在這遊子的衣衫上，甚至擦着他的大皮靴而涕淚縱橫時也還歡呼着說他的出路光明。司定尼是始終幫着他的忙，「像個大人也像個兄弟」（湯姆的這一句話予芳麗絕大的滿意），另外還有一個人也很高興，那便是月爾，因爲奈特本來信叫他去，他因爲志趣不合不肯去，正恐奈特因此失望，如今有了湯姆去塡他的缺，正是一舉兩得。

在這大家都匆匆替遠行客預備行裝的時候，似乎都沒有時間講戀愛甚麽的，只見這四位靑年男女共同認眞而機敏地工作着，一切熱情都收拾起了。但不管如何沉默，如何工作，如何匆忙，我以爲他們在這短短時期中的互相的認識和了解要較前幾年爲多，因爲各人內在的最美點都已被攪動，所以小屋之內是充塞着友情與愛的調協，而外邊的世界也正是大地回春萬物齊興的時候。可惜的，故事已快到煞尾；但時間是不留情的，刻刻逝去永不復回，留下一片很淸淨的雰圍在後尾，但這班靑年人卻看不見，因爲離別在卽，也是勢所必然。

湯姆是西去了；帕利也回家歇暑去了；毛頭跟着貝麗也到海邊避夏去了；剩下芳麗一人可憐巴巴地管家務，實行『幫助，』心裏還有告人不得的隱痛。如果不是那兩件事，我相信她決不會在城上過一下。那兩件事呢，一是司定尼在假期內不斷地拜訪，二是與帕利長篇累牘的信件，這兩件事幾對着她消磨了無數永日長晝。湯姆一禮拜給他母親寫一封信，但那些家書又短又不叫人滿意，因爲男人總不擅於描寫那些零零碎碎叫女人喜聽的事件，當然湯姆也不能例外。於是芳麗將這邊的短簡轉寄給帕利，帕利便將她弟弟奈特信中所關於湯姆的事摘下來又再寄回，在兩信對照之下，他們纔確知湯姆的情形很好，脾氣也好，工作很發狠，大有不畏艱難百折不回的氣概。

帕利在家過個很安靜的暑假，休息好了身心，打算努力冬季的工作，因爲秋季她又實行了她的計劃，不但使學生們滿意還予朋友們極大的快樂。可是給芳麗的信件中她從未提過她自己，所以她們一見面時，芳麗不禁驚呼道，——

『怎麽，帕利親親！你是病了沒告訴我嗎？』

帕利亂匆匆地放下她的東西答道，『沒呀，我就是覺得很累似的；近一向做了好些事，這悶人的天氣罷也叫我顯得頹廢些。我做了事就會好起來的。』

芳麗覺得這一變，變得很古怪，卻又不知原因何在，只好又問道，『你的態度一點也不自然哪；究竟你一個小寶貝人幹嗎來着？』

帕利並無病容，縱然她的雙頰瘦了一些，顏色也蒼白了一些，可是她卻像沒有精神，眼睛內也沒有光，芳麗見着很難受。

帕利拿起一把刷子，刷着頭髮道，『我眞沒事呀，過幾天你就會看出來的。你看起來這麽好，這麽快樂，我高興極了。」芳，一切事都過得順當嗎？」

「先答我一句話，」芳像想起甚麽可怕的事一般，「老老實實告訴我，你從不曾反悔你給同定尼的暗示嗎？」

「從沒有！」帕利叫起來，將罩着半邊臉的黃色面紗抛到後面去。

「你能以人格擔保嗎？」

帕利幾乎生氣了，「我以人格擔保，你無論要甚麽擔保都成。你爲何疑到那一點上面去呢？」

「因爲你的樣子有點不對呀。你就不承認也沒用，因爲你那付樣子就像我從前想他是愛你時那付我自己的樣子。帕利，請你莫怪，我不能不說，因爲事實放在這兒，我待你也要像你待我那麽眞實一樣，如果我做得到的話。」

芳腒講這幾句話時，又急促又爽直，臉上佈滿了急切的表情，因爲她雖一方面願意表示慷慨，但一方面又委實割捨不下。帕利看淸了這一點，幾乎是憤怒的口吻道，——

「我告訴你我不愛他，他就是世界上唯一的男子我也不嫁給他，因爲我——不願意。」

末了的三個字是用另一種聲調添上去的，因爲帕利說到那兒便似乎噤住一般，轉過身去，將臉又藏到頭髮後去了。

『那麽旣不是他，一定是別人了。帕利，你有了祕密哪，我以爲你旣然知道我的，當然你的也應當告訴我，』芳麗不等眞相大白似乎不會安心似的。

這兒帕利並不曾回答，但她已經滿意了，便用手膀繞着她的朋友，最甘甜地問道，——

『我寶貝帕利，我可認識他嗎？』

『你見過的。』

『親親，他可是很聰明，很好，很了不起嗎？』

『不。』

『要是你愛他，他一定會的。我盼望他不致於很壞吧？』芳麗急切地叫着，仍然端着帕利的頭，帕利則拚命拗過一邊去。

『能配得上我就是了。』

『哦，只請你再告訴我一件事他也愛你嗎？』

『不。那一個字也不許多說哪；我受不住了！』於是帕利在絕望的聲調中轉身走了。

『好，我不說；但我現在不怕告訴你，就是我相信，那司定尼啊，是有點愛我了。他對我們大家全不錯，但近來每逢他來呀，總喜歡多找我，我要不在他還不高興哩。本來我還不敢有什麼希望，還是爸爸從他的態度裏看出來，同我開玩笑，我纔知道。我本不願貿然相信，但像是有個幸福的機會送給我嗎。』

『謝天謝地！』帕利二十四分滿意地喊着，『快將一切經過來告訴我，』說着她向床上一坐，似乎從一番痛苦中解脫一樣。

芳麗從她桌上最嚴密的一所所處探出一束紙張等說道，『我有些條子甚麼的，我要徵求徵求你的意見，看裏面果眞有點意思罷。看，這兒是湯姆最近寄來的一張照；很好的，可不是嗎？他像長老些哪，但我以爲那是鬍子和大衣的關係。好像伙，他現在幹的這麼好，我眞覺得有點以他自豪哪。』

芳將像片擲給帕利，又低頭尋找她所需要的信件。她不曾見到帕利接着後用那麼一種飢餓的眼光瞧着那像片，她祇聽見她低聲道，——

『這沒有他本人好，』偶而一回頭，芳麗銳利的一瞥，已經瞧出實情，雖然帕利祇露着半個身子。想也不想，芳攢下函件，飛也似的撲過帕利來，十分驚異的問道，——

『帕利，是湯姆嗎？』

這突如其來的動問，將可憐的帕利弄得手足無措，慌得一句話也說不出，掩飾已來不及。可是也不用說哪那付臉已經招認明白了，她無可奈何，祇像個傻駝鳥被敵人追的模樣，將頭藏到沙發的軟枕後面去。

『哦，帕利，我樂極了！我做夢也沒想到，——你這麼好，他是那麼個野孩子，——我簡直不能信，——但你居然愛上了他眞是好極了。』

從毛毿毿腰枕的深處發出窒悶的聲音道，『情不自禁嗎——也曾壓抑過——可是太難嗎——你知道的，芳，你是知道的。』

最後的幾個字，和向她伸出的手，芳明瞭了她朋友對她的戀愛的溫厚同情，是如此哀動的，禁不住抱着帕利，淸淚直流。但女性是最愛『講淸楚』的，所以靜默了一會，兩人都忍不住要開口了。此時的帕利既卑柔又頹喪，但芳麗卻是與奮非常，心中充滿了好奇與喜樂。她叫道，——

『眞是我的妹妹哪，你個小親親，眞把我樂上天哪。』帕利卻絕望地答道，——

『這永不會實現。』

『有甚麼障礙呢？』

『巴莫玉』是悲哀的回答。

『你這甚麼意思呢？她是西方的女郎嗎？她可不能愛湯姆；否則我一刀先將她殺掉！』

『已經來不及了，讓我來告訴你——門關好了嗎？毛頭不在罷？』

芳麗偵察一過回來，大氣也不敢出地豎起耳朵聽帕利吐那吞噬她靈魂的祕密。

『他的信裏沒提過莫玉嗎？』

『一次兩次，間或有之，但那也不過說笑話一樣的，以我想不過他們有點厮熟就是。他這麼忙總不見得有功夫幹那些把戲。」

「奈特會寫些張家長李家短的好信，是我教他的，他將這事的進行狀況都告訴了我。自他信裏提過這女子好幾次以後（他們在她母親處代飯的，你知道）我就寫信去問她的事，自然我是很不在乎地樣子問的，他就告訴我說她又美又好，又受過優美的教育，他還說湯姆是對她鍾了情。我聽了冷了半截；因爲，你看罷，芳自從雪克斯和他解約之後，我就想對湯姆有點心不能算錯呀，所以我那時很快活──但現在我一切都得放棄哪，你看我該有多麽一注可怕的損失。」

兩顆品圓的淚珠從帕利的頰上滾下來，芳麗輕輕替她拭去，同時心裏二十四分願望乘下一班火車立刻趕到西部去，將那莫玉望一眼，連忙將湯姆抉回來當一宗禮物送給帕利。

「我也眞傻，簡直從未猜到這一層。因爲湯姆，一直就像個孩子一樣，你呢，便像個懂事的大人似的，所以我做夢也不會想到你對他是那種愛。我知你待他好，你待每人都是好的，寶貝；我也知道他喜歡你不過像喜歡我一樣，再多點也許，那因爲他想你是完全的；但我仍然不會夢想他愛你超過朋友的關係以上。」

帕利嘆道，『他是沒有呀。』

『好能，他應該如此；只要我一看見他，他就要』

帕利一聽立刻將芳一把抓得緊緊的，固執地說道，——

『只要你對他有一個字，一個眼色，一個暗示是談到我的，哼——是的，確實得像我是馬帕利一樣——我要站在屋頂上宣佈說喜歡司——』帕利至此已被芳摀住了口，只聽她連珠價的告饒道，

『我不敢，我嚴肅地允許無論對任何生人我都不吐露一字。帕利，你別這麼利害，你簡直把我嚇壞了。』

『你愛人人家不愛你已經是夠糟糕的了，還架得住再傳出去嗎？想起來都能叫我發瘋。哦芳啊，我現在變得脾氣壞極了，又不知那兒來的一股妒勁，我簡直不知道我要碰到甚麼事哩。』

『我的親親，這一層我倒不代你害怕。我相信你的事一定會好好的，因為你對任何人都這麼好。我雖不知道湯姆何以能禁住不讚賞你，但假使他脫離譚克斯後在家再多住些時候一定會的。

可是，雖然湯姆是我的兄弟，我總覺得他不頂配你，我也不懂你本應該配個更高尙的人的，卻這麽深深地愛上了他。』

『我不要個「高尙」的人；如果他是司，我一定會厭倦的。而且，我實在相信湯姆有些事上是比他高尙。好罷，你別詫異；我知道他是的，或將要是的。固然他和他大不同，年紀輕一大堆的錯失，不錯，但我卻因此更愛他，而且他誠實，他勇敢，又有一顆偉大而溫暖的心，我寧可拒絕世界上一切最聰明最好，最成功的男子的愛，情願得他的愛，不爲別的，就因爲我愛他！』

帕利講這幾句話時的面孔要讓湯姆見一下就好了！是那麽輕柔，那麽誠切，那麽大膽，以致芳麗連代自己愛人應有的辯護都忘了，只滿意讚揚帕利對她愛人的忠實；因爲這忠實專注的愛對於芳還是一件新奇的事；她從前所聽到她朋友們的無非是一年中換上兩三個愛人，還那麽冷靜地估最他們的價值，好似年輕的男子討論他們所要的女子的財產而其實「無力論嫁娶」的態度一樣。她曾經想她對司定尼的愛是很羅曼諦克的，因爲她的確從未介意到他的窮富，雖然她卽或對帕利也不曾說過，因爲怕她笑。她現在纔開始知道如何是眞實的愛。

帕利像放下一件重負似地又繼續說道，『我本也不知道從甚麽時候開始愛湯姆的，不過我去年冬天纔自己發現當時我也和你一樣驚異。我自然也不曾贊成他的行動；我想他太奢侈，太浮，太多少爺氣，他選中曇克斯的時候尤其叫我失望，而且我越看，越覺得糟糕，因爲湯姆配她是太好了，每逢我看她應當作到很多的，而她卻作到一點點，眞叫我發恨；因爲他是一種可以被女人的愛情支配行動的男子，和他結婚的女人是能損害他也能造就他的。』

『對極了！』芳叫着，帕利已停頓下又拿起照片看；這時似是一付莊嚴穩重的面相望着她，而且對她的論斷有不以爲然的神氣。

『我的意思不是說他怯弱或惡劣。如果他眞是我，一定會恨他的；但是他需要一個很愛他的女子，叫他快樂，那就是任何好女子都知道的，』帕利似乎在答影中人的啞語，繼而又柔和地加一句道，『我盼望那位巴莫玉是他理想中的人物，因爲我不忍再讓他失望了。』

『我敢說他對她一點意思也沒有，你不過是杞人憂天。你怎麽說來着，你去問這癡情的女子，奈特怎麽回答？』芳麗忽然感覺有希望。

於是帕利又重複了一遍，復又補充道，『我後又在另一封信裏問他可與湯姆一樣地贊美那位巴小姐，他回信說「女孩子很不錯，然而他沒有時間幹這些無謂的事，他談婚姻的事還早着哩，除非喫湯姆的喜酒倒是眞的。」從此他便再未提過莫玉，所以我確實知道，有些很嚴重的事情進行着哩，而且他定因湯姆的囑咐，所以也絕口不提。』

『情形像是很不佳，奈何？這樣罷，讓我寫封信給湯姆，祇若無其事地問問他，讓他有個機會告訴我，究竟有這回事情沒有。』

『這我自然願意囉，但你寫好的那封信一定得給我看。因爲我不敢信實你究竟做不做鬼。』

『那一定。無論如何我總保守我的諾言。不過明知事情已經走錯了道兒，而能以一句話挽回來，不寫上去，不加點暗示眞不是容易事。』

『你知道要是你露了一點風聲將要發生什麽事，』帕利這麽一付懼容，芳禁不住渾身作抖。歇了一會，芳道，——

『要莫玉與湯姆眞有其事，我們怎們辦？』

『忍受着罷了；人們本是可以忍受的，無論如何，』帕利答着。但芳又狂呼道，『假若本無其事呢？』她不忍看帕利當時的慘像。

『那麽我就等着。』斗然帕利的面孔變得非常美麗，芳禁不住緊緊抱着她，願望巴莫玉根本未誕生就好了。

於是談話又轉到第二號愛人，經過一長段的談笑後，帕利堅決地信仰那位司已經忘了瑪而迅速地已從蘇處得了安慰。因了這滿意的肯定，兩人訂了一個互惠條約，決定互助到底，於是一段落的談話便閉了幕。

這一冬對這兩位女郎都顯得與往年不同。芳麗是加倍地熱心努力家務，因爲老司是個愛家庭的人，最贊許那些賢內助的事業。如果芳麗是想在老司前一顯治家的手段呢，那她的確是成功了的，因爲不管她幕後是藏了多少失敗和失望，但表面那小小家庭確已被她弄得極其光豔迎人，至少對老司如此，因爲他近來簡直變成家庭內最常到的客人了，而且家庭間財產的變化似乎對他完全沒有影響。

芳麗曾一度害怕帕利的歸來與她和司定尼的不便，但事實上，司定尼和帕利相見時依然保存着舊有的感情，並且不久他還告訴她將未成熟的愛趁早割斷是有效的辦法，因爲如此一來，可以早早死了那一條心，而後纔能讓這遂的愛開花結果。

芳麗對這一點似乎很歡喜，而且帕利不久又證明她已沒有再惹花草的欲望，所以更放心。帕利工作之餘的辰光大概消磨在自己家裏，覺得獨自坐着看看書或做做鍼線比較有意思得多，所以連鄰家也懶得去。有時她會說，『芳又不需要我，司定尼能更不在乎我是去還是不去。』

不過那一冬帕利簡直不像她自己了，一些最接近的人看着都奇怪得了不得。月爾更比別人不寧，看她姊姊如此沉靜，如此蒼白，又如此沒有精神，急得不知如何是好，想安得不得其法反給帕利一頓罵，更叫他走頭無路。他只好去和毛頭玩玩，毛頭如今已是豆蔻稍頭的年紀，常愛擺出一付嚴肅的成人態度使喚他這樣那樣，他倒也怪感興味的。

西部的信息依然渺茫不明，因爲芳雖打了信去詢問，然而湯姆回信總是不滿人意而可氣的，他又致『美麗的巴小姐』無數的謳歌，又說自己深深陷入一個女人的情網而不可自拔等語，那麼半喜劇半悲劇的口吻，叫他們簡直莫明其妙他究竟還是眞還是假。

『無論如何，到明年春天湯姆回來時我們總可有個水落石出了，』芳和帕利比較着她們兩弟兄的信而無結果時，芳和帕利這麼說。最後她們又共同承認『男人是日光下最不通最惹人氣的動物。』因爲奈特是如此專心於他的事業，他乾脆將整個巴小姐的問題置而不答。

任何方式的飢餓都是難於忍受的，尤其那身嚐其苦的人有個青春的大食慾，因此帕利在這毫無樂趣的六個月中，變得很瘦很憔悴；有時她對鏡見一雙眼變得那般大，太陽上的靑筋那麼顯露，禁不住悲哀地幻想也許春日的蒲公英會盛開在她的墳墓上了。然而她未見湯姆以前，究竟不想死，而轉睬時日已近，她心裏不由又興奮起來，心理上翰流着希望與恐懼，因此顏色精神倒又轉過來好些。

五月終於姍姍其來，那所帶到人間可愛的陽光確叫迴腸九轉的可憐的帕利的心快活了不少。有一日芳麗忽然登門造訪，那雀躍三百的樣子活像她挾來一樁太大的信息而不知如何開口似的。

『你準備好我報告你一則消息——有人訂婚了！』她嚴肅地說，不由帕利舉起手，一似準備接受那預料中的打擊似的。『不，別像那樣子，可憐的親親，不是湯姆，是——我！』

自然這一位是放了心，接着便是一段可以想像得出的好極了的談話，這兩位親如骨肉的朋友，至此還不及是一套又哭又吻又笑又嘆的把戲嗎？

『哦，帕利，雖然我一直希望等候但到了時候我簡直不敢相信也覺得不配；但是我實在情願呀，因他對我的愛似乎任何事都有可能性了，』芳麗說的那付表情，確叫她平生第一次顯得真美麗。

帕利一嘆又一笑道，『你快樂姑娘！我以為你是配得的，因為你曾經下過力氣奮鬥的，無論這幸福之來與不來，你的努力是可以自傲的。』

『他說他為這個秘愛我的，』芳麗從不將她的愛人提名道姓，只甜蜜蜜地用個代名詞，他，『他告訴我說他去年對我很失望，但你在他面前講了很多好話，所以縱然他不怎麼夠多麼香豔，愛我，但失去你的愛之後，他再回到我處，發現你的話也未嘗不對，所以他冷眼旁觀就將我注意了一冬天，敬我愛我的程度也就一天一天增加起來了。哦，帕利，當他說那話的時候，我簡直不過意，雖說我曾努力然而我還是怯弱可憐，愚笨呀。」

「我們不那樣想法哩；我知道你恰是他理想中的人哩，而他呢，也恰是你所應該有的丈夫。」

「那麼還要謝謝你不把他留着為你自己哩，」芳說，又笑了一笑。

「那不過是他一時的反常罷了；過一些時他就覺悟的。其實他之愛我就是聽歌劇那晚你的那件白衣和我的可笑的行動纔弄得他一時糊塗了，」帕利答着，覺得那一晚的事已是二十年前的塵影一般，那時的自己還是愛耍笑的小人兒愛穿紅着綠的女孩兒哩。

「我不告訴湯姆一個字，等他回來驚異一下。他下禮拜就到了，我們的大神秘也可以撥雲霧而見青天了，」芳意識中明明覺着那遲遲的一千年也到了。

「也許，」帕利的心一時跳上一時又沉下，因為在此情形下，她除了希望毫無辦法，所以也不說甚麼儘忙着月爾的一件襯衣。

像如此靜默着忍受的人，世界上正不知有多少，因為「敢作敢為的女人」少，而「站着等待」

的女人卻多。如果鍼線匣能講話，牠一定可以比做書的講出更生動更婉柔最貞實的故事。因爲女人們常喜將自己生活中的悲劇喜劇一一縫進所做的針線上面去，有時你看一個女人確像很平常很安平地坐在家裏作活，其實那密密行行裏正不知藏了多少懇切的祈禱和甜蜜蜜的意思哩。

第十九章　湯姆的成功

芳那次報喜信的拜訪之後，倏又三日，帕利上廟家去打算看看廟太太，剛一進門便嚇了一大跳。只見毛頭從扶梯上飛下來，連珠價地報告了一套話，——

「他提早回來了，將我們嚇了一跳！他正在媽媽房裏哩，剛纔說，「帕利怎麼樣呀？」我就聽見你來了，你那老鼠爬的腳步兒，你趕快上去看他去。他留起鬍子來簡直滑稽極了，可是他真不錯，又大又黃，他吻我時可不就是把我一舉。帽子不要緊的，我不能等了。」

就像一隻被俘獲的船給一個鬧鬨鬨的引擎頭掛着駛一樣，帕利被毛頭擁擁簇簇地上了樓。

帕利一路所想的是「早一日弄明白，我也好，」一進房，毛頭勝利地喊道，——

「他在那兒吶！他可不是漂亮極了嗎？」

帕利在那一分鐘內似乎天地都旋轉了起來，只覺一個溫暖的手握住她的手在搖，又有一付粗率而熱切的聲調在問，——

『帕利，你怎麼樣？』接着她一溜煙退到蕭太太旁邊的椅子上坐下，心裏祝着適纔不會說甚麼錯話，因爲她答了些什麼，一點也不知道。

一陣緊張過後，空氣復趨安定，當毛頭仍在詳述她的驚異時，帕利方大膽朝湯姆看，且喜她是背光的而他是向光的。這間房並不大，但湯姆一個人似乎已佔去大半間一樣；並不是說他身體長這麼快，不過肩膀稍爲寬些，所顯得大的是一種活潑機智進退自如的氣概，表明是個外面見過世面的人，因此旁邊的人都張大了眼睛，好似手足都無處放的模樣。粗重的外套，重靴，黃面孔，以及新鬍將他改變得很利害，帕利坐在那兒看他一雙脚蹺在椅子上和他父親那麼內行地談着生意，叫那老人不禁幾次掀髯微笑，眞不相信那就是年前的文雅公子蕭湯姆。帕利對於這改變歡喜極了，不覺對西方的生意談話聽得很入神，覺好似聽一曲羅曼斯一樣，而且他一面談着，還不住地跟她一點頭或一笑，恰像從日情景，以致將巴莫玉也暫時忘了，不覺十分起勁。

一會兒，芳麗也飛進來了，這次給湯姆的驚異比他自己與人的還要大。家裏的事，他是一點不知道的，因芳自己決定說，『他不告訴我，我也不告訴他，』所以司定尼的事情上一點未提，祇不過說他常來，很好就是。如今忽然宣佈婚約，湯姆驚異得楞了那麼一分鐘，以致芳都懷疑他是不喜歡了；但一度驚異過去之後他表示了那麼熱情的滿意，叫芳心裏又感激又高興。

湯姆像輪盤一般地旋到蕭太太前，向躲在幕後的帕利道，『你對這姻緣有何意見？』

『我歡喜極了，』是這麼一腔的眞誠，湯姆不得不相信她是由衷之言。

『那我喜歡。盼望不久還有一段姻緣也叫你一樣喜歡；』異樣地笑了一笑，湯姆挾着司定尼到他的洞內去了，剩下兩個姑娘互打着電報說，——

『那就是巴莫玉。』

究竟那一夜是如何捱過的，帕利永未知道，但究竟不太長，約早晨八點鐘的光景，帕利從屋內溜出來，打算就此悄悄溜回去，也不要麻煩甚麼人護送。可是結果失敗了，因爲正當她在客室火旁烘暖套鞋時，心裏還在幻想要是巴莫玉也是這麼一雙小小的脚，不知湯姆可要代她穿上套鞋，正想之間，忽然手裏的套鞋被人從後接去，跟着湯姆呵責的口吻問道，——

「難道你眞的就想一個人回去而不讓我伴送嗎？」

「我並不怕；我不願意將你帶走，」帕利說着，希望自己不要顯得太高興。

「可是我喜歡被你帶走嗎；你可記得我伴你回家已是一年前的事哪，」湯姆破着套鞋，顯然是個不急的態度。

「你覺着長嗎？」

「等於一萬萬年！」

帕利本意想以若無其事的態度來回答他的；但不幸，無論她穿的是如何嬌豔她自以爲漂亮的玫瑰色大帽，但她的聲音，她的體態都無愉樂的表示，而且湯姆還看出那已變了色的臉，不由急急問道，——

「帕利，我怕你這冬天太累了；你的樣子很頹喪哩。」

「哦，沒有呀，忙忙碌碌對我是很適合的。」她無聊地拉着手套好似作證似的。

「但你弄得又黃又瘦對我卻不很適合哩，你知道。」

帕利抬起頭來向他道謝，但不成啊，那一雙誠實的藍色眸子內明明有較感謝更深的情緒在。湯姆一見，不由一張黃臉頓時紅起來，將套鞋一摜，挽了她的手，依然是從有的激烈聲調說，——

「帕利，我要告訴你一件事！」

「是的，我知道，我們早就盼望着了。我盼望你快活，湯姆；」於是帕利搖他的手，又一笑，但那一笑簡直比一汪淚還要可悲。

但湯姆的樣子是一臉驚異，以爲她是神志不清了，叫道，「甚嗎？」

「奈特將她的事全告訴我們了；他說這是必然的，所以你一說另一段姻緣，我們就知道是你自己的了。」

「到底也不是我呀！那人是奈特呀！這是剛剛定規的，所以他叫我告訴你。」

「女的可是莫玉嗎？」帕利喊着，抓住一把椅子，好似準備着甚麼似的。

「自然哪，除了她還有誰？」

「他沒說過呀——你提的最多——所以我們想——」帕利喃喃說着，一時慌亂起來，不知如何接下去。

『你們以爲我戀了愛嗎？好罷，我承認，可不是她。』

『哦！』帕利一時噤住，像一盆冷水澆了一樣，湯姆愈誠切倒反似愈粗魯似的。

『你可要知道我愛了一年多的女人的名字嗎。好罷，就是帕利！』說着湯姆對她伸出兩隻手，用一種不能抵抗的眉情目意，帕利便直衝進他懷中去。

我們暫且不要管他們那須臾所發生的事。關於愛的鏡頭，如果是過來人呢，寫一大篇也是他們司空見慣的，如果是未來人呢，卽太簡單的對於他們也嫌太多。所以這些羅曼蒂克的畫面最好讓高於一切藝術的幻想去構造，或讓他們到時自己去體驗。

過一會湯姆和帕利一塊挨着坐了，恣意地享受那平生得意的一剎那。湯姆目不轉睛地看着帕利，一似乎那麽不順利的冬天忽然完成這麽一個春天的幸福幾乎是難以相信的。但是帕利，確是一位眞質的女人，雖然喜得啼笑皆非的時候，還想着問題，『湯姆，你告訴我，你走的時候一句話也不和我說怎麽叫我知道你是愛我呢？』聲調是帶點嬌嗔的，因爲她想起過去的一冬是如何難受。

湯姆溫暖地答道，『那時我只是個一無所長的浪蕩子叫我怎麽有臉和你說呢？』

『那就是我一心所要的嗎！』帕利用那麽一種聲調在他耳邊輕語着，湯姆不由想她就是天上的安琪兒。

『我的帕利，我一直就愛你的，但我直到臨走纔發現我是多麽愛你。你知道我是不自由的，再有，我一直以爲你愛司定尼，他是如此一位頭等好人，我眞不懂你何以不動情。』

『說起來很奇怪，我自己也不懂，但女人是種奇異的動物，她們的愛惡是不可以道理作準的，』帕利向他那麽狡黠地一瞥，湯姆覺得極其寶貴。

『後來那些日子，你待我好極了，我差點想和你說出來，但我終塟於將那無價值的寧克斯所遺棄的人轉送於你。我和我自己說「不成，帕利應當得最好的人；如果老司能求到她呢，讓他，我一句話也不說。我就在和她的友誼上再進步就是了，或許，等我能有點作爲時，若帕利仍是小姑居處，那我就要試試我的機緣。」所以我不開口，像個馬一樣地做工，讓人家和我自己都滿意我是以誠賃謀生，於是我回家來看看可有我的機會。』

「我一直就是等着你的，」他肩頭的一個柔軟聲音答着因爲帕利對他的偉大努力，深深受了感動。

「我一回來還沒有這意思，我祇過還看了一下，確知司定尼是好好兒的但芳訂婚的消息，叫我放下那條心，剛剛這兒我帕利臉上的表情，又叫我決定了這一點。我自己一分鐘也不能再等了，也不能讓你再等了所以我禁不住伸出手來摟我的小妻子，上帝祝福她，雖然我知道自己不配。」

湯姆的聲音愈說愈低，臉上佈滿熱情。帕利看着，明瞭了這一點，覺得她的愛人，雖是幾句直樸之言，卻是更有詩意。她的手不覺撫上他的臉頰，將自己緊緊靠着那粗大衣，也爽直地說道，——

「湯姆，不要說那話，好像我是世上最好的女人似的。我也有無數的錯失，我要你全知道，也幫助我去改正，像改你的一樣。等待並未與我們損害因爲你受的苦難我更加愛你。我還怕你受的苦還要比我更大哩，你比走的時候老了這麼多，也莊嚴不少。你從不曾抱怨一個字；但我猜你一定經過一段非我們所能想像的非常時期。」

「我承認開頭的工作的確苦極了，你看對於我全是新奇陌生的，要不是想着是爲奈特，我眞幹不下去了。他每次聽見我這麼說總要笑着說「啵」但他眞是了不起，前六個月眞虧他幫我的忙，不然我眞不知怎麼過。其實眞不懂他何以肯那麼在我身上盡力，要他不管我，那些艱難我一人眞支不住。這其中要勉強說出理由來，那就是家庭間的特性，因爲姊姊愛我，弟弟也待我好了。」

「那點家的特性也是一樣呀。現在不說那個罷，告訴我莫玉的事；奈特眞同她訂婚了嗎？」

「差不多哪；你明天就可以收到信了；因爲我走的太快所以他來不及寫信讓我帶來。莫玉是個懂事體面的女子，奈特一定幸福不淺。」

「你怎麼讓我們想是你呢？」

「那我不過和芳鬧着頑的；我的確很喜歡莫玉，因爲他幾次叫我聯想到你，而且她又實在是這麼一個仁慈活潑的小婦人，所以我一天苦工完畢之後實在禁不住不和她說說笑笑調𠷣一下。但後來奈特表示嫉妒了，於是我知道他是眞有意了，便一聲也不響地不再去和莫玉親近，直到他從他的莫玉那兒得到一個是或不的確信。

帕利嘆道，「我要早曉得也好了。人們戀愛的時候總做出這些傻事來。」

「那還假；你看你同芳兩個人對司定尼的事一個字也不提，害得我們可憐巴巴的人好苦，你們就將我們喘得像鐵桶似的。」

「我同你喘喘也罷了，你們姊弟之間眞不該有祕密。」

「我們下次再不如此了。我問你想我嗎？」

「是的，湯姆，我想的了也了不得。」

「我可憐忍心的小帕利！」

「你在未走之前眞的就愛我了嗎？」

「你自己看眞不眞罷，」於是湯面有得色地探出一隻肥大的皮篋，裏面裝滿單據文件樸樸的東西，他嚴肅地從最嚴密的地方取出一包舊紙包，小心打開來，探出一件噴有微香的黃色東西。

「這是你放在我生日蛋糕上面的玫瑰花，你下星期又要做個更好更新鮮的給我哪；那天晚上你在我洞內和我談心，落在地上，我就一直保留到如今。你這人兒又是愛又是羅曼斯！」

帕利撫着這保留一年的紀念品，微笑着讀那碎葉下面的字：我的帕利的玫瑰。」

湯姆如此大膽顯露他的愚笨很叫帕利高興，說道，「我不知道你居然這般多情哪，」

「我的親親，不到愛你我從不曾如此。你看有了這朵花，常提醒我是在爲誰辛苦爲誰忙。不要小覷那一點東西，牠曾使我經濟誠實，向上，因爲沒有一次打開皮篋不想到你。」

「湯姆，那眞美極了，」帕利覺得如此感動，不覺拿起手帕；但湯姆搶去她的手帕，不許她哭。卻招她笑起來。因爲他用極阿諛的口吻道，——

「我不相信你的羅曼斯也有我這麼多，有嗎？你說？」

「如果你不笑我，我將我的寶藏也給你看。我起始比你還早多啦，而且你看我保守的時間也最長。」

帕利說着拽出她的項鍊，打開一隻小雞心裏面藏着湯姆放在花生袋內送她的像片，剪小了嵌在一邊；而那邊卻是一綹紅色鬈髮和一粒黑色紐扣。湯姆一見倒有多好笑！

「你當眞就將這可怕孩子的醜像一直保留到今天嗎？帕利！帕利！你眞是最忠實的「女愛人」

像毛頭說的，而且是我從未見過的。』

『你別高興很了，當我一直留到今天哩，先生；我不過是去年夏天纔嵌進去，因為我不敢同你要新的。扣子是你從破產後，故意要裝成破敝像，硬要穿那件衣服拆下來的。頭髮是我從毛頭處偷的。我們可不是傻嗎？』

他好像不承認是傻，過了一會，帕利又正經地問道，——

『你應當甚麼時候又回到你的苦工上去？』

『一兩個禮拜之內罷；但現在不會覺得苦了，因為你每天可以寫信給我，我便覺得是為你拚家似的還不起勁嗎？我一定會有四十人的力量，等我還淸了債務，自己的事業也有個好好的建樹，那麼我同奈特可以同時結婚，然後合股經營，然後我們就是西方最忙碌最幸福的人。』

『說起來好不叫人開心，但道可不要很長的時候嗎，湯姆？』

『祇有幾年罷了，只要司定尼的錢一還淸，我們一分鐘也不多等，就結婚，如果你不怕先過窮日子的話，帕利。』

『我寧可和你一塊兒工作，不情願坐在旁邊看你一個人苦得甚麼似的。從前爸爸和媽媽都是這麼樣的，我想不管他們是多窮多苦，他們心裏是非常快樂的。』

『那麼隔一年我們就這麼做，好不好，因爲我將你帶到西部之先一定先要弄到高一點的薪水。我盼望哦，帕利，我多盼望將從前所耗費的金錢省一半讓你現在舒服就好了。』

『不要難受，我不要用錢，我倒情願用一個兩個錢而是你勞苦掙的，』帕利見湯姆敲着膝蓋懊喪的樣子，便安慰他。

『這話像是你說的，我也不要儘追悔已往了，我眞是個傻瓜。我們將要共同工作，我勇敢的帕利，告訴你不久也許會因你的丈夫而自傲哩，雖然他現在不過是個可憐的蕭湯姆。』

『是的，』她希望地答道，『我知道你將要成功的，因爲男子所能作的最好事情，就是工作裏有目的，而且很喜樂地做去。』

『帕利，還有一件更好的事，』湯姆答着，捧着她的臉向上一掀，他好瞧見她眼睛裏有甚麼反感。

『親親，是甚麽？』

『一個好女人一背子幇着他，愛他，就像你對我似的，謝謝上帝。』

『縱然她不過是舊式的，』帕利輕語道，一雙快樂的眸子因眼淚照得更亮了。

最後也許我年輕的關心毛頭小姐的讀者要以不知道她的結局爲憾，在這兒我不妨加一句，她並未嫁給月爾，祇在家作個又忙又活潑的老處女，以極樂人意的態度照管他父親的家庭。

至於月爾，經過相當的年數以後牧師的夢終於實現了。後來也有一位和柔明眸的少婦嫁給他，便是月爾所謂的『小媚。』

至於再將來的結果如何，這枝筆至此也不敢再寫下去了，只好套一句神仙故事上的話道，『他們就結婚了，就一直快快樂樂地過下去，直到死。』

中華民國二十五年五月初版

(S1242·1)

世界文學名著 一個舊式的姑娘 一冊
Old Fashioned Girl

每冊定價國幣玖角
外埠酌加運費匯費

原著者 L. M. Alcott
譯述者 李淡貞
發行人 王雲五 上海河南路
印刷所 商務印書館 上海河南路
發行所 商務印書館 上海及各埠

(本書校對者哈鴻生)